초대
받지
못한
남자

초대받지 못한 남자

초판 1쇄 찍은 날 | 2017년 6월 26일
초판 1쇄 펴낸 날 | 2017년 6월 30일

지은이 | 문희
펴낸이 | 예경원

편집 | 유경화

펴낸곳 | 예원북스
등록번호 | 제396-2012-000132호
등록일자 | 2012. 7. 25
YRN | 제1-0191호

주소 | 경기도 고양시 일산동구 호수로 646-24 위너스21-Ⅱ 206A호 (우) 10401
전화 | 031-819-9431 팩스 | 031-817-9432
http://cafe.naver.com/yewonromance
E-mail | yewonbooks@naver.com

ⓒ 문희, 2017

ISBN 979-11-6098-342-5 03810

초대
받지
못한
남자

문희 장편 소설

YEWONBOOKS
ROMANCE
STORY

C · O · N · T · E · N · T · S

스폰서

미국행 비행기 안에서 주아는 주변 사람들의 따끔거리는 시선을 한 몸에 받고 있었다. 물론 그 시선들은 주아와 동행인 김 여사에게로 향해 있었지만 부끄러움은 주아의 몫이었다.

"호호호. 주아야. 미국은 처음이지?"

김 여사의 억지스런 웃음이 주아의 귀에 상당히 거슬리게 들렸다. 사람들에게 들릴 정도로 큰 목소리에 주아는 고개를 돌렸다.

"우리 주아는 조금만 노력하면 돈방석에 앉을 텐데 너무 딱딱하게 굴어서 문제야."

김 여사는 자신의 앞에 놓인 기내식을 반으로 가르며 주아에게 계속해서 이야기를 하고 있었다.

"이거 다 먹으면 살쪄."

그렇게 말하며 자신의 기내식의 반을 주아에게 건네고는 뚜껑을 덮은 주아의 기내식을 다시 승무원에게 멋대로 건네는 김 여사였다.

순간적인 일에 주아는 갑자기 서러움이 밀려왔다. 이게 뭐 하는 짓인가 하는 생각이 들었다. 마른 체격인데도 김 여사는 강박에 가까운 다이어트를 하고 있었다.

삼류배우로 전락하기는 했지만 주아는 한때 촉망받던 배우였다. 첫 작품의 성공으로 일약 스타덤에 오른 날도 있었다. 하지만 그녀는 그게 끝이었다.

첫 작품이 노출이 심하다 보니 그녀에겐 항상 벗는 작품만 들어왔고 주연을 하려면 스폰서를 만들거나 감독의 여자가 되어야 한다는 제안이 끝없이 그녀를 힘들게 했다. 결국 그녀는 클 수 있는 기회를 버리고 정말 생계를 위한 배우가 되어야만 했다.

하지만 오늘은 다른 때와는 달랐다. 그녀 스스로 스폰서를 만나러 미국으로 가는 길이었다. 그녀 옆에 앉아 있는 김 여사는 연예인을 스폰서와 연결해 주는 브로커였다.

"주아 네가 이번에 진짜 잘해야 하는 거 알지? 진짜 날이 갈수록 일이 힘들어. 이렇게 외국까지 와야 하니 말이야."

"돈 버시잖아요."

듣기 싫은 말이 계속해서 반복이 되니 주아가 말을 끊었다.

"하긴. 어떻게 하든 돈만 벌면 되니까."

껌을 딱딱 소리 내 씹는 김 여사를 아까부터 옆의 사람이 쳐다보고 있었다. 그러거나 말거나 지금 주아의 머리는 온통 스폰서를 만날 일로 가득 차 있어 주변에 신경 쓸 겨를이 없었다.

주아는 눈을 감았다. 지금의 상황도 앞으로 그녀가 할 일도 모두 부끄러운 일이었기 때문이다. 미국에 도착하고서야 그녀는 눈을 떴다.

미국에 도착할 때까지 주아는 미국은 뭔가 다를 줄 알았다. 아메리칸 드림의 나라이자 할리우드의 영화 속 화려한 이미지 때문인지 주아의 생각 속엔 미국은 강하고 부유한 나라였다. 그리고 자신과는 아주 동떨어진 나라이기도 했다.

하지만 공항에 도착한 어제부터 오늘까지 주아가 본 미국의 모습은 상상하던 것과는 많은 것이 달랐다. 하긴 다르면 어쩌겠는가? 내일이면 어차피 떠날 곳인데 말이다. 어제 밤새도록 그녀를 괴롭히던 바퀴벌레 소리를 오늘은 듣지 않아도 되니 그것만으로도 행복했다.

스르르르.

그 소리가 떠오르자 온몸에 소름이 다시 돋기 시작했다. 그녀는 자신도 모르게 몸을 부르르 떨었다. 주아의 눈이 빠르게 집 안을 훑었다. 서울의 허름한 판자촌의 집도 이 허물어져 가는 할렘가의 아파트보다는 나을 것 같았다.

벽지도 페인트도 그녀가 서 있는 방 안에서는 사치품인 것 같았다. 가뭄의 마른 논처럼 갈라진 시멘트 벽은 금방이라도 무너질 것 같았고 어젯밤 그 사이에서 주먹만 한 크기의 바퀴벌레들이 기어나오던 모습은 평생 기억에 남을 것 같았다.

김 여사에게 주아는 선금을 미리 받았다. 모두 그녀가 뉴욕에 와서 스폰서를 만나기까지 들어갈 돈이었다. 그녀는 돈의 대부분을 엄마의 병원비로 썼고 지금은 그리 많은 돈을 가지고 있지 않았다.

그래서 그녀가 가지고 있는 돈으로 얻을 수 있는 최상의 곳이 바로 이 아파트였다. 하루 이틀 묵을 곳이기 때문에 그나마 참을 수 있었다.

침대와 화장대가 전부인 방 안을 맴돌던 그녀의 커다란 눈동자가 한곳에 머물렀다. 모든 게 낡고 쓸모없는 방 안에서 너무나도 동떨어진 그녀의 모습을 비추고 있는 화장대의 거울이었다. 거울 안의 그녀는 평생 처음으로 명품드레스를 몸에 걸치고 있었다.

물론 대여를 한 것이었지만 그래도 이렇게 고가의 명품드레스는 처음 입어보았다.

화사한 꽃무늬의 실크드레스는 그녀의 날씬한 몸을 그대로 드러냈다. 드레스의 결을 살리기 위해 그녀는 속옷조차 입을 수가 없었다. 그건 이곳으로 그녀를 데리고 온 김 여사의 주문이 있었기 때문이었다.

스타일리스트도 데리고 오지 못했기에 그녀가 모든 걸 직접 했다. 어떻게 해서든지 돈을 아껴야 했기 때문에 궁상맞아 보이더라도 어쩔 수가 없었다.

그녀는 의자도 없는 화장대의 거울 앞에서 메이크업을 하기 시작했다. 자신의 파우치를 능숙하게 열고는 화장기가 없어도 전혀 굴욕적이지 않은 아름다운 얼굴에 섹시함을 더하기 위함이었다.

화장 전과 후의 느낌이 전혀 다른 사람들이 있었다. 주아는 그것이 더욱 심했다. 청순함은 그녀의 손길이 스칠 때마다 사라지고 농익은 눈빛의 여자로 탈바꿈하고 있었다. 영화배우로서의 삶을 시작하면서 시작된 일이었다.

메이크업이 끝이 나자 거울 속의 여자는 섹시하다는 말로는 부족한 여자가 되어 있었다. 그녀가 마지막으로 아끼는 향수를 손목에 찍어 목에 문지르기 시작했다.

벌컥!

언제나 깜짝 등장을 하는 김 여사가 오늘도 어김없이 노크하는 매너 따위는 안중에도 없다는 듯 문을 열고 들어왔다.

강남의 유명한 술집 마담이었던 김 여사는 화려한 이력만큼 꿍

장한 미인이었다. 김 여사가 활동하던 시기에는 김 여사를 위해 남자들이 줄을 서서 돈을 쓰고 갔다는 이야기가 파다했다. 강남의 빌딩도 가져다 바친 사람도 있다는 소문도 들었다. 하지만 끝없는 욕심이 김 여사를 돈의 노예로 만들었다.

참고로 김 여사는 김 마담이라고 불리는 걸 너무 싫어했다. 40대 후반이라고는 믿기지 않는 몸매와 얼굴의 소유자였다.

"주아야, 내가 돈을 미리 줬는데 어떤 새끼한테 처발라주고 이게 뭐니? 지지리 궁상이다. 너도."

김 여사를 볼 때마다 천박한 느낌만 덜하다면 좋겠다는 생각이 들곤 했다. 그리고 걸레를 문 듯한 저급한 말투도 말이다

"준비 다 됐어?"

오늘도 샤넬 블랙 드레스에 완벽한 메이크업을 한 그녀는 자신의 품위 있는 차림과는 반대되게 껌을 쩝쩝거리며 씹고 있었다.

"어디 보자. 옷이 날개라더니 인간이 달라 보이네."

김 여사가 한 바퀴 돌며 상품을 평가하는 눈으로 주아를 바라보았다.

"어머!"

갑자기 김 여사가 그녀의 가슴을 손으로 잡자 깜짝 놀란 주아가 소리를 질렀다.

"악!"

이번에는 그녀의 치마를 들치더니 그녀의 검은 숲이 무성한 여성을 바라보았다.

"죽이네. 오늘 너랑 빠구리 뜰 놈은 아주 좋겠어."

"김 여사님!"

"내숭은."

그녀의 그런 무례한 행동에도 주아는 참을 수밖에 없었다. 김 여사의 입이 걸레인 걸 모르는 것도 아니고 지금은 김 여사가 잡아준 일이 아니면 엄마의 병원비는 어림도 없는 일이었다.

주아는 이번 일이 처음이었다. 지난 10년 동안 수없이 많았던 제안을 모두 거절했던 그녀였지만 지금은 그녀의 자존심보다 이제는 어찌해 볼 도리가 없는 엄마의 병원비가 우선이었다.

"돈은 얼마든지 쉽게 벌 수 있으니까 오늘 일만 잘하면 되는 거야. 나도 부탁받은 사장님께 면목은 있어야 하니까. 내가 얼마나 구라를 친 줄 알아? 빠구리는 세계 최고라고 했지. 뭔 말인 줄 알지?"

오늘 주아가 할 일은 남자 하나 꼬셔서 섹스를 하는 일이었다. 얼마나 고지식한지 뇌물은 통하지도 않고 털어봐야 먼지 하나 없는 남자라고 했다.

"재수 없는 새끼. 완벽한 척은 얼마나 하는지 아주 골치 아프다고 하더라고. 그런데 주아 네가 이상형이라고 인터뷰에서 떠들었다니 그 속은 썩은 거지. 그거 달린 놈치고 주아 네 가슴 마다할 놈이 어디 있어? 안 그래?"

주아가 영화에서 맡은 역은 모두가 매춘부나 불륜녀였다. 첫 작품인 '블루러브'를 제외하고는 거의 19금 영화에 많이 출연을 했었다. 전라의 연기는 한 적이 없었지만 주아의 가슴을 성인 남자라면 한번쯤 안 본 사람이 없을 정도였다. 그런 그녀가 마음에 들었다면 그도 생각보다는 속물임에 틀림이 없었다.

'블루러브'를 보고 아직도 그녀를 좋아할 리는 없을 거라 생각했다. 이미 10년 전 영화니 모두의 기억 속에서 잊혀졌을 것이다. 그때만 해도 그녀의 이미지는 청순 섹시였는데 지금은 완벽하게 에로배우의 이미지였다.

물론 찍는 영화가 에로 영화는 아니었지만 일반 영화에서 그녀의 배역은 에로 영화에 만만치 않았다. 그게 가끔은 그녀를 힘들게 했다.

"잘 꼬셔. 그러면 이번에 네가 필요하다는 이천은 바로 챙겨줄 테니까. 하룻밤에 이천이면 너 같은 삼류배우에게는 과분한 액수인 거 알지?"

과분한 액수는 모르겠지만 필요한 액수였다. 그것도 아주 절박하게 말이다.

"준비됐으면 출발하자."

김 여사가 껌을 딱딱 씹으며 밖으로 나갔다. 그건 차를 타서도 마찬가지였다. 주아는 두 눈을 감았다. 미국의 밤풍경 따위는 눈에 들어오지 않았고 두려움이 밀려들어왔기 때문이었다. 차가운 실크드레스 위로 그녀는 땀에 젖은 손을 가지런히 올려놓았다.

수많은 생각들이 몰려오고 있었지만 지금은 병상에 누워 있는 엄마만을 생각하기로 했다. 10년 전 갑작스럽게 찾아온 엄마의 위암 판정에 평온하던 그녀의 일상은 무너지고 말았다. 그 후로 19살의 꿈 많던 소녀는 모든 걸 포기하고 10년 동안 엄마의 병간호를 하고 있었다.

10년의 세월을 엄마는 병마와 싸우며 잘 견뎌주었지만 지금 남은 건 빚뿐이었다. 엄마와 그녀가 가지고 있던 유일한 집마저도 더 이상 담보를 잡힐 곳이 없었고 그녀가 번 돈도 이제 바닥이 나고 말았다.

암은 완치가 있을 수 없다고 하지만 엄마의 병은 한곳이 나으면 다른 곳에서 이상이 생기기를 반복하고 있었다. 암세포의 전이로 몇 번의 수술을 했고 그로 인해 다른 장기에서 문제도 계속되고 있었다. 이번에도 폐 쪽에 문제가 생겨서 긴급하게 수술이 들어갔다.

가난은 견딜 수 있었지만 엄마가 치료도 받지 못하고 돌아가시게 될까 봐 주아는 너무나 걱정이었다. 병원비를 충당하기 위해 그녀는 단역이라도 가리지 않고 영화에 출현했었다. 모두들 그녀에게 독하다고 할 정도로 그녀는 바쁘게 뛰었지만 얼마 받지 못하는 개런티마저도 못 받기 일쑤였다.

그런 그녀에게 이번 김 여사의 제안은 뿌리칠 수 없는 유혹이었다. 하룻밤에 이천만 원이었다. 준비금까지 따로 주었다. 어쩌면 그렇게 그녀가 지금 절실하게 필요한 돈의 액수와 딱 들어맞는지 주아는 망설임 없이 김 여사의 제안을 받아들였다.

김 여사와 인연을 맺으면 이 세계에서 헤어나기 어렵다는 소문은 들어서 알고 있었다. 솔직히 예전에 알던 여배우 하나도 나중에는 헤어 나오지 못해서 지금은 김 여사 밑에서 아예 고급 콜걸이 된 걸로 알고 있었다.

"다 왔어."

김 여사의 말에 주아는 눈을 뜨고 밖을 바라보았다.

"뉴욕 진짜 죽여주지 않아? 이번 일만 잘 처리하면 내가 다음번에 또 소개해 줄게. 그때 와서는 며칠 즐기다가 가자고."

하룻밤 안 좋았던 미국의 이미지가 확 달라지고 있었다. 어두컴컴하고 퀴퀴한 냄새가 가득했던 할렘가와는 다르게 뉴욕의 번화가는 화려함의 극치를 보여주고 있었다. 마치 극과 극 체험을 하고 있는 것 같았다.

"여기 잠깐 있어봐."

차에서 내리자마자 김 여사는 그녀를 세워두고는 최고급 호텔 안으로 들어갔다. 그리고 잠시 후에 한국인으로 보이는 남자와 안에서 나오더니 문 앞에서 이야기를 나누고 있었다. 김 여사와 이야기를 나누는 남자가 그녀를 마치 다 안다는 야릇한 시선으로 힐긋힐긋 쳐다보았다.

김 여사가 남자에게 돈으로 보이는 것을 건넨 후에 그녀에게 오라고 손짓을 했다. 주아가 남자의 옆으로 가자 남자는 아주 노골적인 시선으로 주아를 훑어보았다.

"따라가."

"네?"

"귀먹었어? 따라가라고."

김 여사가 아주 짜증이 난다는 투로 했다.

"그리고 볼일 끝나면 전화해. 1번 누르면 돼."

싸구려 취급을 받은 주아는 자신도 모르게 인상을 지었다. 삼류 배우이긴 했지만 이렇게 천대받기는 처음이었기 때문이었다. 참자를 속으로 수천 번 외치며 주아는 주먹을 불끈 쥐며 남자를 따라갔다.

남자는 주아를 데리고 호텔 직원들이 출입하는 곳으로 갔다. 그리고 그녀를 직원 전용 엘리베이터에 태우고는 객실번호가 적힌 카드를 건넸다. 그리고 그는 마지막으로 느끼한 미소와 함께 윙크를 그녀에게 날렸다. 얼굴을 주먹으로 한 대 치고 싶은 마음을 누르며 주아는 카드에 적힌 호수를 찾아갔다.

호텔의 제일 위층에 도착한 그녀는 본능적으로 정면의 문을 쳐다봤다. 호텔의 꼭대기 층이 스위트룸이라는 건 이런 곳에 익숙지 않은 주아도 알고 있었다. 한 걸음 뗄 때마다 심장이 미친 듯이 뛰기 시작했다.

문 앞에 도착하자 주아는 자신도 모르게 실크드레스에 긴장으로 젖은 손을 닦았다.

"후~"

어깨를 들썩이며 심호흡을 한 번 했다. 긴장한 마음을 풀고자 한 일이었지만 오히려 심장만 더욱더 거칠게 뛸 뿐이었다. 카드를 들었던 손이 다시 제자리로 돌아왔다. 용기가 나지 않았기 때문이었다.

초대받고 온 것도 아니고 그냥 무작정 들어가서 안에 있는 남자를 유혹해야 했다. 혹시나 안에 여자라도 있다면 그녀가 미국으로 온 게 헛수고가 되는 것이었다. 그랬다. 주아는 이곳에 온 이유가 있었다.

한시도 잊으면 안 되는 이유가 있는데 창피한 것만 생각했다.

"엄마, 미안해."

그녀는 이렇게 말하며 카드를 가져다 댔다.

디릭!

문이 열리는 소리가 들리자 주아는 흠칫 놀랐지만 이번에는 물러서지 않고 손을 들어 문고리를 잡고는 옆으로 돌렸다. 그리고 모든 용기를 모아 안으로 들어갔다. 들어가자마자 지독한 술 냄새에 그녀는 인상을 찌푸렸다.

"앗!"

주아는 얼른 자신의 입을 손으로 막았다. 그리고 자신의 발가락에 차였던 술병을 쳐다보았다. 호텔 방에 술병이 즐비하게 널려 있었다. 오늘 그녀가 만날 남자는 술에 절어 사는 게 분명했다. 유혹할 대상에 어려움이 하나 더 추가되는 순간이었다.

그래도 다른 여자가 없음을 감사하며 주아는 방 안으로 발길을 천천히 옮기고 있었다.

미국에서도 알아주는 기업의 사장이라고 했다. 한국 사람이고 아주 개싸가지라고 김 여사가 처음 이 일을 받았을 때 말했었다. 그런데 술까지 이렇게 마시니 걱정이 되었다. 설마 여자를 때리며 섹스를 하는 스타일이면 어쩌나 하는 생각이 들었다. 그녀는 조심스럽게 방 안을 둘러보았다.

그때였다.

"뭐지?"

갑작스러운 남자의 목소리에 주아는 그만 화들짝 놀라서 그 자리에 얼어붙고 말았다.

"내 말 안 들리나?"

그녀의 뒤통수에 대고 남자는 조용하지만 단호하게 묻고 있었다. 몸은 얼어붙은 채로 고개만 살짝 돌리며 주변을 살피니 바로 뒤 소파에 남자가 앉아 있었다. 위험한 기운이 그녀에게 그대로 전해졌다.

"그러니까……."

언제 다가왔는지 갑자기 남자의 단단한 손이 그녀의 어깨를 잡더니 돌려 세웠다. 엄청난 힘에 의해 주아는 마치 종이 인형처럼 돌려 세워졌다. 주아의 시선이 남자의 가슴에 머물렀다. 단단한 가슴은 마치 조각상 같은 멋진 근육을 자랑하고 있었다.

금방 샤워를 끝내고 나왔는지 샴푸향이 그녀의 코끝을 간질였고 그의 허리에는 긴 타올 한 장이 위험스럽게 걸쳐져 있었다.

큰 키에 구릿빛 피부까지 장착한 남자였다. 거기에 저음의 목소리까지. 얼굴을 보지 않았음에도 그가 얼마나 섹시한 남자인지 알 것 같았다. 하지만 지금 눈을 들어 그의 얼굴을 마주할 자신이 없었다.

"옷차림을 보니 메이드는 아니고."

그가 손가락으로 그녀의 턱을 들어 올렸다. 그리고 그녀의 얼굴을 정면으로 바라보았다. 주아는 지금 그럴 상황이 아니란 걸 알지만 그의 잘생긴 얼굴에 정신을 차릴 수가 없었다. 정확하게 말해서 그녀의 심장이 거칠게 뛰며 이 믿을 수 없는 섹시남에게 미친 듯이 반응하고 있었다.

의문으로 가득 찬 그의 검은 눈동자에 그녀의 놀란 모습이 그대로 보이고 있었다. 그의 숱 많은 눈썹은 이 상황이 마음에 들지 않는지 휘어져 있었고 얇은 쌍꺼풀이 진 그의 커다란 눈은 그녀보다 더 긴 속눈썹을 갖고 있었다.

그녀의 시선이 그의 오뚝한 코를 지나 입꼬리가 올라간 두툼한 입술에 고정이 되었다가 얼른 그의 눈으로 시선을 옮겼다. 칠흑같이 검은 눈동자가 위험스럽게 짙어지며 경고의 메시지를 보내고 있었다.

그녀를 한참 바라보던 그의 눈이 경계에서 놀라움으로 바뀌고 있었다. 왜 그의 표정이 이렇게 바뀌고 있는지 주아는 알 수 없었지만 확실히 그의 얼굴에서 적의에 찬 표정은 사라졌다. 그리고 믿을 수 없다는 듯 그녀의 얼굴을 바라보고 있었다. 마치 그녀를 잘 아는 사람 같았다. 왜일까?

주아는 그의 시선에 매료되어 버렸다. 처음의 적의에 찬 표정도 지금의 알 수 없는 표정도 확실히 주아의 마음을 사로잡는 그 무언가가 남자에겐 있었다.

그건 지나치게 잘생긴 그의 외모에서 풍기는 것이 아니었다. 수

건 한 장만 걸치고 거친 숨을 몰아쉬며 그녀를 경계하는 짐승 같은 원초적인 눈빛 때문인 것 같았다. 그녀의 심장이 그를 향해 미친 듯이 뛰고 있었다. 그를 유혹하러 왔는데 오히려 그녀는 지금 그에게 압도당하고 있었다.

"황주아?"

그가 그녀를 알아보았다. 그녀를 이상형이라고 했던 게 거짓은 아니었던 모양이었다.

"당신이 왜 여기에 있지? 방을 잘못 찾았나?"

그가 진짜로 그녀가 방을 잘못 찾아 들어온 거라고 생각한 모양이었다.

"그런데 문은 어떻게……."

그가 그녀의 손에 있는 카드키를 보았다.

"저런, 데스크에서 실수를 한 모양이군."

그의 얼굴이 순간적으로 부드럽게 바뀌었다. 이때를 놓쳐서는 안 된다는 생각이 든 주아는 마른침을 삼키며 말했다.

"실수가 아니라 제가 당신을 만나러 온 거예요."

그녀의 말에 그의 한쪽 눈썹이 움찔거렸다.

"날 만나러 왔다고?"

"네."

그의 얼굴에 의문이 가득했다. 그리고 찬찬히 그녀의 모습을 뜯

어보기 시작했다.

"이 늦은 시간에 남자 혼자 있는 호텔방에 키까지 준비해서 들어왔다? 그 이유가 궁금하군."

"당신을 유혹해야 하니까요."

"왜 날 유혹해야 하지?"

그가 그녀를 남겨두고 소파에 앉았다. 그녀에게 앉으라는 소리도 없이 소파에 앉아서 그녀를 무례할 정도로 뚫어지게 쳐다봤다. 그의 시선이 그녀의 얼굴에서 가슴으로 천천히 내려와서 멈추었다.

그녀의 가슴은 주인을 배반한 채 유두를 꼿꼿이 세우고 있었다. 얇은 실크드레스 위로 거의 뚫고 나올 듯이 그녀의 유두가 서 있었다. 그의 시선이 그녀를 그렇게 만들고 있었다. 정신을 차려야 했다.

그녀는 말하는 대신에 떨리는 손으로 자신의 실크드레스의 한쪽 끈을 어깨 아래로 떨어뜨렸다. 아주 아마추어 같은 행동을 하고 있었다. 분명 이 모습은 프로의 모습은 아니었지만 지금 주아로서는 달리 방법이 없었다. 제발 그가 닳고 닳은 아무 여자만 보면 흥분하는 수컷이길 바라는 마음이었다.

"행동으로 보여주겠다?"

그의 목소리가 조금 전보다 더 낮게 울리고 있었다. 불행하게도 그는 발정난 수컷이 아니었다. 그녀는 떨리지만 침착하게 나머지 끈도 마저 어깨 아래로 내렸다. 그러자 기다렸다는 듯이 실크드레스가 그녀의 멋진 곡선을 따라 흘러내리고 있었다.

완벽한 그녀의 나체가 그의 눈앞에 그대로 드러났다. 그런 그녀를 그는 이글거리는 시선으로 바라보고 있었다. 주아는 천천히 그를 향해 걸어갔다. 그의 눈빛이 그녀를 원하는 것 같았다. 아니, 원해야만 했다.

이 순간만 잘 견디면 이천만 원이 그녀의 통장에 들어오는 것이었다. 그리고 생각보다 그는 아주 멋졌다. 그녀가 상대했던 웬만한 배우보다도 매력적인 남자였다. 그녀의 첫 상대가 술고래에 고약한 남자가 아님을 다행으로 생각해야 했다.

주아는 오래전에 자신이 찍었던 영화의 한 장면을 떠올리며 유혹적인 포즈로 그의 다리 위에 올라앉았다. 그녀의 커다란 가슴이 그의 얼굴에 닿을 때까지 그녀는 몸을 점점 밀착해 갔다. 주아는 마주한 그의 얼굴을 양손으로 잡아 그의 입술에 입을 맞추었다.

감독들의 호통을 들어가며 배운 스킬을 총동원해서 그녀는 최대한 끈적이는 몸짓으로 그를 자극하려고 애를 썼다. 하지만 그는 그저 통나무처럼 움직이지 않고 가만히 앉아만 있을 뿐이었다.

"제가 마음에 들지 않나요?"

주아가 그의 왼쪽 가슴에 자신의 손을 올려놓고는 그의 격렬하게 뛰는 심장의 리듬을 그대로 느끼고 있었다.

"아니."

거칠게 뛰는 심장과는 다르게 그의 답은 차갑고 간결했다.

"그런데 왜?"

그녀가 고개를 들어 그의 눈을 처음으로 쳐다보았다.

"내가 묻지 않았나? 왜 이곳에 들어왔는지? 이유를 말하라고 했을 텐데?"

그는 차가움이 가득한 말투로 그녀에게 다시 물었다. 이제는 더 피할 방법이 없었다.

"사장님을 유혹하기 위해서 왔어요."

"날 유혹한다? 누가 보냈지?"

"그건 당신이 날 가진 다음에 알려줄게요."

"왜지?"

"그게 그쪽의 조건이니까요. 혹시 일이 잘못되면 뒤탈이 없어야 하니까요."

주아는 차분하게 말을 하고 있었지만 아무것도 걸치지 않은 자신의 몸이 신경 쓰였다. 촬영장에서도 이렇게 전라의 모습을 보인 적이 없는 그녀였기에 지금 수건 한 장만 걸친 남자의 다리 위에 실오라기 하나 걸치지 않고 마주 보고 앉아 있는 자신의 모습이 너무나 어색했다.

주아는 조금 더 용기를 내서 그의 입술에 다시 한 번 자신의 입술을 가져다 댔다. 이번에도 그에게 반응이 없다면 다음은 뭘 해야 하나 하는 생각과 함께 말이다.

그의 입에서는 술 냄새가 살짝 풍겼다. 처음은 키스가 아닌 그냥 입맞춤이었다면 지금은 입술을 누른 채로 그녀가 혀를 이용해서 그의 다문 입술을 열고 있었다.

하지만 그의 가지런한 치아만 그녀의 혀에 닿을 뿐 그는 그녀에게 키스를 허용하지 않았다.

실패였다. 자신이 이렇게 성적인 매력이 없다는 게 놀라울 따름이었지만 지금은 이렇게 자책이나 하고 있을 시간이 없었다. 어떻게 해서든지 그의 마음을 돌려야만 했다.

"제가 마음에 안 드시는 거죠?"

화가 났다. 이천만 원은 이미 물 건너간 것 같았다.

"지금 나한테 화를 내는 건가?"

"아니라고는 말 못하겠어요."

이제는 얌전히 당하고만 있고 싶지는 않았다.

"오호, 그래?"

그가 그녀의 코앞에서 비웃었다. 이제는 더 이상 이곳에 있고 싶지 않았다. 주아는 그의 무릎에서 내려오려고 몸을 일으켰다. 그러나 순간 그의 강한 팔이 그녀의 허리를 잡아 다시 그의 무릎 위에 앉혔다.

"어머, 뭐 하시는 거예요?"

"오늘은 아무것도 하고 싶지 않았는데……."

"그럼 하지 마요."

주아는 자신의 허리를 감싸고 있는 그의 손을 자신의 손으로 떼어내려고 애를 썼다. 하지만 그의 탄탄한 손은 꿈쩍도 하지 않았다.

"오늘이 우리 어머니의 기일이거든."

"……."

순간 주아의 손이 멈추었다. 그리고 공허한 표정의 남자를 쳐다보았다. 조금 전까지의 싸늘한 표정은 온데간데없고 쓸쓸한 표정이 그의 얼굴에 가득했다.

"미안해요."

그 말밖에 할 말이 없었다. 술병들이 왜 카펫 바닥에 뒹굴고 있었는지에 대한 이유를 알게 되니 마음이 더 좋지 않았다.

"돌아가신 지 오래되셨나요?"

"10년쯤."

"하긴, 그리움은 세월의 무게를 더하는 법이죠."

주아는 그의 마음을 충분히 공감했다. 원망은 희미해져 가고 그리움이 더 강하게 느껴졌기 때문에 그의 마음을 이해할 수 있었다.

더구나 어머니와 사이가 각별했다면 그 그리움은 더할 것이다.

그녀는 자신도 모르게 그의 얼굴을 쓰다듬었다. 그것은 유혹이 아닌 위로였다. 하지만 그의 반응은 달랐다. 그녀의 허리를 잡고 있던 손이 갑자기 그녀의 얼굴을 잡더니 거칠게 키스를 하기 시작했다.

그의 강한 힘에 속수무책인 주아는 거친 키스를 오롯이 받아들였다. 그의 혀가 그녀의 입술을 가르고 들어와 정신을 차릴 수 없이 빠르게 입안을 점령하고 있었다. 빠르면서도 단호한 그의 키스에 저항이란 있을 수가 없었다.

수많은 키스를 연기했지만 한 번도 이렇게 정신을 차리기 힘들 정도의 강한 끌림은 느끼지 못했었다.

"으읍."

숨조차도 쉬기 어려울 정도로 그의 입술과 그녀의 입술이 한 치의 오차도 없이 맞물려 있었다. 그의 이빨이 그녀의 혀를 잡아 살짝 물자 주아는 온몸의 힘이 빠져나가는 느낌이었다. 그와 나누는 키스는 섹스보다도 더 짜릿한 흥분을 그녀에게 안겨주었다.

서로의 타액이 오가고 혀가 엉키며 그들은 섹스만큼 진한 키스를 나누고 있었다. 그녀가 키스에 정신이 팔려 있던 사이에 그의 손이 그녀의 가슴을 감싸 쥐었다.

"흡!"

순간 놀란 주아가 자신의 호흡을 그대로 삼켜 버렸다. 하지만 그는 아랑곳하지 않고 이번에는 그녀의 유두를 손가락으로 만지기 시작했다. 키스로 정신이 반쯤 나갔다면 그가 가슴까지 만지는 지금은 온전히 정신이 나간 상태가 되었다.

아무 생각도 할 수가 없었다. 처음 만난 남자가 그녀의 온몸을 이렇게 주무르고 만지는데 그녀는 이상하게 쾌감을 느끼고 있었다. 그녀의 여성이 촉촉하게 젖어드는 걸 느낄 수가 있었다.

그의 손이 그녀의 가슴에서 갑자기 아래로 내려와 그 누구도 만진 적이 없는 여성을 한 번에 감싸 쥐었다.

"악!"

이번에는 소스라치게 놀란 주아가 본능적으로 그의 손을 뿌리쳤다.

"여기는 허락을 안 할 건가?"

그의 말에 그녀는 정신이 들었다. 지금은 처녀놀음을 할 때가 아니었다. 이곳에 온 유일한 이유인 돈만을 생각할 때였다. 주아가 먼저 그의 입술에 다시 입을 맞추자 그의 손이 자연스럽게 주아의 여성을 감싸고 들어왔다.

처음의 거부감이 점차 사라지더니 이상하게 찌릿한 느낌이 그녀의 아랫배를 감싸기 시작했다. 그의 손은 그녀의 여성을 어루만질 뿐 더 이상의 행위는 하지 않았다. 그럴수록 그의 키스는 더 거

칠어져 갔다. 마치 아래서 채우지 못한 욕구를 키스로 채우는 듯
했다. 그렇게 한참을 서로의 키스에 취해 있는데 돌연 그가 그녀
를 밀어냈다.

그의 갑작스러운 행동에 주아는 멍한 얼굴로 그를 쳐다보았다.

"오늘은 여기까지."

"……."

그가 갑자기 자리에서 일어나자 그의 허리에 둘러져 있던 타월
이 스르르 미끄러지며 그의 완벽한 나신을 그대로 드러냈다.

"얼마지?"

"……."

그가 그녀에게 돈의 액수를 묻자 갑자기 찬물을 뒤집어쓴 느낌
이었다. 하지만 이건 연애가 아니었다.

"이천만 원이오."

그가 뭔가를 적더니 그녀에게 내밀었다. 그의 얼굴은 아직도 욕
망에 들떠 상기되어 있었고 그의 페니스는 하늘 높은 줄 모르고
솟아 있었다. 그나마 그것이 주아에게 위로가 되었다.

"받아."

"이게 뭐죠?"

"수표야."

"전 다른 곳에서 받을 텐데요."

"아니, 우리는 섹스를 하지 않았고 오늘 당신은 나에게 퇴짜를 맞은 거야. 알면서 덜미를 잡힐 수는 없지. 하지만 그렇게 하면 당신은 아무것도 못 받을 테니 이건 키스 값이라고 생각해."

주아는 수표에 적힌 액수를 보고 놀랐다.

"이건 더 많은데요."

"내 팬심이라고 해두지. 가봐."

그는 다시 차가운 어투로 변했고 곧장 자신의 침대 위로 쓰러졌다. 그의 뒷모습을 보며 그녀는 바닥에 떨어진 실크드레스를 입고 방을 빠져나왔다. 그가 아무렇지도 않게 그녀에게 준 돈은 그녀가 1년을 벌어도 손에 쥘 수 있는 돈이 아니었다.

"삼천만 원."

주아는 뒤도 돌아보지 않고 그 길로 김 여사가 있는 차로 향했다. 실패했다는 그녀의 말에 길길이 날뛰겠지만 그에게 받은 돈의 값을 하려면 그녀는 오늘 철저하게 거절당한 여자여야 했다. 사실 끝까지 가지도 않았으니 100% 거짓말은 아니었다.

차에 오르자마자 김 여사의 잔소리가 시작되었지만 주아는 신경 쓰지 않았다. 그녀는 백미러로 그가 있는 호텔이 사라질 때까지 보았다. 다시는 만나지 못할 사람이었지만 평생 그녀의 기억에 자리할 것 같았다.

1. 유난히 맑은 날의 오후

뉴욕의 야릇한 만남의 기억은 그녀의 일상까지 건드리진 못했다. 뉴욕에서 돌아온 지 두 달이 지났지만 그녀의 일상은 변한 것이 아무것도 없었다. 좋은 변화라면 엄마의 건강이 빠르게 좋아졌고 더 이상 가슴 졸일 만한 일은 없었다.

그가 준 돈으로 엄마의 병원비를 무사히 치렀고 남은 돈은 잘 보관 중이었다. 언제 엄마가 다시 아플지 모르기 때문이었다. 이번 일을 계기로 다시는 스폰서를 찾는 일은 없을 거라는 맹세를 한 그녀였다.

돈도 두 달 동안 차곡차곡 모았다. 엄마가 아프지 않으니 좀 모이는 것 같았다. 김 여사로부터 전화가 오기는 했지만 그녀는 딱

듯하게 거절했다. 주아는 모처럼 조용한 일상을 보내고 있었다.

오늘도 여느 날과 다름없는 영화 촬영장.

따스한 창가에 햇볕이 따뜻하게 내리쬐고 있었다. 화이트 톤의 침실은 화사함을 가득 담아 행복함을 그대로 담아내고 있었다. 침대 위에 나신의 남녀가 흰색의 이불만으로 몸을 가린 채 서로를 사랑스러운 눈빛으로 바라보고 있었다.

남자의 손길이 여자의 얼굴을 지나 목선을 따라 가슴으로 내려오고 있었다. 그리고 입모양으로 사랑한다고 말하는 남자를 보며 여자가 행복한 미소를 지었다.

"컷! 좋았어!"

감독의 이 한마디에 모두가 만족스러운 얼굴을 하고는 침대 위의 남녀를 보고 있었다. 남자주인공의 회상 씬을 찍었는데 지금 웃지 않고 있는 건 그녀뿐이었다. 이불 속에서 남자주인공이 자꾸만 그녀의 가슴을 은근슬쩍 만지고 있었기 때문이었다.

"촬영 끝났으니까 손 치워."

그녀가 조용히 말하자 남자주인공이 피식 웃으며 자리에서 일어났다.

"언제 저녁이나 먹자."

"싫은데."

"끝까지 반말이네."

"난 존대할 만한 사람에게만 존대해."

"삼류 주제에 입은 일류야."

요즘 한창 대세배우인 그는 주아보다 한 살이 어린 배우였다. 어린 녀석이 반말을 하는 것도 짜증이 나는데 이런 말까지 들으니 평소 조용하던 주아도 화가 머리끝까지 났다.

침대 옆에 숨겨두었던 점퍼를 걸치자마자 주아는 그 대세배우의 머리 위에 물을 쏟아부었다. 작은 물병에 그리 많은 물이 들어 있는 줄 몰랐었는데 아주 시원스럽게 남자의 머리 위로 쏟아졌다.

"미쳤어?"

그녀의 손에서 물병을 빼앗으며 남자가 소리를 질렀다. 하지만 지금은 아무도 그를 도와줄 수가 없었다. 모두가 점심을 먹기 위해 나갔고 그와 그녀뿐이었기 때문이다.

"삼류라서."

그녀는 이렇게 말을 하며 촬영장을 빠져나왔다.

"내가 가만있을 줄 알아?"

남자의 목소리가 촬영장에 쩌렁쩌렁하게 울렸다.

"네가 가만히 있어야지 안 다칠 거야."

그렇게 말을 하면서 그와 그녀가 나누었던 대화가 녹음이 되어 있는 핸드폰을 흔들었다.

[언제 저녁이나 먹자.]

[싫은데.]

[끝까지 반말이네.]

[난 존대할 만한 사람에게만 존대해.]

[삼류 주제에 입은 일류야.]

그들의 대화 소리가 촬영장을 울렸다.

"야!"

그녀가 걸음을 멈추고 돌아서자 그가 움찔하며 말을 멈추었다.

"나이도 어린 게 어디서 반말이야? 입조심해."

그녀는 회심의 미소를 지었다. 치근대는 녀석들이 많을수록 퇴치하는 방법도 발전하는 법이었다. 수많은 감독들과 상대 배우들이 그녀에게 추파를 보냈었고 그때마다 그녀는 단호하게 거절을 했기 때문에 자연스럽게 그녀에겐 좋은 기회가 생기지 않았다.

손쉽게 돈과 명예를 얻을 수 있는 신이 주신 최고의 섹시한 몸을 가지고 있었지만 그녀는 그저 바르게 살고 싶은 마음뿐이었다. 그런 그녀에겐 그래서 사람들이 없었다.

쉽게 말해 그녀의 뒤를 봐줄 스폰서가 없었던 것이었다.

"주아야."

"감독님."

이번 영화의 감독은 주아를 예뻐하는 여자 감독이었다. 하지만 너무 심성이 고운 사람이라서 주아의 방패가 되어주지는 못했다.

남자배우들이 주아에게 추파를 던지면 못마땅하다는 표현은 해주었지만 그게 다였다.

하지만 주아는 감독에게 불만은 없었다. 진짜 좋은 언니였기 때문이었다. 사람이 모두 강하지는 않으니까 그 사람의 본모습을 존중해야 한다고 생각하는 주아였다.

"민욱이가 너무 껄떡대지?"

"뭐 하루 이틀인가요."

"네가 너무 섹시한 탓이다."

감독은 주아의 단역 시절부터 알던 사람이었다. 친언니처럼 그녀를 아껴주었다. 그래서 조연으로 그녀를 항상 써주었다. 감사할 따름이었다.

"신경 쓰지 마세요. 오늘이 제 마지막 촬영이었는데요."

"그렇구나. 밥이나 먹자. 오늘은 네가 쏴라."

"왜요?"

"통장으로 미리 입금했어."

"감사합니다."

그녀의 사정을 누구보다 잘 아는 감독은 항상 그녀의 출연료를 가장 먼저 챙겨주었다. 준재벌가의 딸이라 돈이 많기도 했지만 그녀의 사정을 언제나 잘 이해해 주는 고마운 언니였다.

"뭐 드시고 싶으세요?"

주아가 화사한 웃음을 지으며 감독의 팔에 팔짱을 끼었다.

"요즘 고기를 못 먹었더니 빈혈이 생겼다."

"오케이 삼겹살 드시죠."

"한우는 곤란하냐?"

"네."

단칼에 자르는 그녀를 감독이 흘겨보다가 이내 웃음을 지었다.

"벼룩의 간을 내먹지. 알았다."

"우리 둘만 가요."

"알았어."

주머니 사정이 넉넉지 않아서 스태프들에게 다 사줄 수가 없었다. 촬영장을 나오니 오월의 따스한 햇살이 그들을 비추고 있었다. 그들은 햇살을 즐기며 촬영장 앞의 삼겹살집으로 향했다.

"오늘 날씨 좋네."

"그러게요."

"어머니는 어떠셔?"

"……."

"주아야?"

주아의 시선이 한곳에 머물렀다. 김 여사가 촬영장 앞에서 그녀를 기다리고 있었다. 그리고 그녀를 보더니 손을 요란하게 흔들어 댔다.

"감독님 먼저 들어가 계세요. 3인분 시켜놓으세요."

감독을 식당 안으로 밀어 넣은 주아는 김 여사가 있는 곳으로 갔다.

"주아야."

자신의 벤츠에 기대서 그녀를 반갑게 부르는 김 여사였다.

"여기는 어쩐 일이세요?"

"인사부터 하는 게 예의 아니니?"

김 여사가 예의를 따지니 웃음이 터질 뻔했다.

"잘 지내셨어요?"

"그럼, 나야 완빵 잘 지내고 있지."

"그런데 무슨 일로?"

"내가 여기 왜 왔겠니? 지난번에 네가 놓친 일 때문에 왔지."

김 여사는 여전히 껌을 짝짝 씹으며 말했다.

"뉴욕에서 네가 못 꼬시는 바람에 너야 손해날 것 없었지만 난 너한테 준 준비금 날리고 손해가 이만저만이 아니었거든."

"그 돈은 상대편에서 준 거라고 하셨잖아요?"

"내가? 언제?"

김 여사는 아주 기가 막히다는 듯이 눈을 동그랗게 뜨며 말했다.

"지난번에는 성공하지 못했으니까 이번에 다시 한 번 기회를 주는 거야."

"죄송하지만 다른 사람을 구하시는 게……."

"어머머, 얘 좀 봐. 너 그때 너한테 들어간 돈이 얼만 줄 알아?"

"얼만데요?"

"천오백만 원."

"네?"

그녀가 준비 비용이라고 받은 돈은 천만 원이었다.

"비행기 값에 호텔비에 식비, 또 네가 치장하는 데 든 비용이 그 정도였다고. 난 땅 파서 장사하니?"

어이가 없었다.

"저한테 얼마 주셨는지 기억 안 나시죠? 천만 원 주셨잖아요?"

"얘 좀 봐. 난 그냥 가니? 나한테 들어간 돈은?"

"그래서요?"

"그래서라니? 이번에 서울에 그 사람이 오기로 했다고 하더라고."

그가 서울에 온다. 갑자기 김 여사에게 간다고 할 뻔했다. 보고 싶은 생각이 들었기 때문이었다. 그날의 키스가 아직 그녀의 머릿속을 점령하고 있었다. 하지만 그는 다를 것이다. 그날 그녀와의 하룻밤으로 경쟁사에 덜미가 잡히고 싶지 않아 하는 게 확실하게 느껴졌었다.

"저랑은 관계없는 일이에요."

그녀는 김 여사의 말을 무시하고는 뒤돌아 삼겹살집으로 걸음을 옮겼다. 뒤에서 김 여사가 그녀를 불렀지만 그녀는 들은 척도 하지 않았다.

"그가 온다."

주아는 자신도 모르게 작은 목소리로 이렇게 말을 하고 있었다.

벽면이 모두 모니터로 이루어진 사무실은 온통 전투기 모형으로 가득했다. 커다란 원탁에는 비행기 모형과 함께 설계도가 어지럽게 널려 있었고 그 주변으로 10명의 사람들이 열띤 논쟁을 하고 있었다.

「이번 에어쇼에서 발표하기로 했던 신형전투기에 약간의 문제가 생겨 조치 중입니다.」

「한 달을 앞두고?」

「그게 말이 됩니까? 에어쇼에 차질이 생길 게 분명합니다. 그리고 이번 에어쇼는 세계 최대 규몬데 이게 말이 됩니까?」

열띤 설전이 오가고 있었다. 엔지니어는 단순한 결함이라서 고칠 수 있다고 말하고 있었고 이사들은 그저 에어쇼에 나가지 못할까 봐 전전긍긍이었다. 그들의 모습을 현성은 한심한 시선으로 바라보고 있었다.

MIT에서 최연소로 박사과정을 마친 그는 일찍이 전투기에 관심을 가져서 미국 최대의 항공사인 록히드마틴의 핵심연구원으로 일을 하다가 지금은 자신의 이름으로 항공사의 핵심부품을 만드는 회사의 회장이 되어 있었다.

회사는 빠르게 성장을 했고 이번에 처음으로 자신의 이름을 내건 전투기를 만들었는데 사소한 문제들이 곳곳에서 나오고 있었다.

「완벽하지 않으면 완벽할 때까지 발표를 미룹시다.」

「하지만 회장님.」

「완벽하지 않으면 웃음거리가 될 뿐입니다. 그리고 이럴 시간에 원인을 찾아내면 될 것 아닙니까.」

그는 자리에서 일어나 공장으로 향했다. 그는 자리에 앉아서 탁상공론을 하는 것보다 현장에서 뛰는 걸 더 좋아했다. 그래서 그의 회사는 전 세계에서 TOP3 안에 드는 비행기 부품회사가 될 수 있었다. 하루도 쉬지 않고 앞만 보고 달린 그였다.

윙—

한국에서의 전화였다. 아버지와는 그리 편한 관계가 아니었지만 그렇다고 전화를 받지 않을 수도 없었다.

"여보세요?"

[나다.]

힘이 없는 목소리가 수화기 너머로 들려왔다.

"몸은 좀 어떠세요?"

[많이 좋아졌다. 너는 어떻게 지내니?]

"잘 지내고 있습니다."

아버지와 아들의 대화라고 하기엔 너무나 건조했다. 핸드폰을 귀에 대고 공장을 향해 걸으며 그는 통화에 집중하기보다는 주변의 마주하는 직원들과 눈인사를 나누기에 바빴다.

[지난번에 말했던 그 섬에서 쉬는 걸 조금 앞당겼으면 싶구나.]

"그렇게 하세요."

그에겐 인도네시아에 작은 섬이 하나 있었다. 사두긴 했지만 그가 간 건 몇 번 되지 않았다. 그것도 휴식을 취하기 위해 간 것이 아니라 사업상 접대를 하기 위해 간 게 전부였다.

"준비해 놓으라고 할게요."

[고맙구나.]

"아버지 혼자 가실 건가요?"

그는 정말 묻고 싶은 말을 꺼냈다.

[아니다. 친구하고 한 명 더 갈 거야.]

"누군데요?"

[너는 모르는 사람이다.]

"여잔가요?"

[그래.]

현성의 입가가 비틀어졌다. 아버지에겐 항상 여자가 있었다. 그래서 어머니가 평생을 마음고생 하시다가 돌아가신 것이었다. 돌아가시면서도 어머니는 그에게 아버지의 여자들에 대해 이야기하셨다.

"아버지, 제가 준비해 놓으라고 했으니 언제든지 떠나시면 됩니다."

[알았다. 고맙구나.]

"저 일해야 해요."

[그래, 얼른 볼일 봐.]

핸드폰을 신경질적으로 주머니에 넣은 그는 잠시 걸음을 멈추고 긴 한숨을 내쉬었다. 담배가 아주 간절하게 당겼다. 아니, 지금은 위스키가 더 생각이 났다. 중학교 때 공부 때문에 미국에 어머니와 함께 왔고 그 후로 그와 어머니는 한국에 들어가지 않았다.

솔직히 미국에 온 건 그의 학업 때문만은 아니었다. 대학교수인 아버지와 아버지의 수많은 여인들 때문에 어머니가 점점 더 히스테릭해졌기 때문에 아버지가 어머니를 강제로 그와 함께 미국에 보낸 것이었다.

아버지가 미국에 온 건 어머니의 장례식 때가 유일한 것 같았다. 그는 아버지가 싫었다. 어머니의 쓸쓸한 죽음이 아버지의 탓이란 생각 때문이었다.

아버지가 휴가를 떠나는 날에 공교롭게도 그가 한국에 갈 것 같 았다. 확실히 만날 운이 없는 부자지간이었다.

「회장님.」

그의 뒤로 친구이자 사업파트너인 마크가 서 있었다. 마크는 미 국인으로 같은 대학을 나와서 그가 처음 사업에 뛰어들 때 아무것 도 안 보고 오로지 그만을 믿고 쫓아와 준 고마운 친구였다. 마크 는 큰 키에 푸른 눈의 잘생긴 남자였다.

그래서인지 마크는 일찍 결혼해서 세 아이의 아빠였다. 부인은 한국인으로 대학 때 유명한 캠퍼스 커플이었다. 현성은 마크의 안 정적인 삶이 늘 부러웠고 마크는 그의 자유로운 삶을 부러워했다.

「왜?」

「늦어도 이번 주 금요일에는 출발해야 할 것 같아. 처제의 결혼 식이 일요일이더라고. 유나가 잘못 알았어.」

월요일에 출발하기로 했는데 일정이 3일이나 앞당겨졌다.

「알았어.」

「인상 쓰지 말고. 화요일에 국방부 사람들을 만나기로 한 거 월 요일로 당겨놨어. 아버지랑 그간의 회포도 풀고. 그리고 찾을 사 람 있다면서?」

황주아. 그녀를 찾을 것이다. 두 달 전부터 그의 꿈자리를 괴롭게 만드는 여자를 찾을 것이다. 밤마다 실오라기 하나 걸치지 않은 모습으로 그의 페니스 위에 자신의 여성을 문지르며 온갖 교태를 부리는 그녀를 이제는 실제로 만나고 싶었다.

한국의 차세대 전투기 브리핑은 마크가 가도 되는 일이었지만 이번에는 그가 적극적으로 나섰다. 덕분에 득을 본 건 마크였다. 그의 식구들이 모두 현성의 전용기를 타고 한국에 갈 예정이기 때문이었다.

「회장님? 뭘 그렇게 생각하십니까?」

마크의 말투가 바뀌면 주위에 사람이 있다는 소리였다. 마크에게는 아무 일도 아니라고 이야기를 하고 그는 공장을 향하는 발걸음을 빨리했다. 하지만 그의 머릿속은 온통 황주아 생각뿐이었다.

2주간 주아는 모든 일정을 비웠다. 엄마와 어쩌면 마지막이 될지 모르는 여행을 떠나기 때문이었다. 지금은 많이 좋아지긴 했지만 엄마의 병은 언제 또 재발할지 모르기 때문에 주아는 이번 여행이 어쩌면 엄마와의 처음이자 마지막 여행이 될 것 같다는 생각이 들었다.

거기다가 이번 여행의 핵심은 엄마가 아는 지인의 초대로 가는 것이었기 때문에 더 열심히 여행 준비를 했다. 그녀가 함께 가는 것이기도 했지만 엄마가 기가 눌리면 안 되니까 엄마에게 그녀가 해줄 수 있는 모든 걸 다 해주고 싶었다.

지금 주아는 여행을 대비해서 엄마와 그녀가 입을 옷을 사기 위해 친한 동생인 연희와 함께 동대문 쇼핑몰을 찾았다.

"언니, 이거 완전 예쁜 것 같아요."

수영복 매장에 서서 동생이 움직일 생각도 하지 않고 있었다. 흰색 수영복인데 정말 가릴 곳만 딱 가릴 수 있는 손바닥만 한 사이즈의 요망한 디자인이었다.

"언니 가슴 사이즈면 우후!"

괜히 후배의 얼굴이 더 붉어졌다.

"엄마 때문에 바다에는 못 들어갈 것 같아. 그리고 엄마 앞에서 입긴 좀 그렇지 않아?"

"왜요, 섹시하구만. 꼭 엄마랑만 있어야 해요? 언니도 살짝 즐겨야지. 열흘이나 있는데 저거 사서 입어요. 언니한테 진짜 잘 어울릴 것 같아요."

동생 연희는 유명한 배우들의 스타일링을 맡아 하는 친구였다. 그래서인지 대기 시간이 긴 그녀와 여러 영화에서 만나면서 자연스럽게 친해지게 되었다.

"여기요? 이거 얼마예요?"

기어코 연희가 판매원에게 물었다.

"이거 8만 원만 줘요."

"연희야."

"뭐 어때."

하긴 그녀도 이 수영복이 마음에 들긴 했다. 안 입더라도 8만 원이면 그녀를 위해 쓸 만했다.

"이 언니 입을 건데 사이즈는 있죠?"

판매원이 그녀를 훑어보더니 고개를 끄덕였다.

"그럼 주세요. 언니, 이건 언니가 처음으로 해외여행 가는데 내가 주는 선물이야."

"아니야."

"사양 마시고 받으삼."

그녀보다 두 살이 어린 연희는 언제나 언니처럼 그녀를 살뜰히 챙겨주었다. 아마도 비슷한 처지이기 때문일지도 몰랐다. 홀어머니 밑에서 자란 동질감이 둘에겐 피를 나눈 형제만큼 끈끈한 연을 맺어주었다.

"고마워."

"언니, 거기선 남자 좀 꼭 꼬셔. 아주 근사한 놈으로다가."

"근데 이야기 듣기로는 무인도라고 하던데?"

"뭐?"

"아니야, 농담이다. 내가 아주 멋진 칠흑같이 검은 눈에 구릿빛 피부를 가진 남자를 데려오마."

순간적으로 그녀의 머릿속엔 뉴욕에서 만난 남자가 떠올랐다. 그녀가 한국을 떠날 때 즈음엔 그 남자는 어쩌면 서울에 있을지도 몰랐다. 역시 둘은 인연이 아닌 것 같았다.

"언니, 난 파란 눈의 형부면 좋겠어."

"뭐?"

"좋잖아, 언니는 외국인들에게 먹히는 몸매야."

연희는 언제나 그녀의 몸매를 부러워했다. 모델처럼 마른 몸의 연희는 마르면서도 볼륨감이 있는 그녀의 몸이 부러운 모양이었다.

"우리 순대볶음에 쿨피스나 땡기고 갈까?"

"그래, 너무 오랫동안 걸었더니 배가 고프긴 하다."

양손 가득 비닐봉투가 들려 있었다. 시계를 보니 새벽 2시가 가까운 시간이었다. 4시간을 정신없이 걸었더니 발바닥도 아파왔다.

연희와 순대볶음을 먹고 집에 돌아오자 새벽 4시가 넘었다. 택시를 타고 상계동의 집 앞에 내린 주아는 한숨이 나왔다.

대출금이 가득한 집이지만 그래도 그녀와 엄마의 안식처이자 좋았던 기억이 많은 곳이었다. 돌아가신 엄마와의 기억이 그나마 있는 곳이기 때문에 주아는 이 낡은 단독주택을 사랑했다.

대문을 열고 집 안으로 들어간 주아는 작은 마당의 의자에 앉았다. 그리고 지금도 있는 수돗가를 바라보았다.

여름이면 죽은 친엄마가 커다란 대야에 물을 받아 그녀에게 작은 수영장을 만들어주었고 그곳에서 주아는 어떤 수영장보다도 더 재미있게 놀았었다. 물론 그 곁에는 지금의 양어머니도 함께했었다.

친엄마와 양엄마가 서로를 의지하는 친구였기에 그들은 주아가 태어나기 전부터 함께 살았었다. 친엄마가 돌아가셨어도 양엄마인 지금의 엄마가 부족한 것 없이 그녀를 길러주셔서 주아는 한 번도 외로움을 느낀 적이 없었다.

그랬다. 주아는 다섯 살 이후로 양엄마의 손에 의해 컸다. 두 분이 절친이시기도 했지만 지금의 엄마가 주아를 너무나 사랑해 주셨다. 결혼까지 하지 않으시면서 홀로 그녀를 금지옥엽으로 키워주셨다.

주아는 돌아가신 엄마만큼 그녀를 길러주신 지금의 엄마를 사랑했다. 하지만 이렇게 마당에 앉아서 돌아가신 엄마를 그리워하기도 했다. 그건 어쩔 수 없는 그리움이었다.

"주아야."

"어, 엄마."

대문 여는 소리에 엄마가 깬 것 같았다.

"안 들어오고 뭐 해?"

엄마가 잠옷에 가운을 걸치고 나왔다. 5월이었지만 새벽은 쌀쌀했다.

"들어가려고. 새벽에 보니 우리 엄마 예쁘네."

"술 마셨어?"

"아니."

"그런데 웬 신소리야. 빨리 들어와. 추워."

툴툴거리는 엄마를 주아가 뒤에서 안았다.

"우리 엄마 따뜻하네."

"너 술 마신 거 맞아."

"아니야. 순대볶음에 쿨피스."

"쿨피스에 소주를 탔겠지."

엄마와 티격태격하며 주아는 안으로 들어갔다.

"이게 다 뭐야?"

주아가 쇼핑해 온 옷들을 보며 엄마가 놀라서 말했다. 평소에 이렇게 돈을 쓰는 주아가 아니었다.

"도대체 몇 벌을 산 거야? 패션쇼 해?"

"응."

"점점."

하지만 엄마의 얼굴은 싫은 눈치는 아니었다.

"입어봐."

"이 새벽에?"

"잠 깼잖아."

주아가 엄마에게 원피스를 꺼내주었다.

"그럼 입어볼까?"

주아가 고개를 끄덕이자 엄마가 잠옷을 벗고는 그녀가 사온 화려한 비치원피스를 입었다. 엄마의 나이가 60이라는 게 믿어지지 않을 정도로 아주 고왔다. 하긴 결혼도 안 하고 아이도 낳지 않았으니 그 나이 또래보다 훨씬 젊어 보이는 엄마였다.

"우리 엄마 시집가도 되겠는데……."

"오늘 너 술 마신 거 확실해. 제정신이 아닌 걸 보면."

엄마가 말은 이렇게 했지만 듣기 싫은 눈치는 아니었다. 새벽에 거실에서는 한바탕 패션쇼가 펼쳐지고 있었다.

"엄마, 그런데 이번에 같이 가는 분은 누구신 거야?"

지난번부터 묻고 싶었는데 어찌하다 보니 오늘까지 정확하게 묻지 못하고 있었다.

"지난번에 말했잖아. 고향 오빠라고."

"엄마 고향은 서울 아니야?"

"서울에서 오래 산 거지 고향은 아니야. 엄마는 구미에서 태어났어."

처음 듣는 말이었다. 엄마는 사투리도 쓰지 않았고 그녀가 기억하는 한 먼 곳의 친척들도 없었다. 하긴 엄마도 친척 하나 없이 고 아나 다름없으니 알 길이 없었다.

"왜 여태 말하지 않았어?"

"할 일이 없었지. 네가 묻지도 않았고."

"하긴. 그런데 그 아저씨는 궁금하다. 누군데 우리를 해외여행 까지 시켜주는 거야?"

"엄마 첫사랑."

"어?"

충격적인 말이었다. 지금까지 엄마와 쭉 살았지만 남자라고는 한 명도 보지 못했었다.

"충격 먹었어? 엄마는 뭐 첫사랑도 없을 줄 알았니?"

"그건 아니지만……."

비치원피스에 챙이 넓은 모자를 쓴 엄마가 소파에 앉아 옷가지 에 둘러 싸여 바닥에 앉아 있는 주아를 내려다보았다.

"40년도 넘은 일이야."

"그래도 궁금한데?"

"나중에 이야기해 줄게. 들어가서 자. 피곤할 텐데."

"아니, 하나도 안 피곤해."

엄마의 첫사랑이 진짜로 궁금한 주아였다.

"엄마가 피곤해."

주아는 더 이상 조르지 않았다. 주아가 가장 겁내하는 말을 했기 때문이었다. 엄마가 피곤하다는 말은 몸이 좋지 않다는 의미였다.

"알았어. 들어가서 자."

"옷 고맙다."

"엄마한테 잘 어울려서 다행이야."

엄마가 방으로 들어가자 주아도 자신의 방 안으로 들어왔다. 심플한 그녀의 방은 주인의 성격을 그대로 보여주고 있었다. 온통 화이트 톤인 방 안에는 먼지 하나가 용납이 되지 않았다. 옷을 벗고 샤워를 한 그녀는 화이트 톤의 침대 위로 그대로 쓰러졌다. 피곤했다.

"내일은 늦게까지 자자."

이렇게 말을 하면서도 지금 가진 돈을 머릿속으로 계산을 하는 주아였다. 천만 원이 조금 넘는 액수가 가진 돈의 전부였다. 그것도 지난번 뉴욕에서 그에게 받은 삼천만 원 중에 엄마의 병원비로 이천을 쓰고 남은 천만 원이었다.

"류현성."

한국으로 돌아오는 비행기 안에서 김 여사에게 들은 이름이었다. 어찌나 심하게 욕을 하는지 누가 들었다면 철천지원수에게 하는 말인 줄 알 것 같았다. 그리고 집에 와서 검색한 그는 화려하기 그지없는 스펙의 소유자였다.

그녀가 넘볼 상대가 아니었다.

"HS사의 회장이라……."

HS사는 세계적인 비행기 엔진 및 부품회사라고 했다. 작은 회사의 사장이라도 부담스러운데 글로벌기업의 회장이라니 어이가 없었다.

"그러니 접대를 했겠지."

김 여사를 다시 만난 이후로 계속해서 생각이 났다. 주아는 더 이상 생각하지 않으려 베개에 얼굴을 묻었다. 그리고 베개에 대고 소리를 질렀다.

"악!"

답답해서 심장이 터져 버릴 것 같았다. 그렇게 주아는 한동안 뒤척이다가 겨우 잠을 이루었다.

주아가 사준 비치원피스를 벗으며 서현은 거울에 비친 자신의 모습을 슬픈 눈으로 바라보았다. 60년의 세월의 흔적이 그대로 거울에 투영이 되었다. 그 오랜 세월을 살아오는 동안 한 번도 이렇게 거울 속의 자신을 제대로 바라본 적이 없는 그녀였다.

바쁘고 악착같이 산 60년의 세월인데 남은 건 병들고 지친 몸뿐이었다. 아니, 단 하나 그녀에게 커다란 선물이자 보람이 있었다. 그건 바로 사랑하는 딸 주아였다. 지금도 생각하면 가슴 아팠던 그 시절에 마음의 등불과도 같았던 친구 지숙은 20살 서현이 서울에 올라와서 처음으로 사귄 친구였다.

양말 공장에서 일을 하며 만나서 10년의 우정을 쌓아온 그녀들이었다. 지금도 지숙을 생각하면 피식 웃음이 나오곤 했다. 좁은 공장 방 안에서 기술자였던 지숙이 양말의 코를 기계로 봉제해서 주면 그녀가 긴 양말 봉으로 뒤집고 낱개 포장을 했었다.

둘은 손발이 잘 맞았고 나중에는 지숙이 기계 한 대를 사서 작은 집을 얻어 직접 자신들이 일감을 받아서 일을 했다. 고된 일이었지만 손에 잡히는 돈이 쏠쏠해서 그들은 힘든 줄도 모르고 일을 했고 그때가 서현의 인생에서 가장 부자였던 때인 것 같았다.

그들은 노력해서 지금의 이 집도 마련했고 나름 즐겁게 살았다. 그러던 어느 날 지숙에게 남자가 생겼다. 양말을 공장에서 가져다주는 남자와 지숙이 눈이 맞은 것이었다. 아무리 말려도 눈에 콩깍지가 제대로 씐 지숙을 말릴 수가 없었다.

서현이 그렇게 지숙을 말린 이유는 그 남자가 유부남이었기 때문이었다. 하지만 결국 지숙은 주아를 가졌고 그 사실을 안 남자는 지숙을 떠났다. 주아는 그렇게 아빠 없이 태어났고 지숙과 서현은 그런 주아를 누구보다 아끼며 키웠다.

아니, 지숙이 떠나고 나서 그녀가 주아를 키웠다기보다 지숙이 떠난 자리를 주아가 대신 채워주고 지금까지 그녀의 버팀목이 되어주었다. 화장대 앞에 주아와 지숙 그리고 서현이 밝게 웃고 있는 사진이 있었다. 사진 속의 지숙이 그녀를 보며 환하게 웃고 있었다.

"지숙아."

나이가 드니 자꾸만 마음이 약해지는 것 같았다. 벌써 눈에서 눈물이 흘러내렸다. 손가락으로 눈물을 닦으며 서현은 평상복으로 갈아입었다. 아침을 준비하기 위해서였다. 늙으니 확실하게 아침잠이 없어졌다.

밖에 나가서 주아의 방문을 열어보니 주아는 세상모르고 깊은 잠을 자고 있었다. 서현은 새벽에 패션쇼를 벌인 거실을 치우고 녹차 한잔을 타서 소파에 앉았다. 거실의 커다란 창에는 빗방울이 떨어져 부딪히고 있었다.

"비가 오네."

따뜻한 녹차가 목을 타고 넘어갔다. 그리고 그녀의 시선은 어제 주아가 사온 옷가지들에 고정이 돼 있었다.

"너무 많이 샀어."

주아가 산 옷의 대부분은 다 그녀의 것이었다.

"지 꺼나 사지."

안타까웠다. 이제 서른인 주아가 멋을 내고 즐기는 걸 포기하고 서현에게 올인하는 것이 너무나 가슴이 아팠다.

"내가 빨리 죽어야 하는데……."

다시 눈시울이 붉어졌다. 이번 여행을 결정하기까지 서현 자신도 많은 고민을 했었다.

"후."

한숨이 절로 나왔다. 손에 들려 있는 녹차가 거의 다 식도록 그녀는 멍하게 소파에 앉아 비가 오는 창가를 응시하고 있었다. 40년을 훌쩍 넘어 그녀에게 가장 아름다웠고 가장 가슴 아팠던 그 시절에 그는 그녀에게 전부였다.

빗줄기가 점점 거세지고 있었다. 땅이 촉촉하게 젖어들었다. 그때는 서현의 눈에서도 지금 비의 양보다 많은 눈물이 쏟아져 내렸었다.

"건우 오빠."

60 먹은 나이에 이렇게 오빠라고 부를 수 있는 사람이 몇이나 될까? 서현은 피식 웃음이 났다. 이름만 불러도 아직도 심장이 두근거렸다. 주책이라는 생각이 들었다.

그녀가 건우를 본 것은 10살 무렵이었다. 국회의원의 아들이었던 건우는 구미의 모든 여자들의 선망의 대상이었고 그 집에서 찬모를 맡았던 어머니 때문에 서현은 그를 자주 볼 수가 있었다. 건우는 언제나 웃으며 그녀에게 귀한 알사탕도 몰래 주었고 동생처럼 그녀를 살뜰하게 챙겨주었었다.

5살 많은 건우는 어린 서현에게는 커다란 어른이었고 동경의 대상이었다. 그렇게 사이좋은 오누이 같던 관계는 그녀가 19살이 되던 해 봄에 커다란 변화를 맞이했다. 군대를 제대한 건우의 갑작스러운 고백으로 오누이에서 연인으로 발전을 했다.

어릴 때부터 그를 짝사랑했던 서현에게는 더없이 행복한 나날이었다. 하지만 그것도 잠시, 이를 알게 된 건우의 아버지가 그녀의 어머니를 집에서 내쫓고 구미 어느 곳에서도 일을 하지 못하게 만들었다.

남편 없이 서현을 키우며 살던 어머니에게는 이보다 더 막막한 길이 없었다. 하지만 어머니는 다른 곳에 갈 용기가 없었고 날마다 건우의 집에 가서 용서를 구했다. 서현은 그런 어머니가 보기 싫었고 그 길로 서울로 무작정 상경을 했었다.

서울에서 자리를 잡고 일을 하면서 홀로 있는 어머니를 모시고 오려 했지만 어머니는 끝내 구미를 벗어나지 않으셨다.

그렇게 세월이 흘렀고 40년이 지나서 그가 거짓말처럼 나타났다. 병원에서 퇴원을 하는 날 검은 정장을 입은 건장한 청년이 그녀의 길을 막아섰었다.

"황서현 님 되십니까?"

"네."

"혹시 류건우 교수님을 아십니까?"

"교수님요?"

그녀의 주변에는 교수가 없었다. 순간 자신을 진료했던 수많은 의사들을 생각한 그녀였다. 그녀가 고개를 갸우뚱하자 남자는 사진 한 장을 그녀에게 내밀었다. 그건 그녀의 어릴 적 모습이었다.

그리고 그 교수가 건우임을 깨달은 순간 서현은 다리의 힘이 풀려 휘청거렸다. 주아가 짐을 가지고 차에 가서 옆에 없기에 망정이지 부끄러운 과거를 딸에게 들킬 뻔했다.

"왜 그러십니까?"

"지금 교수님께서 만나고 싶어 하십니다."

"오래전의 인연이었고 지금은 제가 만날 의사가 없습니다."

"사모님, 지금 밖에서 기다리고 계십니다."

"네?"

"오랫동안 찾으셨습니다. 저희가 의뢰를 맡기 전부터 찾으신 걸로 압니다."

남자의 뜻밖의 말에 서현의 마음이 흔들렸다. 이렇게 초라한 모습으로 첫사랑을 만나기는 싫었다.

"오늘은 딸도 있고 해서 안 될 것 같아요. 명함을 주시면 제가 연락을 드릴게요."

"사모님, 교수님께서 지금 몸이 많이 안 좋은 상태십니다."

"네? 오빠가요?"

저도 모르게 오빠 소리가 나왔다.

"부탁드립니다."

서현은 핸드폰을 들고 주차장에서 기다릴 주아에게 전화를 걸어 10분만 기다려 달라고 말하고는 남자를 따라갔다. 그리고 병원 밖 작은 커피숍으로 들어갔다.

그곳에서 그녀는 한눈에 건우를 알아볼 수가 있었다. 나이가 들고 얼굴에는 주름이 있었지만 어릴 적의 멋진 모습이 많이 남아 있는 건우가 그녀의 앞에 서 있었다.

"서현아."

그의 목소리가 떨렸다.

"……."

그녀는 차마 그를 부르지도 못하고 그 자리에 멍하게 서서 그저 바라볼 뿐이었다. 커피숍 안에 그와 그녀 둘뿐인 것만 같았다.

"잘 지내셨어요?"

그의 앞에 앉으며 그녀가 힘겹게 꺼낸 말이었다. 그는 어제 만난 사람처럼 그녀와 살갑게 이야기를 했고 그 후 그들은 일주일 동안 매일같이 만나 이런저런 이야기를 나누었다. 10년 전쯤에 아내가 죽었고 그는 혼자라고 했다.

그래서일까 그를 만날 때 조금은 편한 마음이었다. 그러다가 자연스럽게 휴가를 제안했고 그녀도 흔쾌히 받아들였다. 하지만 날이 다가올수록 괜한 짓을 한 건 아닌가라는 생각이 들었다.

병원에서 재회를 한 후에 몇 번을 만난 그들은 예전의 오빠와 동생이 되어 있었다. 그를 볼 때마다 그 풋풋했던 마음이 다시 살아나고 있음을, 여전히 그녀의 가슴이 뛰고 있음을 서현은 느끼고 있었다.

"우리 여행이나 갈까?"

그의 뜬금없는 말에 서현은 사레에 걸려 음료수를 뿜어내는 실수를 하고 말았다.

"여행이 그렇게 놀랄 일이야?"

그가 냅킨을 그녀에게 건네며 말했다.

"우리 아들한테 별장이 있는데 나도 아직 안 가봤어. 죽기 전에 한 번 가보고 싶었거든. 서현이 딸내미하고 같이 가면 좋을 것 같아."

주아까지 초대를 한 걸 듣고는 이상한 생각을 한 본인이 부끄러웠다.

"그럼 아들도 같이 가는 거예요?"

"아니, 우리 아들은 바빠서 안 되고 우리끼리 간다고 말했어."

"벌써요?"

"응."

"생각해 볼게요."

"아니, 지금 대답해."

그가 조르는 바람에 그때는 알았다고 하고 얼마나 많은 고민을 했는지 모른다. 첫사랑 남자를 40년 만에 만나고 그와 여행을 가기까지 그녀에게 고민이 없었다면 그것도 말이 되지 않았다.

"엄마!"

주아가 눈을 비비며 방에서 나왔다.

"왜 더 자지."

"아니야. 밥 먹을래. 비 오네?"

"응, 시원하니 보기 좋다."

"난 비 싫어."

"왜?"

"나갈 때 챙길 게 많잖아. 맞다. 우리 우산도 챙겨야지?"

"왜, 그리로 이사를 가지?"

"그것도 좋고."

그래도 밝게 웃고 있는 주아의 모습이 그녀에겐 위로였다. 잠시나마 주아보다 그를 더 생각한 자신이 조금은 부끄러운 서현이었다.

"밥 차릴 테니까 나와."

"아니야, 내가 차릴게."

주아는 언제나 착한 딸이었다. 서현의 얼굴에 미소가 가득했다.

2. 햇빛이 쏟아지다

0505

디리릭.

비밀번호는 예전이나 지금이나 똑같았다. 현성의 생일인 5월 5일이 집 안의 모든 비밀번호였다. 그의 기억에는 전혀 존재하지 않았지만 그가 태어나서 기뻐 이렇게 된 것인지 아니면 아버지의 발목을 잡은 아이가 태어난 것이 싫어서 비밀번호까지 이렇게 짓게 된 것인지 그것은 알 수 없었었지만, 생각해 보면 어머니에겐 그렇게 해서라도 아버지를 차지하게 되었으니 기쁨을 뜻하는 것일 것 같았다. 아버지의 입장에서 보면 싫었겠지만 말이다.

그래서인지 그는 아버지에 대한 모든 것이 부정적이었다. 말은 하지 않았지만 어머니를 통해 심어진 아버지란 사람은 바람둥이에 가정에 충실하지 못한 인물이었다.

어디서부터 아버지와 어긋나게 된 것인지 정확하게 기억은 나지 않았지만 확실한 것은 어머니가 일조를 했다는 것이었다. 오늘 공항에 도착해서도 호텔을 잡을까 하다가 잔소리꾼인 현지가 어찌나 집으로 가라고 설득을 하던지 어쩔 수 없이 본가로 오게 되었다.

현지는 마크의 부인이자 그의 동기이기도 했다. 세 아이의 엄마이다 보니 솔로인 그보다는 좀 더 어른스럽게 생각을 해서 현성도 현지의 말을 완전히 무시하기는 쉽지 않았다.

오늘 그가 본가로 오는지 아버지는 모르고 계셨다. 문을 열고 들어가면서도 혹시 보고 싶지 않은 장면을 보게 될까 봐 그는 잠시 현관에 서 있었다.

아버지는 혼자 지내신 지 오래된 분이었다. 여자와 함께 있는데 들어서면 실례가 되기 때문이었다. 이럴 줄 알았다면 전화를 하고 오는 건데 잘못했다는 생각이 들었다.

검은색 캐리어 하나를 조심스럽게 들어 올린 현성은 혼자 살기엔 너무나 커다란 집 안을 둘러보았다. 거실에는 가구는 거의 없었고 그 흔한 TV조차 없었다.

하지만 가구 대신에 책들이 집 안 가득했다. 책장이 있는 것도 아니었고 전집이 있는 것도 아니었다. 각기 다른 책들이 거실을 삥 둘러싸고 있었다. 마치 가구가 없는 빈 공간을 지식으로 가득 채운 느낌이었다.

"책에 파묻혀 사셨나 보네."

냉소 섞인 말이 절로 튀어나왔다. 그는 캐리어를 소파 옆에 두고는 주방으로 가서 냉장고 안의 생수를 꺼내 한 모금 마셨다. 5월 말이라서 그런지 제법 더웠다. 생수를 마시며 집 안을 둘러보던 그의 눈에 무언가가 띄었다. 그는 자동으로 식탁으로 가서 물건을 들어 올렸다.

그의 손에 있는 건 끝도 없이 이어진 약봉지였다. 깔끔한 성격의 아버지답게 깨끗하게 치워진 식탁 위에 약봉지가 수북이 쌓여 있었다. 적어도 두 달 분량은 되는 것 같았다. 아니면 먹어야 할 약의 종류가 많던지.

느낌이 좋지 않았다. 봉투를 보니 한국대학병원 근처의 약국이었다.

"뭐지?"

그는 핸드폰으로 약을 찍은 다음 그대로 밖으로 나왔다. 그리고 택시를 타고는 한국대병원으로 향했다. 가벼운 병인데 저렇게 많은 양의 약이 필요하지는 않을 것 같았다.

「마크.」

그는 핸드폰으로 마크에게 전화를 했다.

「한국병원에 처남이 근무한다고 했지? 지금도 근무해?」

「왜? 무슨 일 있어?」

오자마자 그가 병원에 아는 사람을 찾으니 마크도 놀란 목소리였다.

「다른 소리 하지 말고 있어? 없어?」

「응, 처남 아직 근무하고 있어.」

현지에게 언제 들은 기억이 났다.

「지금 근무하는지 묻고 있으면 바로 연락 줘.」

「왜 그래?」

「급하니까 빨리.」

「알았어.」

의아해하는 마크에게 속 시원하게 답도 하지 않고 그는 전화를 끊었다. 어머니의 죽음도 갑작스럽게 찾아왔었다. 아무리 마음에 들지 않아도 그에게 아버지는 하나뿐인 혈육이었다. 병원에 도착하기 전에 마크에게 연락이 왔다.

병원장을 만날 수 있다고 했다. 그가 병원에 도착하자 한국병원 전체가 술렁이기 시작했다. 요즘 방송에서 그의 모습이 자주 비춰졌기 때문이었다. 더구나 그의 실물은 웬만한 연예인 뺨치기 때문에 더 그랬다.

병원장실을 데스크에 묻자 데스크의 여직원이 그의 얼굴을 쳐다보느라 말을 못하고 있었다.

"병원장실이 어딥니까?"

그가 급하게 묻자 데스크의 직원이 그를 데리고 직접 병원장실까지 갔다. 주위의 시선이 부담스러웠지만 지금은 그런 걸 생각할 겨를이 없었다. 병원장실에 도착하자 의사들 한 무리가 그를 기다리고 있었다. 장황한 인사가 있은 후에야 그는 병원장과 아버지에 대한 이야기를 나눌 수 있었다.

"아버지의 병명이 뭡니까?"

답답한 마음에 그가 단도직입적으로 물었다. 불안한 마음이 컸기 때문이었다. 싫은 건 싫은 것이고 병은 병이었다. 원장은 그가 세계적인 기업인 HS사의 오너인 걸 의식했는지 거의 브리핑 수준으로 아버지의 병에 대해 설명하기 시작했다.

"초기 위암이라는 얘기십니까?"

병원장의 설명을 그가 끊으며 말했다. 초기라고는 하지만 암은 암이었다. 두려워하던 일이 벌어졌다.

"지금은 회복 단계라고 말씀드릴 수 있습니다."

"그럼 완치가 되었다는 말씀이십니까?"

"암에 완치란 말은 쓰지 않습니다."

역시 의사였다. 빠져나갈 구멍을 마련하고 있었다.

"수술 상태는 좋습니다."

"그럼 이제부터는 어떻게 하는 게 좋을까요?"

현성은 어느새 보호자가 되어 아버지를 걱정하고 있었다.

"스트레스를 덜 받으시게 하는 게 좋고 음식 관리를 잘하시면 좋을 것 같습니다."

현성의 표정에서 실망감이 그대로 묻어나자 옆에 서 있던 담당 의가 말을 하기 시작했다.

"제가 교수님을 개인적으로도 알고 주치의로서 관리를 해드린 결과로 보자면 워낙 낙천적인 분이라서 스트레스는 걱정이 덜 되는데 혼자 계시니 음식 관리와 제시간에 약 드시는 게 가장 걱정입니다."

"제가 같이 살지 않아서……."

"그럼 간병인을 쓰시는 걸 추천합니다. 요즘은 식단 관리하고 운동까지 관리해 드리는 분들도 있습니다."

의사들의 설명을 듣고 나니 마음이 더 착잡했다.

"오늘 제가 이곳에 들렀다는 이야기는 아버지께 하지 말아주십시오."

그는 이렇게 말을 하고 병원을 나섰다. 집으로 돌아가는 택시 안에서 그는 아버지께 전화를 드렸다.

"여보세요?"

[현성이구나.]

아버지의 목소리엔 반가움이 가득했다. 그가 아버지에게 전화를 먼저 거는 건 거의 드문 일이기 때문이었다.

"저 서울입니다."

[뭐?]

아버지의 당황한 목소리가 그대로 느껴졌다.

"어디세요?"

[지금 집으로 들어가는 길이다.]

"저도 20분 정도면 도착합니다."

그의 말에 아버지가 한동안 답이 없으셨다. 아마도 갑작스런 그의 등장에 당황하신 것 같았다.

[미리 온다고 말이나 하지. 그랬으면 준비라도 했을 텐데…….]

아버지와 살았던 게 20년도 넘는 일이어서 그의 방은 아버지 집에는 없을 게 분명했다.

"아닙니다."

[지금 집에 도착했다. 얼른 와.]

"네."

통화를 끝내고 나니 갑자기 목이 메어왔다. 이렇게 멀쩡한 목소린데 암이라니 도저히 믿을 수가 없었다. 그리고 수술을 받았으면 아들에게 말이라도 하지 하는 서운함도 동시에 느껴졌다. 그가 집에 도착하자 아버지가 현관 앞에서 그를 맞이했다.

"현성아."

아버지가 그의 이름을 부르며 안으려는 몸짓을 했다. 하지만 그는 고개 숙여 인사를 한 후에 안으로 들어갔다. 그를 안으려 했던 아버지는 머쓱한 표정으로 손을 내렸다.

"가방이 있더구나."

"네, 급한 일이 있어서 가방만 놓고 갔어요."

현성의 눈이 식탁 위를 스쳤다. 예상대로 수북이 쌓여 있던 약은 그 위에 없었고 현성은 모른 척했다.

"그래, 무슨 급한 일?"

"회사 일이에요."

"그렇구나."

거실에 쇼핑백이 가득했다.

"쇼핑하셨어요?"

"그래, 이번에 네 덕분에 섬에 가잖니. 해변에서 입을 수영복과 옷이 없더구나. 한 번도 가보질 않아서……."

의외의 답이었다. 수많은 염문을 뿌리고 다녔으면서 해외여행도 안 가봤다니 믿어지지가 않았다. 아버지는 현성의 표정이 좋지 않다고 느꼈는지 발로 쇼핑백을 쓱 밀었다. 부자 사이에 어색한 기운이 다시 돌았다.

"요즘 건강은 어떠세요? 혼자 계시는 건 불편하지 않으세요?"

"뭐, 오래됐으니까. 일주일에 아주머니가 두 번 와서 청소하고 반찬도 만들어놓고 가니까 불편한 건 모르겠구나."

"다행이네요."

"너는 어때?"

"저도 잘 지내고 있습니다."

"여자 친구는 없고?"

"네."

단답형의 말들이 계속 이어지고 있었다.

"바쁘지? 인터넷에 너의 기사가 아주 많더구나. 이번에 우리 국방부와 일을 한다고?"

"진행 중입니다."

"자랑스럽구나."

아버지의 뜻밖의 칭찬에 당황스럽긴 했지만 기분이 나쁘진 않았다.

"감사합니다."

"커피 한잔하겠니?"

"아니오."

위암 환자가 커피라니 안 될 말이었다. 아무리 수술 경과가 좋더라도 커피는 아니었다. 이래서 간병인을 두라는 말을 의사가 했구나라는 생각이 들었다.

"커피는 몸에 좋지 않으니 차 드세요."

말은 무뚝뚝하게 했지만 그 속에는 현성이 아버지를 걱정하는 마음이 녹아 있었다.

"그래? 의외구나. 나도 요즘 커피를 끊고 녹차를 마시는 중이지."

아버지의 말에 안심이 되었다.

"그럼 녹차 마실래? 난 한잔하고 싶구나."

"네."

사실 그는 커피 마니아였고 녹차는 잘 마시지 않았지만 지금은 어쩔 도리가 없었다. 아버지가 녹차가루를 다기에 넣어 오셨다. 그리고 소파 앞에 쌓여 있는 책 위에 주전자와 찻잔을 너무나 자연스럽게 올려놓았다.

"우리 집엔 테이블이 없어."

차를 따라주며 아버지가 말씀하셨다. 그 역시 소파 테이블처럼 쌓여 있는 책들이 더 보기가 좋았다.

"자, 마시자."

"네."

"서울에 언제까지 있을 거니?"

"일주일 정도요."

"일주일 동안 호텔에서 지내지 말고 집에서 지내. 호텔보다 불편하기야 하겠지만 말이다."

아버지의 말에 현성은 조용히 녹차만 마셨다. 그러다가 갑자기 아버지가 자신의 다리를 탁 하고 쳤다.

"이를 어쩐다."

"왜요?"

"난 내일이 출국인데……."

아버지는 내일 그의 섬으로 떠나실 모양이었다.

"괜찮으니 잘 다녀오세요."

"내가 이렇게 정신이 없구나. 어떻게 하면 좋지?"

"괜찮아요."

"그럼, 호텔로 갈 거니?"

"아니오, 집에 있다가 갈게요. 너무 신경 쓰지 마세요. 저도 혼자 지낸 지 오래돼서 잘 있을 거예요."

"내가 아쉽구나. 오랜만에 이렇게 아들을 만났는데……."

"아니에요. 먼저 잡힌 약속이니까 전 신경 쓰지 마시고 다녀오세요."

아버지는 녹차를 드시며 미소를 지으셨다.

"어느새 다 커서 어른이 됐구나."

아버지의 눈가의 주름이 미소로 인해 깊게 패었다. 낯설었지만 싫지 않은 아버지의 나이 든 모습이었다. 저 눈가의 미소를 돌아가신 어머니께 조금 더 보여주셨다면 얼마나 좋았을까라는 생각이 스쳤다.

"피곤할 텐데 들어가서 쉬어. 게스트 룸은 복도 끝이다."

차를 마시고 아버지가 그에게 게스트 룸을 가르쳐 주셨다. 그러면서 굉장히 미안해하셨다. 아들 방 하나 준비 못해서 미안하다고 말이다. 아버지의 그런 따뜻한 모습이 익숙하지 않았지만 현성은 그래도 갑자기 호텔이 아닌 집으로 오길 잘했다는 생각이 들었다.

그는 방으로 들어와 옷을 입은 채로 그대로 침대 위로 쓰러졌다. 하루 종일 긴장했던 것이 풀리면서 옷조차도 벗을 힘이 없었다. 현성은 그대로 눈을 감았다. 그리고 피곤에 지쳐 그대로 잠 속으로 빠져들었다.

아침부터 미친 듯이 비가 쏟아지기 시작했다. 주아는 자신의 오래된 승용차에 어머니와 그녀의 짐을 실었다. 엄마와 처음으로 떠나는 해외여행이었다. 물론 어렸을 때를 빼고는 국내여행도 못 가긴 했지만 말이다.

"엄마, 빨리 타요."

그녀는 엄마를 차에 태우고 공항으로 출발을 했다.

"집 안 가스는 잠갔지?"

"네."

"전기를 완전히 내리고 올 걸 그랬나?"

"냉장고는 어쩌고?"

"그러네."

엄마는 차에 타자마자 집 안 걱정이 한 가득이었다.

"엄마, 집안일은 신경 쓰지 말고 첫사랑과의 여행이나 신경 써."

"자꾸 놀리면 엄마 내린다."

"알았어."

모녀는 티격태격하며 인천 국제공항으로 향했다. 주아는 해외여행이 처음이었다. 그렇다고 비행기를 처음 타는 건 아니었다. 제주도나 부산에서는 촬영이 자주 있어서 비행기는 많이 타봤지만 진짜로 장시간 비행기를 타고 가서 여행을 하는 건 이번이 처음이라서 약간은 들뜬 마음이 들었다.

뉴욕에 갔던 건 여행이 아니니까 그녀 스스로 빼버렸다.

공항에 도착하자 젊은 남자가 마중을 나와서 비행기를 탈 때의 수속을 도와주었다.

"교수님께서 저쪽에서 기다리고 계십니다."

엄마의 첫사랑인데 괜히 주아가 더 두근거렸다. 안내된 곳으로 가자 한 노신사가 일어나 그녀들을 맞이했다.

"엄마, 완전 멋지신데?"

"뭐?"

엄마의 얼굴이 빨갛게 상기가 됐다. 이렇게 멋진 분이 엄마의 첫사랑이라는 게 놀라웠다. 나이가 있음에도 큰 키에 어깨도 상당히 넓어 보이셨다. 약간 마른 듯한 인상이 있기는 했지만 너무 뚱뚱한 것보다는 나아 보였다.

"젊으셨을 때는 인기가 많으셨을 것 같은데?"

"구미에서 최고였지."

"인정."

노신사 앞에 거의 다 다가가자 두 모녀는 그들만의 조용한 수다를 멈추었다.

"오빠, 오래 기다렸나?"

주아는 엄마의 사투리에 당황했다. 아니, 이런 닭살스런 사투리를 하다니 약간은 무뚝뚝한 성격의 엄마같이 보이지 않았다.

"아니다. 오는 데는 괜찮았고?"

"응."

가까이서 보니 진짜로 한 인물 하는 것 같았다. 새하얀 피부에 부티가 물씬 풍겨났고 연륜까지 더해져서 중후한 멋까지 어우러졌다. 확실하게 잘생기긴 했다. 쌍꺼풀이 짙게 진 커다란 눈에 오뚝한 콧날하며 흰머리가 많아 회색빛에 가까운 머리 색깔이 매력적으로 보였다.

"딸이냐?"

"응, 내 딸이다."

무례할 정도로 그를 쳐다보던 주아는 정신을 차리고 구십도로 인사를 했다.

"안녕하세요. 황주아입니다."

"그래 엄마를 닮아 아주 예쁘구나."

"엄마를 닮았다면 더 예뻤겠죠."

그건 사실이었다. 엄마가 수술을 많이 받아서 지금 너무 말라서 그렇지 옛날 사람 얼굴 같지 않게 서구적으로 생긴 미인이었다.

"얘는……."

오늘따라 엄마가 여자 코스프레를 마음껏 하고 있었다. 조금 오글거리긴 했지만 주아는 엄마의 이런 모습이 보기 좋았다.

"난 류건우고 그냥 류 교수라고 부르면 된다."

"교수님이세요?"

"그래, 작년에 은퇴하긴 했지만 오랜 세월 그렇게 불리다 보니 그게 편해."

"네, 교수님."

주아는 그녀 앞에 있는 교수가 참 마음에 들었다. 엄마의 말로는 10년 전에 상처하셨다고 하니 지금은 거리낄 게 없어 보였다.

두 분이 잘되셨으면 하는 바람이었다.

"20분 뒤에 출발이니까. 서현이는 이리 앉아라."

사투리가 구수하게 들리고 있었고 엄마를 챙기는 류 교수의 모습이 주아는 정말 마음에 들었다.

"엄마, 나 화장실."

그녀는 잠시 자리를 피했다. 괜히 눈치가 보였기 때문이었다. 그녀는 생수 하나를 사서 한 모금을 마시고 엄마가 있는 자리로 가던 길에 걸음을 멈추었다. 공항 안의 TV에서 류현성의 모습이 나왔기 때문이었다.

마치 영화배우 같은 그의 모습에 놀라기도 했지만 이렇게 화면에서라도 보니 괜히 설레었다. 국방부 사람들과 원탁에 앉아 있는 그의 모습은 거칠고 야성적이었던 그들의 만남과는 달랐다.

"멋지다."

자신도 모르게 나온 말이었다. 그리고 화면을 보며 그녀는 한 가지를 더 느끼고 있었다. 그는 정말 그녀와는 다른 세계의 사람이었다.

"주아야."

엄마가 그녀를 부르는 소리가 들렸다.

"가요."

그들은 인도네시아 발리로 가는 직항 편을 탔다. 발리에 도착해서도 비행기와 배를 타고 들어가야 그들의 목적지에 도착한다고 했다. 인도네시아에는 1만 3000여 개의 섬이 있다고 들었다.

요즘 핫하게 등장하고 있는 길드 트라왕안도 그중의 하나였다. 인도네시아의 섬은 경관이 유명했다. 주아는 한껏 부푼 마음으로 비행기 안의 창문을 내다보았다. 지금 보이는 건 구름뿐이었지만 그래도 좋았다.

발리 공항에 도착하자마자 쉬지도 못하고 비행기와 배를 타고 목적지에 도착했다. 그들이 도착한 시간은 늦은 오후였다. 배에서 내리자마자 그녀는 깜짝 놀라고 말았다. 진짜 하얀 백사장이 그녀의 눈앞에 펼쳐졌고 옥색의 바다가 그녀를 부르고 있는 것 같았다.

"예쁘다."

"진짜로 멋지구나."

그녀의 감탄에 류 교수도 거들었다. 류 교수는 어느새 엄마를 부축하고 있었다. 괜히 쫓아온 게 아닌가라는 생각이 든 주아였다. 두 분 사이를 방해한다는 느낌이 들었다.

"햇빛이 비처럼 쏟아지네요."

그녀의 말에 어른들이 미소를 지었다.

"여기 있으면 시인이 될 것 같아요."

"그럴 것 같구나. 편하게 즐기다 가렴. 그간 엄마 간병하느라 애썼다는 얘기 들었다."

"아니에요. 엄마가 더 힘드셨을 거예요. 지금은 많이 좋아지셔서 다행이구요."

집안일을 도와주시는 남자분이 그들을 맞이하러 나왔다. 현지인인 것 같은데 영어를 그리 잘하지 못하는 주아는 괜히 주눅이 들었다.

"안녕하십니까?"

그가 약간은 어색한 발음으로 인사를 했다.

"안녕하세요."

그가 옆에 따라온 남자 두 명과 함께 그들의 짐을 운반하기 시작했다.

"짐은 저희들에게 맡기시고 해변을 즐기시면서 가시다 보면 집이 나올 겁니다."

아주 완벽하게 한국어를 할 줄 아는 사람이었다.

"저는 로키입니다."

주아는 어른들의 뒤를 따라 모래사장을 걸었다. 자연을 이렇게 통째로 느끼기는 처음이었다. 모래사장의 끝에 다다랐을 즈음에 그녀는 멋진 리조트 같은 별장을 발견하고는 탄성을 질렀다.

"와."

엄마도 등 뒤에서 그녀와 똑같은 반응을 보였다.

"진짜 멋져요. 교수님은 휴가 때마다 이곳에 매번 오시는 거예요?"

"아니, 나도 처음이다."

"네?"

"이 섬은 아들 거야. 그동안은 시간이 없어서 못 왔지만 이젠 좀 자주 이곳에서 시간을 보낼 생각이다."

"아드님이 부자신가 봐요."

주아가 놀라움에 차서 물었다. 하지만 류 교수는 그저 웃기만 할 뿐 답을 하지는 않았다.

"시원한 차와 케이크를 준비했습니다. 오시느라 힘이 드셨을 텐데 쉬십시오."

로키가 이렇게 말을 하고는 집 안으로 그들을 안내했다. 섬에 유일하게 있는 집이었다. 흰색으로 되어 있는 건물이 여러 채로 분리가 되어 있었다. 그리고 한 채마다 작은 수영장이 따로 있을 정도로 이곳은 화려했다.

수영장은 넓은 식당이 있는 본채 앞에 하나가 더 있었다. 바다가 정면으로 보이는 이곳은 수영파티를 하면서 바다의 일몰을 볼 수 있는 곳이라고 했다. 그냥 개인이 소유한 곳이 아니라 리조트 같다는 생각이 드는 규모였다.

각자의 공간이 배정되었다. 그녀도 모처럼 혼자서 휴가다운 휴가를 보낼 수 있게 독립된 공간이 주어졌다. 방을 확인한 후에 셋은 넓은 수영장이 있는 본채 앞의 테라스에 앉아서 바다를 보며 차와 케이크를 즐겼다.

　　엄마는 연신 류 교수의 말에 웃음을 터트렸고 그 모습이 너무 보기 좋은 주아는 울음이 터질 뻔했다. 이렇게 행복해하시는데 두 분이 더 일찍 만났으면 하는 아쉬움 때문이었다.

　　"이 섬의 이름이 뭔 줄 아니?"

　　"아니오."

　　"까뚱이란다. 거북이란 뜻이지. 바다에 거북이들이 많다고 아까 루키가 그러더구나. 내일 바다로 나가면 쉽게 거북이들을 볼 수 있다는데 내일 나가보자꾸나."

　　"네."

　　류 교수가 아버지처럼 그녀까지 살뜰하게 챙겼다. 그녀의 기억에 아버지란 존재는 없었다. 만약에 있다면 이런 멋진 아버지였으면 하는 바람이 컸다.

　　분위기가 무르익어 가자 주아는 눈치껏 자리를 피했다. 몇십 년 만에 만나신 분들이었다. 엄마의 건강이 걱정이 돼서 따라오기는 했지만 두 분에게 방해가 되고 싶지는 않았다.

　　주아는 자신의 방으로 돌아와서 혼자만의 시간을 즐겼다. 침대에 누워 있어도 바다가 보였다. 이렇게 호사스러움을 누릴 수 있게 해준 류 교수의 아들에게 고맙다는 생각을 하며 주아는 이른 잠을 청했다.

파도 소리가 듣기 좋게 그의 귀를 때리고 있었다. 현성은 자신의 섬인 까뚱에 도착했음을 느끼고 있었다. 아버지는 그가 이곳에 온 줄은 꿈에도 모르실 것 같았다. 마크 부부와 그는 그간 다녀오지 못한 휴가를 내고는 일주일간 이곳에서 시간을 보내기로 했다.

한국에서의 일정이 생각보다 빨리 끝나게 된 것도 있지만 아버지의 상태를 알게 된 마크와 현지가 일을 꾸미면서 시작되었다. 솔직히 그의 마음속에 아버지에 대한 걱정이 가득해서 결정한 일이지만 그는 스스로 부인하고 있었다.

갑작스러운 결정이었다. 마크의 부인이자 그의 대학 동기인 현지가 우겼기 때문이었다. 아버지가 아픈데 아들이 무심한 것 같다면서 어찌나 그에게 뭐라고 하는지 마치 큰 죄를 저지른 기분이었다.

"괜찮으셔야 할 텐데……."

아버지가 은근히 걱정이 된 현성은 바다를 보며 중얼거렸다. 아버지가 암이었다는 이야기를 전해 들은 마크 부부도 어색한 그들 부자 사이를 도와주러 지원군을 자청했지만, 그들도 아이들을 한국에 있는 현지의 부모님께 맡기고 오랜만에 둘만의 여행을 즐기고 싶어서 그를 아버지가 있는 섬으로 유인한 느낌이 자꾸만 들었다.

"어이, 친구."

아이 셋을 낳은 유부녀라고는 믿기지 않게 동안의 미모를 자랑하는 현지가 그의 뒤를 쫓으며 그를 불렀다.

"왜?"

"역시 부동산을 보는 안목이 있어."

현지가 그의 어깨를 한번 툭 치고는 앞으로 뛰어갔다. 마치 아이처럼 모래사장을 뛰어다니고 있었다.

「현지 너무 예쁘지 않아?」

「아니.」

부부의 오글거림에 현성은 인상을 썼다.

「너도 좋은 사람 만날 거야. 나처럼.」

「어련하시겠어.」

마크가 그에게 윙크를 하더니 현지가 있는 곳으로 뛰어갔다. 둘은 아주 보기 싫은 로맨틱영화의 한 장면을 연출하고 있었다. 그때 그에게 이 섬의 관리인인 로키가 다가왔다.

"오셨습니까?"

오십대의 로키는 정중하게 그를 맞이했다.

"잘 지내셨습니까?"

"네."

"아버지는 어떠십니까?"

"분부하신 대로 식단 관리하고 제시간에 약을 챙겨 드리고 있습니다."

그가 가장 마음이 쓰이던 부분이었다. 이렇게 믿음직한 관리자가 아버지를 챙기니 안심이 되었다.

"제가 온다고 말씀드리셨나요?"

"아닙니다."

괜히 그가 온다는 사실에 불편해하실까 봐 온다는 말은 하지 말라고 했었다. 그리고 이곳은 넓으니 불편하게 느끼시는 것 같으면 그가 얼마든지 동선을 피해갈 수 있었다. 물론 그걸 바라는 것은 아니지만 말이다.

"지금 뭘 하십니까?"

"지금은 잠시 황 여사님과 산책 중이십니다."

"알겠습니다. 보시거든 제가 왔다고 전해주십시오."

"네, 차를 드시면서 기다리시는 게 나을 것 같습니다."

"그럴까요?"

그는 로키의 뒤를 따라 자신의 별장으로 향했다. 방에 짐을 풀고 그는 조용히 집 안을 둘러보았다. 이곳에 온 지도 꽤 오래된 것 같았다. 사업상 접대를 하러 온 게 다였다. 매일 밤 술에 취해 제대로 집 안을 둘러본 적이 없을 정도였다.

그가 머물던 본채가 집의 전부인 줄 알았는데 오늘 보니 이곳은 꽤 많은 별채들이 있었다. 처음에 리조트의 기능으로 지어진 곳이라 그런지 아주 넓고 화려했다.

풍덩!

아무도 없는데 뭔가가 물에 빠지는 소리에 그는 깜짝 놀랐다.

"으으음 으으음."

여자의 콧노래 소리가 뒤를 이어 들렸다. 그의 리조트에는 여자가 없었다. 이곳의 모든 직원들은 다 남자였다. 이상한 생각이 들어 현성은 소리가 들리는 쪽으로 향했다. 여자의 콧노래 소리가 점점 가까워지고 있었다.

작은 수영장에서 여자가 배영으로 하늘을 보며 물 위에 떠 있었다. 뭐가 좋은지 콧노래는 계속되고 있었다. 아버지를 따라온 여자 같았다. 산책을 한다고 하지 않았나? 그럼 아버지는 산책에서 돌아오신 모양이었다.

그가 몸을 돌리려던 그때 여자가 물 밖으로 올라왔다. 그를 등지고 수영장에서 나오는 여자의 몸은 가히 환상적이었다. 수영장의 위로 올라온 그녀의 뒷모습은 인어를 연상케 만들었다. 호리병의 곡선 위로 물줄기가 흘러내리고 있었고 흰색의 비키니는 끈만 보여서 멀리서 잘못 보면 완벽하게 숨이 막히는 전라의 모습이었다.

여자의 완벽한 모습에도 그의 얼굴은 여전히 굳어 있었다.

"나보다 어린 아버지의 애인이라……"

여자를 뚫어지게 보며 그가 중얼거렸다. 여자는 커다란 수건으로 몸을 닦으면서 다시 콧노래를 흥얼거렸다.

"그래, 좋겠지. 돈 많은 늙은이를 꼬셨으니까."

그는 이렇게 차갑게 한마디를 하고는 본채로 몸을 돌렸다.

"어디 갔었어?"

현지가 입을 툭 내밀고 혼자 수영장 옆의 테이블에 앉아 있었다.

"왜 혼자야?"

"마크는 피곤하다고 자."

현지의 입이 툭 튀어나와 있었다.

"아버님은 지금 주방에 계셔."

"왜?"

"여자 친구분께 시원한 음료수 가져다주신다고 하던데?"

"뭐? 여자 친구분?"

어이가 없었다. 그보다 훨씬 어린 여자에게 아버지가 음료수까지 가져다준다니 기가 막힐 노릇이었다.

"응, 그게 어때서. 로맨틱하시잖아."

현지는 아직 아버지의 여자 친구라는 젊은 여자를 보지 못한 모양이었다. 어머니를 그렇게 맘고생하게 만든 아버지가 암에 걸렸다가 수술을 받은 지 얼마나 됐다고 아들의 섬까지 빌려서 이렇게 밀회를 즐기시는지 도저히 이해를 할 수가 없었다.

이렇게 직접 보니 아버지에게 더 실망감이 밀려들었다. 그리고 아픔도 잊고 젊은 여자를 이곳에 데리고 온 아버지를 친구들은 뭐라고 생각할지 뻔했다.

"완전 미인이시래."

"봤어?"

"아니, 로키 씨가 그러던데. 난 아버님한테 완전 반했고. 진짜 잘생기셨더라. 인정하긴 싫지만 네가 잘생긴 건 다 아버지 닮아 그런 것 같아."

현지는 레몬에이드를 마시며 쉴 새 없이 말을 했다.

"현성아."

아버지가 드디어 주방에서 나오셨다. 놀란 얼굴이 그대로 드러났다. 그는 손에 든 그릇을 아무 곳에나 얹어두고는 그에게 빠르게 다가왔다. 누가 보면 굉장히 그를 반기는 듯한 모습이었다.

"……."

그는 대답 대신에 고개만 숙였다.

"이렇게 올 줄은 몰랐다."

그가 올 줄 알았다면 젊은 여자를 데리고 오지도 않으셨을 것이다.

"시원한 것 한잔 줄까?"

"아니오."

그의 목소리는 차갑기 그지없었다. 둘의 모습을 눈동자만 굴리며 쳐다보던 현지가 아버지의 옆으로 가서 넉살 좋게 팔짱을 꼈다.

"현성이가 오는 내내 덥다고 음료수만 먹어서 생각이 없나 봐요."

"그랬구나."

"아버님은 즐거우셨어요?"

"좋구나."

"저도 이렇게 아름다운 섬은 처음 봐요. 아버님, 저는 한 잔 더 하고 싶은데 아버님이 만들어주신 레몬에이드가 너무 맛있네요. 다시 한 잔 만들어주실래요?"

현지는 이렇게 말을 하며 아버지와 함께 주방으로 들어갔다. 주방으로 들어가며 현지는 그를 향해 고개를 돌리고 입모양으로 욕을 한 바가지 하고 있었다. 기분이 상한 현성은 수영장을 바라보며 자리에 앉았다.

아버지의 이런 모습 때문에 어머니가 평생을 맘고생을 하시다가 돌아가신 것이었다. 암이라는 병 때문에 잠시 아버지를 이해하려 했던 자신이 싫어지고 있었다.

현성은 자리에서 일어나 자신의 방으로 향했다. 며칠간의 피로와 아버지에 대한 실망감으로 그는 지금 아무것도 하고 싶지 않았다. 저녁식사 시간까지 쉬고 싶던 그는 입고 있던 옷을 훌훌 벗어버리고 그대로 잠에 빠져들었다.

주아는 아침에 눈을 뜨자마자 바닷속에 들어가서 스노클링을 즐겼다. 작년에 해녀들에 관한 영화를 찍었는데 그때 배워두었던 수영 덕에 혼자서도 바다에 들어가서 물고기들과 거북이들을 구경할 수가 있었다.

장비도 그때 사두었던 스노클링 세트가 있어서 챙겨왔는데 아주 유용했다. 지상 낙원이 따로 없는 이곳의 하루하루가 정말 금방 지나가는 것 같았다. 시간을 잡을 수만 있다면 주아는 이곳에서의 시간을 멈추게 하고 싶었다.

샤워를 마치고 저녁식사를 하기 위해 이번에 산 드레스를 꺼내입었다. 어깨 끈만 있는 언밸런스의 비치원피스는 앞에서 보면 무릎 위까지 올라왔고 뒤는 길게 내려온 스타일이었다. 대부분의 비치 원피스가 그렇듯이 작은 꽃무늬에 하늘거리는 소재로 그녀의 놀랍도록 아름다운 각선미와 볼륨 있는 몸매를 그대로 드러내 주고 있었다.

웨이브 진 긴 머리를 자연스럽게 풀고 귀에는 이름은 모르지만 노란색의 백합 비슷하게 생긴 꽃을 꽂았다. 산책길에 너무 아름다워서 꺾어온 꽃이었다.

로키가 새로운 손님들이 오셨다고 아까 이야기를 했다. 저녁에는 합석을 할 거라는 이야기와 함께 말이다. 류 교수님의 아들과 친구들이 왔다고 하는데 갑작스런 그들의 등장에 솔직히 주아는 신경이 쓰였다. 엄마와 그녀가 초라해 보일까 걱정스러웠고 아들이 엄마를 괜히 이상하게 여기는 건 아닐지 걱정스러웠다.

그래서 더욱 당당하고 세련되게 보이려고 그녀는 애를 썼다. 비싼 옷도 명품 화장품도 없었지만 그녀는 최선을 다해 주눅 들지 않는 모습으로 준비를 하고는 서둘러 엄마의 방으로 갔다. 엄마의 메이크업을 돕기 위해서였다.

"엄마."

엄마는 옷을 갈아입다 말고는 놀란 눈으로 그녀를 보았다.

"노크는 안 해?"

"우리 사이에 노크는 무슨."

"왜?"

"얼른 옷 입어. 내가 화장 예쁘게 해줄게."

"싫어. 다 늙어서 무슨 화장이야."

"오늘 여기 손님들 오셨어."

"알아, 아까 예쁘게 생긴 아가씨와는 인사를 했어."

아마도 아들의 여자 친구인 것 같았다.

"예뻐?"

"응, 아주 부티나게 생겼더라. 하지만 예쁜 거야 우리 주아가 최고지."

엄마의 말에 주아는 더 걱정이 되었다.

"그래도 아가씨가 참 인상이 좋더라. 친절하고."

"앉아봐."

"싫다니까."

"아니야, 우리가 너무 처져 보이는 거 싫어."

주아의 말에 엄마가 의자에 앉았다.

"그래, 우리 딸이 그런 거에 신경을 쓴다는 게 신기하기는 하지만 그래도 엄마는 우리 딸이 마음 편한 게 더 좋으니까."

엄마는 눈을 감고 그녀에게 얼굴을 맡겼다.

"엄마는 이렇게 미인인데 왜 결혼을 안 한 거야?"

"예쁘게 봐주니 고맙다."

"나 때문이야?"

"아니, 마땅한 남자가 없더라."

엄마는 그렇지 않다고 얘기하지만 당시에 미혼모를 세상은 곱지 않은 눈으로 보았다.

"난, 엄마가 지금이라도 행복했으면 좋겠어."

"알아."

엄마는 여전히 눈을 감고 건성으로 그녀의 말에 답을 했다.

"류 교수님이랑 잘해봐."

"우리는 그런 사이가 아니야."

"지금은 아니더라도 잘해볼 수는 있잖아. 교수님도 솔로시고."

"……."

엄마는 더 이상 대꾸를 하지 않고 자리에서 일어났다.

"내 말 안 끝났어."

"이 정도면 됐어."

류 교수와 연결을 짓자 화가 난 모양이었다. 앞에 있는 거울을 보지도 않고 엄마가 방을 나갔다. 이렇게 엄마가 화가 났을 땐 엄마의 고집을 꺾을 수가 없었다.

"알았어. 립스틱은 마저 칠해야지."

주아는 엄마의 뒤를 따라갔다. 엄마와 주아가 투닥거리며 식당에 들어서자 류 교수가 그들을 맞이했다. 며칠 같이 있었다고 주아는 류 교수가 편했다.

"두 미녀 분들이 왜들 이러시나."

"교수님, 엄마 화장했는데 예쁘죠?"

"주아야!"

엄마가 얼굴을 붉히며 주아를 째려보았다.

"오빠, 신경 쓰지 마라. 아주 못된 딸이다. 엄마를 가지고 논다 안 카나."

"신경 안 쓴다. 그리고 오늘 우리 서현이 아주 예쁘다."

"모른다."

두 분의 사투리 대화가 구수하게 퍼지는 동안 손님들이 주방 안으로 들어왔다. 주아의 눈이 번쩍 떠질 정도로 예쁜 여자가 우연인지 몰라도 그녀가 뉴욕에 갔을 때 입었던 원피스를 입고 있었다.

"안녕하세요?"

여자는 밝게 웃으며 수영장 앞의 야외식당에 들어섰다. 주아는 자신도 모르게 주눅이 드는 느낌이었다. 그리고 고개를 숙여 여자에게 인사를 했다.

"어머니만 미인이신 줄 알았는데 따님도 미인이시다. 근데 어디서 뵌 것 같은데……."

여자가 말끝을 흐렸다. 엄마는 그녀가 야한 영화에 출연한다는 걸 남들에게 알리는 걸 싫어하는 걸 알았다. 그래서 그녀가 말을 하기 전에는 먼저 말을 하는 일은 드물었다.

"제 얼굴이 흔해서요."

"아니, 이렇게 예쁜 얼굴을 제가 잊을 리가 없어서요. 꼭 연예인을 보는 느낌이에요. 제가 대학 시절부터 미국에서 쭉 살아서 요즘 한국의 연예인들은 잘 몰라서요."

"자자, 이야기는 앉아서 하고 우리 집 남자들이 아주 늑장이구나."

"아버님, 둘 다 금방 나올 거예요. 요즘 일 때문에 피곤해서 그래요."

여자는 류 교수에게 너무나 자연스럽게 아버님이라고 했다. 진짜 며느릿감은 맞는 것 같았다. 왠지 잘 어울리는 그림 같았다. 자리에 앉은 여자들은 서로 소개를 했다.

"안녕하세요. 전 현지예요. 류 회장과는 어릴 때부터 친구고요. 여기는 제가 졸라서 왔어요. 그러니 아버님 류 회장 너무 혼내지 마세요."

"허허허, 알았다."

여자의 애교에 류 교수가 아주 녹아내렸다. 역시 며느리 사랑은 시아버지인 모양이었다. 주아는 살짝 질투가 났다. 현지라는 여자가 오기 전에는 류 교수가 그녀를 예뻐했는데 지금 주아는 류 교수의 안중에도 없는 느낌이었다.

"어머님은 아까 인사를 나누었어요."

"전 황주아입니다."

"네, 근데 이름도 들어본 것 같은데 진짜 우리 어디서 만난 적 없죠?"

"네."

주아는 그녀가 주아가 야한 역할을 도맡아 하는 만년 조연배우인 걸 들킬까 봐 조마조마했다. 그러면 류 교수도 알게 될 것이고 엄마가 더 초라해질까 봐 걱정이었다.

"자기야!"

그때 여자가 주아의 뒤를 향해 손을 흔들었다. 아마도 류 교수의 아들이 온 모양이었다. 주아는 자신도 모르게 뒤로 고개를 돌렸다가 빛의 속도로 다시 돌렸다. 류현성 그가 외국인 남자와 함께 그곳으로 들어오고 있었다.

"아니야."

저도 모르게 고개를 살짝 숙이고 중얼거렸다. 잘못 본 것이길 진심으로 바라며 그녀는 고개를 숙였다.

"늦어서 죄송합니다."

꿈속에서 그녀의 귓가를 간질이던 중저음의 목소리가 들렸다.

"손님들이 계셨군요."

현성의 목소리가 그리 좋지 않았다.

"어, 그래. 이쪽은 내 친구 황서현이고 이쪽은 서현 씨의 딸 주아다."

"……."

주아는 고개도 들지 못하고 있었다.

"안녕하세요. 오빠에게 말 많이 들었어요. 근데 실물이 이렇게 잘생겼을 줄은 몰랐네요."

엄마의 수다가 이어지고 있었다.

"주아야? 인사해야지."

이제는 정말 빼도 박도 못했다. 완전히 코너에 몰린 상황이었다.

"안녕하세요."

그녀는 고개도 들지 못하고 말로 인사를 했다.

"……."

그도 놀랐는지 답이 없었다. 아마도 여자 친구 앞이라서 그런 것 같았다. 하지만 지금 주아는 땅만 쳐다보고 있으니 그의 표정을 알 길이 없었다.

"현성아, 주아 씨 예쁘지."

여자의 말이 들렸다.

"응."

그의 대답도 들렸다.

"주아 씨, 우리 신랑이에요. 인사해요."

여자의 집요함에 주아는 고개를 들었다. 그리고 주아는 깜짝 놀랄 반전을 두 눈으로 확인했다. 여자가 남편이라고 소개한 사람은 다름 아닌 외국인이었다.

"우리 신랑 잘생겼죠?"

"네."

주아는 멍한 표정으로 현지와 외국인을 번갈아 보았지만 그 옆에 있는 현성은 쳐다보지도 못했다.

"자, 소개가 끝이 났으면 저녁 먹자."

류 교수의 말에 모두들 자리에 앉았다. 주아는 스테이크가 목에서 넘어가지 않고 있었다. 그의 시선이 그녀에게 향해 있음을 느끼고 있었기 때문이었다.

류 교수가 상석에 앉아 있었고 그 왼편에 엄마가 앉았고 엄마 옆에 주아가 앉았다. 그리고 류 교수의 오른편에 현성이 엄마를 마주 보고 앉았고 그녀의 정면은 현지가, 그리고 현지 옆에는 외국인 신랑이 앉아 있었다.

그래서 식사 내내 주아는 류 교수 쪽에는 시선도 두지 않고 있었다. 그 옆에 현성이 앉아 있었기 때문이었다.

"현성아, 무슨 일 있어?"

현지의 목소리가 들렸지만 주아는 고개를 돌리지 않고 듣기만 했다.

"아니."

"그런데 왜 안 먹고 계속 그러고 있어?"

"아니, 먹어."

"싱겁긴."

"현성, 현지는 잔소리가 심해."

현지의 남편이 어눌하지만 정확하게 한국말로 말했다.

"내가 뭘? 밥을 안 먹고 딴생각만 하고 있는 게 우리 집 꼬맹이들하고 같잖아."

현지에게 아이가 있는 것 같았다.

"어머니 죄송해요. 제가 애가 셋이나 있다 보니 잔소리가 심해졌나 봐요. 이해하시죠?"

"그럼요. 당연하지. 나도 현성 씨가 음식을 잘 먹었으면 싶어요."

엄마의 말에 현성은 그제야 포크를 들어 고기를 먹기 시작했다. 주아의 손이 가늘게 떨렸다. 현성이 자신에 대해 다른 사람들에게 말을 할까 봐 두려웠다. 그래서 음식을 삼키기조차도 무서웠다.

식사가 끝날 때까지 주아는 불안에 떨어야만 했다. 죄를 지은 것은 아니었지만 그렇다고 해서 뉴욕에서 그녀가 떳떳한 일을 한 것도 아니었다. 매춘을 하러 갔다가 만난 남자를 이렇게 마주하게 되니 주아는 그저 숨고만 싶었고 그가 조용히 있어주기를 기도하고 있었다.

신이 있다면 지금 그녀를 이 상황에서 벗어나게 해주길 기원하고 기원했다.

"제발……."

그녀의 기도가 하늘에 닿았는지 식사가 끝이 날 때까지 그는 아무런 말도 하지 않았다. 내일 오전 일찍 빠른 배편으로 이곳을 빠져나가는 게 상책인 것 같았다. 주아는 고기를 씹지도 않고 그대로 목구멍으로 넘기고 있었다. 지금 주아의 시계는 그대로 멈춘 것 같았다.

"주아야, 맛있지?"

"어, 엄마."

주아의 마음을 아는지 모르는지 엄마는 연속해서 그녀에게 말을 걸어왔다. 엄마의 말에 대답은 하고 있었지만 주아의 시선은 그에게 가 있었다. 왜 하필이면 그가 여기에 있는지 그녀는 원망 섞인 시선으로 하늘을 바라보았다.

그녀의 마음을 아는지 모르는지 하늘의 별이 오늘따라 유난히 빛나고 있었다. 주아는 내일이면 보지 못할 이 아름다운 밤하늘을 한눈에 가득 담았다. 그리고 곁눈질로 그녀에게 시선조차 주지 않고 있는 현성을 원망 섞인 눈으로 바라보았다. 며칠만 더 늦게 왔다면 아무것도 모른 채 그렇게 살았을 텐데 하는 아쉬움이 있었다.

이래서 사람은 죄짓고는 못산다는 말이 나온 것 같았다. 그렇게 주아는 식사하는 내내 불안에 떨어야만 했다.

3. 초대받지 못한 남자

　세상이란 참 오묘한 것 같았다. 다람쥐가 쳇바퀴 돌리듯 일정한 굴레에서 살다가 어느 날 갑자기 예기치 않은 일을 맞이할 때가 있었다. 오늘이 딱 그러한 날이었다. 현성의 표정이 아주 다양하게 변하고 있었다.

　저녁식사를 하기 위해 식당에 들어서는 순간 그는 자신의 눈을 의심하지 않을 수 없었다. 지금 이 상황을 어떻게 받아들여야 할지 그의 표정에 고스란히 드러나 있기 때문이었다.

　그가 오후에 보았던 아름다운 몸매의 여인은 황주아였다. 왜 그녀의 환상적인 몸매를 기억해 내지 못했을까. 밤마다 꿈속에서 그렇게 어루만지던 몸을 말이다.

"허!"

절로 헛웃음이 나왔다. 아버지의 여인이라니 믿을 수가 없었다.

「보스, 왜 그래?」

"……."

식당에 들어서면서 그의 시선은 온전하게 황주아에게 꽂혀 있었다.

「와우, 굉장히 섹시한 여자네. 누구야?」

마크가 주아를 보며 남자의 본성을 드러내고 있었다. 그랬다. 황주아는 남자들의 로망 그 자체였다. 그런데 그녀는 남자보다는 돈이 우선인 것 같았다. 그와의 첫 만남이 그러했듯이 말이다.

"아버진 안 돼."

그는 이렇게 말을 하며 식당 안으로 들어섰다. 그가 들어가자마자 현지의 폭풍 잔소리가 쏟아지고 있었지만 그는 지금 현지의 말이 귀에 들어오지 않았다. 그의 앞에 앉아 음식에만 얼굴을 박고 있는 주아만을 바라볼 뿐이었다.

하지만 그에게 한 가지 풀리지 않는 게 있다면 그건 주아 어머니라는 사람의 존재였다. 분명히 아버지의 친구라고 했는데 그렇다면 주아가 아버지의 여잔 걸 주아 어머니는 모른다는 말이었다. 알면서 이렇게 같이 여행을 올 수는 없으니까 말이다.

그는 점점 막장드라마를 쓰고 있는 자신이 웃겼지만 지금 상황이 그를 자꾸 삼류로 만들고 있었다.

"류 회장님은 정말 잘생겼는데 아직 결혼 안 했어요?"

주아의 어머니라는 사람이 밝게 웃으며 그에게 갑작스럽게 질문을 했다.

"바빠서 여자를 만날 시간도 없어요. 그리고 여자엔 관심도 없는 것 같고. 현성이 너 남자 좋아해?"

"킥!"

현지의 갑작스러운 말에 겨우 한 점 입에 물었던 고기가 목에 걸렸다.

"하하하, 현지가 우리 현성이를 아주 꼼짝 못하게 하는구나. 현지 같은 귀여운 며느리가 들어왔으면 좋겠다."

아버지도 웃으며 말했다. 그러면서 아버진 주아 어머니에게 샐러드를 옮겨주며 챙기고 있었다. 어머니를 제외한 여자에게 매너가 좋으신 분이니까 그럴 수도 있다고는 하지만 아버지의 상대가 주아라면 의문이 많이 남는 장면이었다.

"친구, 내가 조금 전엔 미안했어. 그러니 밥 먹어."

현지가 그에게 음식 접시를 놓아주었다. 현지의 그런 행동에도 현성의 시선은 아버지와 주아 어머니 그리고 주아를 번갈아 보고 있었다. 밥이 문제가 아니었다. 지금 그의 앞에 아무리 세계 최고의 스테이크가 놓여져 있더라도 그는 먹을 기분이 아니었다.

"우리 내일 스노클링하자. 주아 씨, 스노클링 했어요?"

"네?"

쨍그랑―

현지의 갑작스러운 말에 놀랐는지 주아는 포크를 놓치고 말았다.

"죄송합니다."

"괜찮아요?"

"네, 그냥 미끄러져서……."

그때 옆에 있던 로키가 주아에게 새로운 포크를 가져다주었다. 순간 분위기가 이상해지자 주아가 처음으로 말을 꺼냈다.

"제가 아침부터 거의 하루 종일 스노클링을 했더니 손에 힘이 빠졌나 보네요. 거북이와 물고기들이 많아서 아주 환상적입니다."

"그래요?"

주아의 말에 현지가 두 손을 모으고 좋아했다.

"마크, 우리도 내일 스노클링해요."

"좋지."

"현성이도 같이 하자."

"생각해 보고."

"주아 씨도 같이 해요."

"저는 오늘 너무 많이 해서……."

"그래도 우리랑 같이 할 거죠? 남자 둘이랑 뭔 재미로 해요. 내일 같이 가요."

현지가 간곡하게 말하자 주아도 고개를 끄덕였다. 그 때문에 가기 싫었겠지만 어른들까지 다녀오라는 상황에서 어쩔 수 없었을 것이었다. 이 모습을 보고만 있던 현성이 입을 열었다.

"아버지와 오래전부터 아셨습니까?"

"우리요? 아주 오래됐어요. 50년도 넘었네요. 그렇죠, 오빠?"

오빠라는 말에 현성의 인상이 자동적으로 지어졌고 그런 그를 주아가 쳐다보고 있었다.

"계속 만나오셨나요?"

"아니, 다시 만난 건 몇 달 안 돼요. 어찌나 반갑던지, 나이를 먹으면 어린 시절이 그립거든요."

"어머 낭만적이다. 두 분은 첫사랑이신 건가요?"

"……."

현지의 말에 아버지와 주아 어머니는 아무 말도 하지 않았다.

"어머, 낭만적이다."

현지의 말에도 그의 굳은 인상은 펴지질 않았다.

"내가 이번 여행에 같이 갔으면 좋겠다고 했다. 그리고 우리 예쁜 주아도 말이다."

우리 예쁜 주아라는 말이 그의 귀에 상당히 거슬렸다.

"두 분 사귀시는 건가요?"

"아니에요."

주아의 어머니가 딱 잘라 말하자 아버지의 표정이 좋지 않았다. 현성은 자신이 주아에 대해 잘못 판단했음을 느꼈다. 다른 때는 어떨지 몰라도 섬에 온 건 아버지의 연인이 아니라 친구의 딸로 온 게 분명해지는 순간이었다. 아버지의 관심은 주아가 아닌 주아의 어머니에게 있었으니까 말이다.

하지만 아직 주아에 대한 편견이 모두 벗겨진 건 아니었다. 마크의 눈길이 주아에게 향해 있었기 때문이었다. 예쁜 여자만 보면 환장을 하는 녀석은 아니었지만 지금 현성은 이상하게도 마크의 눈길조차 신경에 거슬렸다.

"두 분 너무 잘 어울리시는데 사귀실 마음은 없으신 거예요?"

"현지야!"

그가 현지의 말을 잘랐다.

"두 분 잘 어울리시는데 왜 그래? 홀아버지를 모시는 것보다 여친을 소개해 주는 게 더 큰 효도인 걸 총각인 네가 뭘 알겠니."

오늘따라 현지가 말 많은 아줌마 같았다.

"두 분은 어떻게 만나신 거예요?"

"내가 찾아다녔지."

"얼마나요?"

"40년쯤."

아버지의 말이 충격적이었다. 아버지가 찾아다니는 여자가 있다는 걸 어머니에게 귀에 못이 박히도록 들었었다. 그 여자 때문에 아버지는 마음을 열지 않고 닥치는 대로 이 여자 저 여자를 전전하고 다닌다고 들었었다. 그런데 그 사람을 지금 그가 보고 있었다.

"로맨틱하다."

현지가 손을 모으며 말했다.

"우리 마크도 저한테 이렇게 로맨틱했으면 좋겠어요. 그런데 왜 연락이 안 된 거예요?"

"처음엔 결혼을 하려고 했는데 집안 어른들이 반대했고 그 후 서현이가 사라져 버렸었어."

"드라마네요."

"그래서 미친 듯이 4년을 찾아 헤매 다니다가 그 후 현성이 엄마를 만나서 결혼했지. 그땐 인연은 아니었지만 한번은 꼭 보고 싶어서 사람 찾는 곳에 의뢰를 했었지."

"그러셨구나."

현지도 눈치가 있는지 현성의 어머니 이야기가 나오자 더 이상 아버지에게 묻지 않았다.

어색한 저녁 시간 내내 주아는 그의 눈길을 거의 피하고 있었다. 마치 자리에 없는 사람인 듯 거의 말을 하지 않고 조용히 자리를 지키기만 했다.

"주아 씨는 원래 조용한 성격인가 봐요?"

현지의 시선이 주아에게로 향했다.

"예쁜데다가 조용하기까지 하니 남자들이 줄을 서겠어요. 아니에요?"

"아니오."

개미 기어가는 목소리로 주아가 대답했다.

"주아 씨는 무슨 일을 하세요?"

"……."

불편해하는 주아의 모습이 불쌍하게 보일 지경이었다.

"연예인을 해도 될 미몬데 길거리 캐스팅이 될 정도로 말이에요."

"맞아."

대답을 하라는 주아는 가만히 있는데 마크가 현지의 말에 동의했다.

"당신은 좀 가만히 있고."

현지가 마크에게 한마디 했다. 다른 여자의 미모를 칭찬하는 남편이 좋을 리가 없었다.

"연예인 맞아."

현성의 한마디에 모두의 시선이 주아에게서 그에게로 향했다.

"영화배우 맞아."

"진짜? 어쩐지 예뻐도 너무 예쁘다 했어. 무슨 영화에 출연했어요?"

"블루러브."

이번에도 주아 대신에 현성이 대답을 했다.

"블루러브? 진짜?"

현지의 얼굴에 놀라움이 가득했다.

"맞다. 그 환상적인 몸매……."

현지가 말을 멈추고 남편을 쳐다봤다.

"마크도 나랑 같이 보지 않았어?"

"봤지."

아마도 그 또래의 사람들은 '블루러브'를 보지 않은 사람이 거의 없을 정도로 선풍적인 인기를 끈 작품이었다. 푸른 바다를 배경으로 남녀의 사랑 이야기를 그린 작품인데, 야하지만 천하지 않은 스토리와 바다를 배경으로 한 영상미가 작품에 하나로 녹아들어 당시 커다란 인기를 끌었다.

석양 속에서 주아와 남주의 정사 씬은 하나의 작품이었다. 주연보다 조연인 주아가 너무나 빛이 났던 작품이었다. 하지만 엄청난 흥행에도 불구하고 주아는 조연을 계속해서 전전하고 있었다. 그게 현성은 더 신기했다.

"우리 주아의 첫 작품이었어요. 10년 전 작품인데 모두들 기억해 주니 기뻐요."

주아 어머니가 딸 대신에 감사 인사를 했다.

"그 작품에서 연수였나? 그랬죠? 그때 굉장히 뜰 줄 알았는데……."

현지가 주아의 극중 배역의 이름까지 기억해 내는 신공을 발휘하며 얼굴이 점점 사색이 되어가는 주아에게 계속해서 말을 시키고 있었다.

"감사해요."

주아가 현지의 말을 막고자 힘들게 한마디를 꺼냈다.

"뭘요? 주아 씨가 대한 거죠."

"저는 이만 일어날게요."

주아가 더 이상은 안 되겠는지 자리에서 일어났다. 그리고 그도 자리에서 일어나 그녀의 뒤를 따랐다.

주아는 그가 그녀의 뒤를 따라가는 걸 알았는지 자신의 방으로 가질 않고 집 주변의 숲속으로 들어갔다.

"꼭 그래야만 했어요?"

주아가 갑자기 원망 섞인 말을 하면서 뒤를 돌아 그를 바라봤다.

"배우라는 게 숨길 일인가?"

그는 차갑게 대꾸했다.

"부끄러운 건 아니지만 엄마와 교수님 앞에서는 싫어요."

"왜?"

"류 교수님과 엄마가 저로 인해 불편해지는 게 싫어요."

"왜 불편할 거란 생각을 하지?"

"딸이 삼류배우라는 건 자랑스러운 일은 아니니까요."

주아의 목소리에 물기가 촉촉하게 젖어 있었다.

"그렇다고 부끄러운 일도 아니야. 다만 뛰어난 외모로 다른 걸 하는 게 부끄러운 일이지."

그는 뉴욕에서의 일을 콕 짚어 말했다.

"영화배우가 몸을 파는 게 부끄러운 일이지."

"전 몸을 팔지 않았어요."

"기억력이 빈약하군."

"뭐라고요?"

주아가 발끈하자 현성은 더 화가 났다. 주아는 자신이 얼마나 큰 잘못을 저질렀는지 모르는 것 같았다.

"내가 준 삼천은 잊었나?"

"……"

주아는 말을 하지 못했다. 할 말이 없었을 것이다. 어떻게 그와의 일을 잊을 수 있겠는가?

"엄마한테 말할 건가요?"

"아니."

"그런데 왜 그 이야기를 꺼내는 거죠?"

"우리 아버지는 건드리지 마. 그건 상도에도 어긋나는 일이거든."

"지금 날 뭐로 보고 그런 말을 하죠?"

"당신이 당신 자신을 이렇게 우습게 만든 거야."

그는 자신의 말이 심했다는 생각이 들기는 했지만 아버지와 주아의 관계는 정말이지 인정할 수가 없었다.

"……."

그녀의 대답 대신에 아름다운 얼굴에 흘러내리는 물줄기가 달빛에 반짝이고 있었다. 그가 손을 들어 그녀의 눈물을 손가락으로 닦았다.

"눈물로 무마될 일은 아닌 것 같군."

"어떻게 당신 아버지와 날……."

"당신은 그러고 싶지 않아도 당신 몸은 사악해서 남자들로 하여금 사리분별을 못하게 만들지."

아무런 조명도 없는 달밤에도 그녀의 실루엣은 그의 깊은 내면에 숨어 있는 짐승 같은 욕망을 깨우고 있었다.

"그런 일은 없을 테니까 걱정하지 마요. 내일 첫 배로 한국으로 돌아 갈 테니까."

"그건 안 되지."

"뭐라고요?"

주아의 목소리가 날카롭게 숲을 울렸다.

"여기 있어."

"왜요? 당신 아버지를 내가 유혹할지 안 할지 그게 궁금해요?"

"아니, 아버지가 당신이 있는 걸 좋아하시는 것 같으니까."

"뭐요? 언젠 아버지를 유혹하지 말라면서요?"

"아버지가 위암 수술을 받으셨어. 스트레스는 금지라고 의사가 말하더군."

"암이라뇨?"

그녀는 이런 내용을 진짜로 모르는지 놀란 목소리였다.

"수술은 성공했지만 안정이 필요하지. 나도 며칠 전에야 알았어."

"그래서 갑자기 이 섬에 온 거군요?"

"그래."

현성은 아버지의 건강 상태가 아직도 믿어지지 않았다.

"류 교수님의 안색이 좋지 않다고는 생각하긴 했지만 암수술까지는 생각하지 못했어요."

"그러니 소란 피우지 말고 있어. 당신 어머니도 행복해하시는 것 같으니까."

"엄마도 암수술 후에 회복 중이세요. 여러 차례 전이가 되는 걸 보면 성공적인 수술이었어도 안심할 수는 없죠."

암수술을 한 어머니와 함께 그녀도 그와 같은 마음으로 이 섬에 왔을지도 모른다는 생각이 갑자기 들었다. 하지만 자꾸 어긋나는 그녀의 행동이 그를 불편하게 했다.

차라리 그녀가 이 섬에 온 것이 아버지를 유혹하기 위한 것이었다면 마음껏 그녀를 비난할 수 있을 텐데 이야기를 나누면 나눌수록 그게 아니란 생각이 들었다.

"류 교수님께서 류 회장님을 부르신 건가요?"

"아니, 난 초대받지 않았어. 하지만 지금부터는 편하게 즐기려고."

"어차피 당신 섬인데 무슨 초대가 필요한가요?"

"그렇군. 여기가 내 섬이었지?"

그녀가 그의 말을 끝까지 듣지도 않고 걷기 시작했다. 집 쪽으로 가는 것 같았다. 그의 앞으로 그녀가 걷고 있었다. 얇은 그녀의 원피스 자락이 꼬리가 아홉 개 달린 여우의 꼬리처럼 바닷바람에 좌우로 살랑거리며 흔들리고 있었다.

그의 눈이 그녀의 치맛자락에서 아름다운 선을 그리고 있는 잘록한 허리를 따라 올라가고 있었다. 그녀의 황홀할 정도로 매혹적인 선은 드러난 어깨에서 정점을 찍고 있었다.

길게 웨이브 진 머리가 바람에 의해 옆으로 드리워지면서 그녀의 목선과 어깨선이 아름답게 드러났다. 여자의 뒷모습에 이렇게 마음이 사로잡힌 적은 그의 기억에 한 번도 없었다.

그가 처음으로 그녀의 존재를 알게 되었던 '블루러브'의 석양 장면이 떠올랐다. 비키니를 입고 석양의 바다에 서 있던 그녀의 모습이. 그는 자신도 모르게 앞서가는 그녀의 가는 손목을 잡아당 겼다.

"어머!"

놀란 그녀가 그의 힘에 의해 돌려 세워지며 중심을 잡기 위해 미친 듯이 뛰는 그의 심장 위에 손을 짚었다.

"뭐 하는 거죠?"

"내가 뭘 할 것 같은가?"

"……"

그들의 시선이 달빛 속에 부딪쳤다.

"난……"

그녀의 말은 그의 입술에 덮여 버렸다. 순간적이었다. 그에게 왜 그랬냐고 묻는다면 답을 할 수가 없었다. 다만 달빛이 너무 좋 았고 파도 소리가 음악 같았고 그녀가 몹시도 유혹적이었기 때문 이었다.

뉴욕의 뜨거웠던 키스 이후에 그는 밤마다 그녀의 환영에 시달 려야 했다. 그래서 지금 그날의 신기루 같았던 키스가 진정 사실이었는지 확인하고 싶었다.

"읍, 이러지 마요."

잠시 틈을 준 사이에 그녀가 입술을 떼며 항의했지만 그녀의 목을 강하게 잡고 있는 그의 힘에 밀릴 수밖에 없었다. 그는 더 깊은 키스를 하기 시작했다. 그의 힘에 주아는 꼼짝을 할 수가 없었고 그의 테크닉에 조금씩 무너지고 있었다.

그의 혀가 그녀의 입안을 강하게 휘젓고 있었다. 혀를 뽑듯이 빨아들이기도 하고 입안 구석구석을 그의 혀로 쓸어내리기도 했다. 서로의 타액과 거친 숨이 오가며 그들은 뉴욕의 밤을 기억하고 있었다.

그의 심장이 미친 듯이 뛰고 있었다. 아무리 진정을 하려 해도 그의 심장은 그녀를 향해 거칠게 뛰었다. 그의 손이 그녀의 가슴에 닿았을 때 그는 땅에 그녀를 눕히고 덮치지 않기 위해 필사의 노력을 해야만 했다. 그녀는 말 그대로 유혹 덩어리였다.

그의 손이 자연스럽게 그녀의 가슴을 움켜잡았다가 놓았다가를 반복하면서 부드러움을 즐기고 있었고 그의 페니스는 위험 수위를 넘기고 우뚝 솟아버렸다.

"우욱."

그의 페니스가 그녀의 배에 닿자 정말 참기 힘든 상황이 되고야 말았다. 그의 손은 멈출 줄 모르고 그녀의 치마 속으로 들어가 팬티 라인을 더듬고 있었다.

"주아야!"

이때 주아의 어머니 목소리가 가까운 곳에서 들렸다.

"주아야!"

주아 어머니의 부름에도 그는 주아를 쉽게 놓을 수가 없었다. 그녀는 너무나 달콤한 유혹이었다. 그때 주아가 강한 힘으로 그를 밀쳤다.

"미안해요."

그녀는 이렇게 말을 하며 어머니가 부르는 쪽으로 달려가 버렸다.

"엄마, 여기 있어요."

지금 그의 입술에는 그녀의 향기가 그대로 남아 있었다. 그녀의 향에 취해 정신을 차릴 수가 없는 그는 잠시 동안 그 자리에 머물러 있었다. 그리고 아직도 뜨거운 열기를 식히기 위해 밤바다를 향했다.

시원한 바닷바람을 맞으며 그는 한참 동안 섬 주위를 걸었다. 하지만 이미 판도라의 상자처럼 열린 그의 열정은 식을 줄을 모르고 있었다. 한참을 걸은 후에 그는 자신의 방으로 돌아와 차가운 물줄기에 몸을 식힌 뒤에야 잠들 수가 있었다.

하지만 꿈속까지 찾아와서 그의 열정을 불타게 만드는 그녀 때문에 그는 깊은 잠을 이룰 수가 없었다.

뜨겁다 못해 따가운 햇살이 눈부신 아침을 알리고 있었다. 지난 밤에 커튼을 치고 잔다는 걸 깜빡하고 침대에 뛰어든 주아는 아침에 톡톡하게 대가를 치르는 중이었다. 이불로 덮어도 강한 볕이 이불을 뚫고 들어와 알람시계처럼 그녀를 깨우고 있었다.

"으으윽, 일어나기 싫다."

어제의 일이 꿈이길 바라며 그녀는 억지로 눈을 떴다. 그리고 욕실로 가서 거울에 비친 자신을 보고는 깜짝 놀랐다. 입술이 퉁퉁 부어 있어서 간밤에 그들이 얼마나 열정적인 키스를 했는지 말해주고 있었다.

"미쳤어."

그에게 응하는 게 아니었다. 끝까지 거부했어야 했다. 너무 쉽게 무너진 자신을 탓하며 주아는 욕실로 들어가 차가운 물에 샤워를 했다. 주아가 흰 티에 청반바지를 입고 머리를 말리고 있을 때 루키가 아침식사를 하라며 문을 두드렸다.

그녀는 가지 않으려고 했지만 엄마가 그녀의 방으로 오는 바람에 어쩔 수 없이 엄마와 함께 식당으로 향했다.

"어디 아픈 데 있어?"

"아니, 엄마."

"얼굴이 어제부터 좋지 않아. 혹시 네가 야한 영화에 나오는 배우란 걸 그 사람들이 알아서 그래?"

"아니, 그게 어때서."

"엄마는 네가 자랑스러워. 네가 그것만 알았으면 좋겠어."

"삼류배우가 자랑스럽긴."

"아니, 넌 일류배우야. 엄마를 위해서 희생한 자랑스러운 딸이기도 하고."

"엄마."

"사실이니까 너무 감동받진 말고."

엄마의 농담에 비로소 웃음을 찾은 주아였다.

"그러니까 어깨에 힘주라고."

"알았어, 엄마."

그들이 식당에 들어가자 류 교수와 마크, 현지 그리고 현성이 자리에서 일어나 그들을 맞이했다.

"늦어서 죄송해요."

엄마가 이렇게 말을 하며 류 교수가 빼준 의자에 앉았다. 주아는 슬쩍 현성을 보며 자리에 앉았다. 그는 식사를 하는 데만 열중을 할 뿐 그녀는 안중에도 없는 듯했다. 어제의 일을 그는 잊은 듯했다.

"주아 씨, 스노클링 할 거죠?"

현지가 어떻게 할지를 물었다.

"네."

아침에 엄마의 말도 있고 해서 그녀도 흔쾌히 승낙을 했다. 식사 후에 주아는 흰색 비키니 수영복에 티셔츠 한 장만을 입고 스노클링 장비를 들고는 해변으로 향했다. 로키가 언제 준비를 했는지 비치파라솔과 벤치가 오늘은 4개로 늘어 있었다.

"주아 씨."

그녀 뒤로 마크와 현성 그리고 현지가 오고 있었다. 요트를 타고 나가지 않아도 바로 앞바다가 자연의 보고였다.

"수영 잘해요?"

"조금요."

"난 완전히 맥주병인데 걱정이에요."

현지가 입을 쭉 내밀고 말하자 그게 귀여운지 마크가 그녀의 입술을 손가락으로 짚었다. 그 모습이 주아는 참 보기 좋다는 생각을 했다. 마크가 얼마나 현지를 예뻐하는지를 그대로 보여주고 있었다. 이런 작은 행동이 더 좋아 보이는 이유는 알 수 없었지만 주아의 얼굴에서 미소가 번졌다.

"하지 마."

"우리 현지는 너무 귀여워."

결혼한 지 오래됐다고 하는데 그들 사이는 아주 좋아 보였다. 그들이 떠들고 있는 사이에 현성은 먼저 오리발과 스노클링 장비를 손에 들고 바다로 걸어가기 시작했다.

주아의 시선이 자기도 모르게 그를 쫓고 있었다. 뉴욕에서 보았던 그의 몸보다 눈부신 태양 아래 그의 몸이 훨씬 좋았다. 검은색 사각 수영복이 그의 허리 아래 걸쳐져 있었고 그의 넓은 어깨가 태양을 가리는 듯 보였다. 그리고 그의 잔 근육들은 멋진 조각상을 보는 듯 황홀하게 만들었다.

"우리도 갈까요?"

현지의 말에 주아가 티셔츠를 벗었다.

"오올, 혼자 보기 아까운데요? 신은 불공평하네요."

주아의 아찔한 볼륨감이 현지를 주눅 들게 만들고 있는 것 같았다.

"현지 씨도 예뻐요."

"전 귀여운 거죠. 위로가 안 돼요."

현지는 이렇게 말을 하며 명품 비치가운을 벗었다. 주아가 보기에는 꽤 괜찮은 몸의 현지였지만 볼륨감에서는 주아가 생각해도 상대가 되지 않았다. 주아는 스노클링 장비를 들고 현성이 있는 곳에서 조금 떨어진 곳으로 들어갔다.

그의 곁에 있기는 조금 부담스러운 주아였다. 바닷속으로 들어가니 불안했던 마음이 사라지고 자연과 함께 녹아들고 있었다.

"푸하!"

물 밖으로 나와 숨을 몰아쉰 주아 옆으로 어느새 현성이 나왔다. 그의 모습을 보고 주아가 다시 바다에 들어가려고 하자 그가 주아의 손목을 잡았다.

"캑캑."

그가 잡는 바람에 바다로 들어가던 주아가 그대로 물을 먹고 말았다.

"뭐 하는 거예요? 죽을 뻔했잖아요."

"미안하군."

그는 입만 열면 얄미운 말만 쏟아내고 있었다.

"나가지."

"네?"

물에 들어온 지 얼마나 됐다고 그가 나가자고 했다.

"왜요? 들어온 지 얼마 되지도 않았는데……."

"수영복이 그것뿐인가?"

"뭐라고요?"

"그렇다면 티셔츠라도 입어."

"류현성 씨!"

화가 나는 주아였다. 그는 그녀의 수영복에 대해 이래라저래라 할 자격이 없었다.

"이제는 마크까지 꼬실 생각인가? 마크는 현지가 있어."

"마크 씨는 현지 씨만 보니까 걱정하지 마요."

"어제 내가 뭐라고 했지? 당신 몸은 사악해서 남자를 사리분별 못하게 만든다고 하지 않았나?"

현성은 얼굴을 굳히며 차갑게 말을 하고 있었다.

"현성아, 뭐 해?"

현지가 물속에서 나와 냉랭하게 서 있는 두 사람을 바라보았다.

"주아 씨가 아프다고 먼저 들어간대."

"어디가?"

"넌 마크하고 놀다 와."

그렇게 현지에게 말을 하고는 현성이 그녀의 허리를 잡고는 물 밖으로 끌어냈다.

"진짜 이럴 거예요?"

"그건 내가 하고 싶은 말이야. 당신 몸이 남자에게 얼마나 해로운지 알고 있나?"

그는 정말 화를 내고 있었다. 주아는 더 이상 말을 하지 않고 그의 뒤를 따랐다.

"이제 나 혼자 갈 수 있어요. 쉬고 싶어요."

하지만 그는 주아의 손을 놓지 않고 있었다.

"놔주세요."

"……"

"류현성 씨!"

이번에는 주아도 화가 났다. 그가 왜 이러는지 주아는 이해를
할 수가 없었다. 그와 그녀가 있는 곳은 집과 바다 사이의 울창한
숲이었다. 사람들의 눈에 띄지 않는 은밀한 곳이기도 했다.

"이 옷이 남자를 어떻게 만드는지 보여주지."

"뭐라고요?"

그녀가 알아차릴 새도 없이 그가 그녀의 가는 허리를 안아 그의
뜨거운 몸에 바짝 붙였다.

"이러지 마요. 소리 지를 거예요."

"얼마든지."

그는 이렇게 말을 하며 그녀의 입술을 삼켰다. 그는 알고 있었
다. 그의 입술에 그녀가 얼마나 약한지 말이다. 그의 갑작스러운
키스에 그녀의 이성은 너무나 놀랐지만 그녀의 온몸의 세포들은
그를 반기고 있었다.

그의 키스가 깊어질수록 그녀는 땅을 딛고 서 있을 힘조차 사라
지고 있었다. 다리의 힘이 풀리고 아랫배는 찌릿함에 요동을 치고
있었다.

"으으음."

저도 모르게 그녀의 입에서 신음 소리가 흘러나왔다. 커다란 야
자나무 아래에서 그녀는 그와 세상에서 가장 농염한 키스를 나누
고 있었다. 그의 손이 아주 손쉽게 그녀의 수영복 상의를 벗겨 버

렸다.

그녀의 풍만한 가슴이 더운 바람에 그대로 노출이 되었다. 순간 손으로 자신의 가슴을 가리려고 하자 그가 그녀의 양손을 잡아 야자나무에 고정시켰다.

"안 돼요."

"뭐가?"

그의 목소리가 탁하게 잠겨 있었다. 그리고 그녀의 예상대로 그의 입술이 그녀의 가슴을 더듬기 시작했다. 태어나서 처음으로 전기 충격을 받은 것 같은 짜릿함을 맛본 주아는 너무나 놀란 나머지 몸을 비틀었다.

하지만 그의 혀가 그녀의 유두를 건드렸을 땐 더 이상의 저항을 할 수가 없었다. 그에게 손을 꼼짝 못하게 잡히기도 했지만 극도의 쾌감이 그녀를 허물어트렸기 때문이었다.

"아흐."

그가 게걸스럽게 그녀의 유두를 빨아들이고 있었다. 쩝쩝 소리가 숲을 울리고 있었지만 그녀는 이제 아무런 생각을 할 수가 없었다. 야자나무껍질이 그녀의 부드러운 등을 긁고 있었지만 그녀의 온 신경은 유두에 가 있었다.

그의 입술이 위험스럽게 자꾸 아래로 향했다. 그가 그녀의 손을 자유롭게 놓아주고는 그녀 앞에 무릎을 꿇었다. 그리고 그녀의 수영 팬티 위에 자신의 입술을 눌렀다.

"그만."

순간 놀란 주아가 그를 말렸다. 하지만 그도 이제는 선을 넘은 것 같았다. 그의 손가락이 그녀의 팬티를 아래로 내렸다. 주아가 놀라 아래를 보니 그녀의 검은 숲의 반이 팬티 위로 나와 있었다.

"안 돼요."

"돼."

그는 단호하게 말하고는 그녀의 팬티를 무릎 아래로 내리고는 그녀의 검은 숲에 입술을 묻었다. 이런 강한 자극은 태어나서 처음이었다. 그와 뉴욕에서 했던 것과는 차원이 다른 자극이었다.

"아름다워."

"제발……."

그녀는 이제 현성에게 그만하라고 사정을 하는지 더 해달라고 사정을 하는 건지 알 수가 없었다. 현성이 그녀의 검은 숲으로 혀를 밀어 넣었다.

"으으응."

그녀의 입에서 신음 소리가 흘러나왔다. 그의 자극이 그녀를 미치게 만들고 있었다. 백주대낮에 그것도 언제 사람들이 들이닥칠지도 모르는 곳에서 옷을 다 벗고 남자와 섹스를 한다는 게 미치지 않고서는 할 수 없는 일이기 때문이었다.

"현성 씨, 그만해요."

"안 돼."

그는 계속해서 단답형으로만 말했고 그와 반대되게 그의 몸은 그녀에게 장문으로 말하고 있었다. 그가 갑자기 그녀의 다리 하나를 그의 어깨 위에 걸쳤다. 이제 더 이상 놀랄 것도 없는 주아여서 그가 하는 대로 그냥 내버려 두었다.

하지만 그의 다음 행동을 알았다면 주아는 절대로 그를 내버려 두지 않았을 것이다.

"아아악!"

절로 나오는 커다란 소리에 주아는 자신의 손으로 입을 막았다. 그를 떼어내는 게 먼전데 주아는 그 대신에 입을 막았다. 그가 고개를 들어 올려 그녀의 질에 자신의 혀를 밀어 넣었다. 질 안에서 움찔거리는 그의 혀 때문에 주아는 놀라서 기절할 뻔했다.

"으으윽."

손안에서 신음 소리는 점점 커지고 그의 혀는 더 깊이 그녀 안으로 들어왔다. 한참을 그녀의 여성을 빨던 그가 갑자기 일어나더니 그의 수영복을 내렸다. 그의 놀랍도록 커다란 페니스가 그 위용을 드러냈다.

"더 이상은 힘들어."

그는 이렇게 말을 하며 그녀의 여성 입구에 자신의 남성을 가져다 댔다. 그가 주는 극한의 쾌감에 주아는 그저 숨을 죽이고 있을 수밖에 없었다. 잠시 후면 그의 페니스가 그녀의 질을 뚫고 들어올 찰나였다.

"으으음, 마크."

갑자기 누군가 그들의 숲으로 들어왔다. 침입자는 마크 부부였다. 놀란 주아가 그를 밀어내고는 수영복을 빛의 속도로 입었다.

"빨리 넣어줘요."

현지의 원색적인 신음 소리가 그녀의 귀에 그대로 들어왔다. 주아는 그를 남겨둔 채로 빛의 속도로 그 자리를 피했다. 아무래도 현성과는 섹스를 할 상황이 아니었다. 아니, 둘은 인연이 아닌 것 같았다.

돌아오는 내내 주아는 후회의 눈물을 흘렸다.

"이러지 말았어야 했어."

주아는 엄마가 왔는데도 점심을 먹으러 가지 않았다. 스노클링으로 너무 힘이 든다고 거짓말을 하고는 하루 종일 방 안에 있었다. 저녁노을이 질 때까지 그녀는 멍하게 침대에 누워 있었다.

"주아야."

저녁을 먹자고 엄마가 찾아왔다. 이번까지 가지 않으면 진짜로 혼이 날 것 같아서 울며 겨자 먹기로 그녀는 수영장 앞의 식당으로 갔다. 엄마와 그녀가 식당에 갔을 땐 아직 사람들이 내려오지 않았다.

수영장에 끝에 앉아 주아와 엄마는 수영장 물에 발을 담그고 앉았다.

"4일 후면 떠나네."

엄마가 왠지 슬픈 목소리로 말을 했다.

"서운해?"

"조금. 언제 이런 곳에 또 와보겠어."

"엄마가 건강하게만 있어준다면 내가 내년에는 꼭 해외여행 시켜줄게."

"아니야. 이곳의 추억만으로도 엄마는 행복해."

주아는 다시는 엄마와 해외여행을 못 가면 어쩌나 하는 생각이 들었다. 돈도 돈이지만 엄마의 건강이 더 문제였다. 지금까지는 별다른 문제가 없지만 그건 장담할 수 있는 일이 아니었다.

"아니, 난 엄마하고 여기가 아니더라도 해외여행 꼭 다시 가고 싶어."

주아가 엄마를 끌어안았다.

"그러니까 엄마도 건강해야 해."

"알았어."

둘이 꼭 끌어안고 있는 사이에 류 교수가 언제 왔는지 그들의 뒤에 서 있었다.

"겨울에 또 한 번 오지 뭐."

류 교수가 환한 웃음을 지으며 말했다.

"부담스러운 거 싫어요."

엄마는 이곳에 오는 게 류 교수님께 신세를 지는 것 같아서 싫은 모양이었다.

"지금 부담스러워?"

"그건 아니지만……."

"그럼 된 거야. 서현이도 나도 건강하기만 하면 돼. 평생 앞만 보고 살았는데 이런 호사도 누릴 때가 됐지."

주아는 류 교수의 말이 그냥 말만이라 할지라도 고마웠다.

"들었지? 엄마하고 류 교수님하고는 건강하시기만 하면 됩니다."

그들이 대화를 나누고 있는 사이에 마크 부부와 현성이 내려왔다. 식사 시간 내내 주아는 현성을 의식하느라 밥을 제대로 먹을 수가 없었다.

"우리 내일은 요트 타기로 했는데, 아버님하고 어머님도 같이 가세요."

"우리는 빼고 잘 다녀오세요."

"왜, 난 갈 건데. 서현이도 같이 가면 좋고."

"엄마, 엄마도 같이 가요."

이번에는 주아가 적극적으로 말했다. 다 같이 요트에 탄다면 현성이 그녀에게 야한 행동도 하지 않을 테고 엄마도 처음으로 요트를 타보는 거라서 좋은 경험이 될 것 같았다.

"같이 가세요."

현지까지 졸라대자 엄마도 마지못해서 승낙을 했다. 주아는 저녁시간 내내 그녀를 쳐다도 보지 않는 현성에게 약간의 서운함을 느끼며 저녁식사 후에 자신의 방으로 바로 돌아왔다. 어제처럼 그가 그녀를 쫓아올까 하는 기대를 했지만 그건 어디까지나 그녀의 기대였다. 그는 쫓아오지 않았고 그래서 서운한 마음이 들었다.

"왜 이러지?"

그녀는 자신의 이런 엉뚱한 마음에 솔직히 화가 났다. 한낮의 더위가 오늘은 밤까지 이어지고 있었다. 주아는 옷을 모두 벗은 채로 자신의 방 안에 있는 작은 수영장 안으로 들어갔다. 사방이 막혀 있어서 조용히 혼자만의 시간을 즐길 수 있는 공간이었다.

"시원하다."

열정으로 뜨거운 그녀의 몸을 수영장의 시원한 물이 식혀주고 있었다. 그녀는 잠수를 했다가 개구리 수영도 하며 혼자만의 시간을 즐기고 있었다. 언제 이런 호사를 누리게 될지 모르기 때문에 그녀는 시간이 될 때 충분히 즐기다 갈 생각이었다.

4. 위험한 동거

사각사각.

모래를 밟는 소리가 듣기 좋게 울렸다. 낮의 열기가 그대로인 모래사장을 마크와 현성이 걷고 있었다.

「오랜만의 휴가라 좋군.」

「그렇게 말하니까 내가 악덕업주인 것 같잖아.」

「그럼 아니란 말이야?」

마크의 말에 현성이 마크의 배를 때리는 시늉을 했다.

「거기다가 폭력적이기까지…….」

「넌 괜찮은데 현지한테는 말하지 마라. 현지가 날 아마 죽일 거야.」

「그 말엔 나도 동감이야.」

그들은 웃으며 파도 소리가 기분 좋게 들리는 바다를 거닐었다.

「류 교수님은 어떠신 것 같아?」

「보기엔 괜찮으신 것 같은데 잘 모르겠어.」

「내 생각엔 여자 친구분 때문에 더 좋아지신 것 같긴 해. 저렇게 두 분이 바닷가도 같이 거니시고 말이야.」

진짜 그들의 앞으로 아버지와 주아의 어머니가 오붓하게 거닐고 계셨다.

「두 분이 잘되셨으면 좋겠어.」

「…….」

「아니, 현성이 엄마를 생각하면 미안한 일이지만 돌아가신 분은…….」

「그만해.」

그의 단호한 말에 마크가 말을 멈추었다.

「현성의 기분을 상하게 하려고 했던 말은 아니야.」

「알아, 내가 예민했어.」

마크가 현성의 어깨를 한 대 툭하고 쳤다.

「들어가서 술 한잔할까?」

마크의 제안에 현성이 고개를 저었다.

「그냥 쉴래.」

현성은 아버지의 뒷모습을 한 번 더 본 후에 자신의 방으로 향했다. 어두운 길에 한줄기 빛이 비치고 있었다. 인공적인 조명이 없는 이곳은 낮의 태양을 즐기고 밤에는 편하게 쉬라는 의미로 조명을 최소화했다. 현란한 도시 생활에 지친 그가 일부러 리모델링을 할 때 건축업자에게 특별하게 부탁을 해서 이곳의 밤은 달빛에 의지해야 했다.

물론 각자의 룸에서 켜는 불은 어쩔 수가 없었다. 그의 룸은 주아의 룸 바로 옆이었다. 이곳은 리조트로 처음에 지어진 곳이기 때문에 모든 룸이 마치 객실처럼 분리가 되어 있었다. 하지만 그의 객실과 주아의 객실은 패밀리 룸으로 서로 연결이 되어 있었다.

그의 시선이 주아의 방문으로 향했다. 평소에는 한 번도 사용하지 않았지만 혹시나 하는 마음에 그는 손잡이를 돌려보았다.

철컥!

문이 그의 바람대로 열리고 있었다. 현성은 마치 낙원에 입성하는 마음으로 주아의 방 안으로 들어갔다. 그의 기대와는 다르게 룸 안에는 주아가 있지 않았다.

첨벙첨벙.

수영장에서 소리가 들려왔다. 그는 소리 없이 그녀가 있는 곳으로 갔다. 달빛이 주아의 하얀 몸을 그대로 비추고 있었다. 그 아름다움에 현성은 매혹되고 말았다. 유유히 헤엄을 치며 간간이 콧노래를 하는 주아의 모습은 사람이라기보다는 고대 신화에 나오는 림프 같았다.

그는 자신도 모르게 옷을 벗어 던지고는 수영장으로 내려갔다. 그가 들어오는 소리에 주아가 놀란 듯이 멍하게 그를 바라보고 있었다. 그는 주아가 어쩔 사이도 없이 그녀의 옆으로 헤엄쳐 가서 그녀를 안았다.

그의 발이 수영장 바닥에 닿았다. 주아는 그의 어깨에 손을 올리고 매달려 왔다.

"어떻게 들어왔어요?"

"여기는 원래 한 룸이야."

"한 룸이라뇨?"

그가 손으로 중간의 열린 문을 가리켰다.

"일부러 옆으로 온 거예요?"

"아니, 우연의 일치지. 아니면 로키의 배려?"

그녀가 어이가 없는지 웃었다.

"이렇게 여자에게 끌려본 적은 없어."

"칭찬으로 받아들일게요."

그녀가 피식 웃었다.

차가운 물에 그녀의 따뜻한 살의 온기가 그에게 그대로 느껴지고 있었다.

"갖고 싶어."

"……."

그의 말에 그녀는 대답하지 않았다. 하지만 그는 알고 있었다. 그만큼 그녀도 그를 원한다는 것을 말이다. 둘은 강한 성적인 이끌림을 서로에게 느끼고 있었다. 그의 목에 팔을 감고 안겨 있던 주아가 그의 입술에 먼저 입술을 덮쳐 왔다.

잔잔한 파도같이 그의 입술을 덮친 게 아니라 거센 파도처럼 강하게 그의 입술을 점령한 그녀였다.

츠읍츠읍.

요란한 키스 소리가 수영장을 울리고 있었다.

"후, 날 죽일 셈이군."

"날 가져요."

그녀의 고백이 도화선이 되어 그의 이성을 불살라 버렸다. 그의 속에 있던 짐승이 그녀의 말 한마디에 그를 집어삼켜 버렸다. 그에겐 지금 이성이란 없었다.

"으으읍."

그녀의 호흡까지 삼켜 버린 현성은 그녀의 부드러운 입술을 거의 삼켜 버릴 듯이 강하게 빨아들이며 단번에 점령했고 이내 그녀를 들어 올려 가슴이 그의 입술에 닿게 만들었다. 그녀의 유두에서 물맛이 그대로 느껴지고 있었다. 자극적인 맛이었다. 오전에 바닷가에서 맛본 것보다 수십 배는 더 자극적이었다.

그녀도 강한 자극을 받았는지 유두가 단단해져 있었다. 혀끝에 닿는 그 탱탱함이 그의 마지막 남은 이성마저도 허물어트렸다.

그는 그녀를 수영장 위에 앉히고는 다리를 벌리게 했다. 달빛이 그녀의 여성을 고스란히 보여주고 있었다. 그녀의 여성은 벌리고 있는 것만으로도 움찔거리고 있었다.

"그만 봐요."

"예뻐."

"부끄럽게 왜 그래요?"

"이제부터 더 부끄러운 짓을 할 건데 벌써부터 이러면 안 돼."

"현성 씨."

그는 그녀의 부름에 대답 대신에 입술로 그녀의 여성을 삼켰다.

"아아앙."

주아가 팔을 뒤로하고 자신의 몸을 지탱하고 있었다. 혀로 그녀의 물에 젖은 검은 숲을 가르고 들어가 클리토리스를 찾았다. 작고 요망한 것이 그의 혀를 유혹하고 있었다. 그가 그녀의 클리토리스를 혀로 튕기자 주아의 입에서 강한 신음이 흘러나왔다.

현성은 주아의 부풀어 오른 여성을 입으로 강하게 빨고는 애액으로 흥건한 그녀의 질 안에 혀를 집어넣었다. 그녀의 맛은 달콤

했다.

"미칠 것 같아."

그녀는 그의 머리카락을 움켜쥐며 몸을 꼬기 시작했다. 그녀의 여성을 한껏 빤 후에 그는 물 위로 올라가서 욕정에 들뜬 그녀를 안아 들고는 침대로 향했다. 솔직히 그 자리에서 그녀를 가질 뻔 했지만 그와 나누는 첫 섹스를 수영장 바닥에서 하고 싶지는 않았다.

젖은 그녀를 그대로 침대에 누인 그는 곧바로 그녀의 다리를 벌리고 자신의 부푼 페니스를 그녀의 젖은 질 앞으로 가져갔다.

"이제는 그 누구도 방해하지 못해."

그는 이를 악물며 이렇게 말을 하고는 단 한 번의 허리 짓으로 그녀의 질 안으로 파고들어 갔다.

"으으윽."

"아악!"

그녀의 질은 너무나 좁아서 그의 페니스가 들어가기가 힘이 들었다. 그는 조금 더 힘을 주어 그의 부푼 페니스를 그녀의 질 안으로 힘껏 넣었다.

"아아악."

주아의 신음 소리가 점점 더 커지고 있었다.

"아파."

그녀의 말에 정신이 든 현성이 그와 이어진 그녀의 질을 살펴보았다. 그들 사이에 피가 배어 나오고 있었다.

"처음?"

그의 말에 그녀는 대답 대신에 고통스런 몸부림만 하고 있었다.

"처음이냐고?"

그가 다시 한 번 묻자 그녀가 고개를 끄덕였다.

"말도 안 돼."

그는 너무나 놀라서 잠시 동작을 멈추고 그대로 있었다. 세상에서 제일 섹시한 주아가 처녀였다. 아니, 세상 남자들을 다 경험해 본 여자같이 굴던 주아에게 그가 첫 남자였다.

그의 페니스가 그의 이성을 누르며 더욱더 단단해지고 있었다. 그리고 더욱더 그녀를 원하고 있었다.

"제길!"

이젠 이성 따위가 그에게 존재하지 않았다. 그의 페니스가 그의 이성을 집어삼켜 버렸다.

"으으윽."

이번에는 그의 입에서 신음 소리가 흘러나왔다. 그녀가 너무 타이트하게 그의 페니스를 조르고 있기 때문이었다.

"못 참겠어."

그의 입에서 나온 소리에 그도 깜짝 놀랐다. 정말로 그는 타오르는 욕망에 무릎을 꿇고 있었다.

"아파요."

그가 움직일 때마다 그녀가 고통을 호소하며 그를 밀어내고 있었다. 그만 즐길 문제가 아니었다. 그는 그녀가 처녀였다는 충격에서 조금 벗어나 그녀를 위해 부드럽게 움직이기 시작했다.

"조금 있으면 굉장히 좋을 거야."

"윽, 거짓말."

"진짜야. 당신의 질이 조금만 더 나의 페니스에 익숙해지면 나처럼 주아도 쾌감을 느낄 수 있어."

그도 처녀가 처음이었다. 그래서 섹스 도중에 이렇게 친절하게 설명을 한 적도 없었다. 하지만 이렇게 소유욕을 느낀 적도 없었다. 처녀와의 섹스라니, 그는 정말 믿을 수가 없었다. 거기다가 그 처녀가 섹시한 배우 황주아라는 게 더욱 신기했다.

그는 그녀를 내려다보았다. 고통스러움이 약간은 덜한 모양이었다. 더 이상은 그가 버티기 힘들었다. 그는 다시 속도를 높여 허리 짓을 하기 시작했다. 그의 이마에 욕망의 땀방울이 송골송골 맺히기 시작하면서 그의 온몸에서 땀이 흘러내렸다.

그는 속도를 더 높이며 쾌락의 끝을 맛보고 있었다. 그녀의 양쪽 다리를 잡아 조금 더 벌린 그는 연속해서 힘찬 허리 짓을 했다. 그녀의 타이트한 질이 그의 페니스를 물고 놓아주지 않고 있었다.

그가 주아의 입술을 다시금 머금었다. 그의 혀가 그녀의 혀와 얽히고 있었다. 하지만 욕망에 눈을 뜬 그녀가 그의 혀를 마치 페니스를 빨 듯이 빨아대고 있었다. 그녀는 자신이 무슨 짓을 하는지 알지 못하고 있는 것 같았다.

"으읍."

정신을 차릴 수가 없었다. 그는 마지막으로 속도를 높여 허리짓을 하고는 그녀의 배 위에 그의 씨앗들을 뿌렸다. 그간 그녀를 애타게 그리워했던 그의 씨앗들이 분수처럼 쏟아져 나오고 있었다.

주아는 완전히 지쳐 그대로 쓰러져 있었다. 그는 주아의 배 위에 뿌린 자신의 씨앗들을 티슈로 닦아낸 다음에 지쳐 쓰러져 있는 주아를 안아 들고는 따뜻한 물을 욕조에 받아 그 안에 넣었다.

"뭐 하는 거예요?"

"이렇게 안 하면 내일 걷지도 못해."

그는 이렇게 말을 하며 월 풀을 작동시켰다. 그리고 그도 안으로 들어가서 그녀의 맞은편에 앉았다.

"몸을 풀어야 해."

물보라가 그녀를 마사지하는 사이 그는 그녀의 맞은편에 앉아서 그녀의 발을 마사지하기 시작했다.

"원래 이렇게 다정해요?"

"아니."

"그런데 왜?"

"그냥 해주고 싶어서."

그는 진심을 이야기했다. 이렇게 뭔가를 해주고 싶은 여자는 처음이었다.

"부담 갖지 마요. 나도 원한 거니까."

"……."

그는 그녀의 찬물을 끼얹은 말에 대꾸를 하지 않았다. 지금은 그저 그녀를 느끼고만 싶을 뿐이었다. 그의 손이 그녀의 발에서 다리로 점점 올라가고 있었다.

"지금 뭐 하는 거예요?"

"당신이 부담 갖지 말라고 해서."

"그래서요?"

주아의 말에 공포감이 묻어나고 있었다.

"그래서 부담 갖지 않고 하려고."

"뭘 하게요? 오, 안 돼요."

그녀가 욕조에서 나가려고 했다.

"나도 안 되겠어."

그가 주아를 잡아서 그의 부푼 페니스 위에 앉혔다.

"여기서 하게요?"

"물속에서 하면 조금 덜 아프지 않을까?"

"류현성 씨!"

"맞아, 그게 내 이름이야."

그는 자꾸만 피하려는 그녀를 놀리고 싶었다. 마치 좋아하는 여자아이의 치마를 들치고 도망가는 어린 소년과 같았다. 하지만 물속의 그의 페니스는 그녀를 향해 뜨겁게 부풀어 있었다. 그녀의 질 안에 단번에 그의 페니스가 들어갔다.

"으으윽."

그녀가 그의 목을 수영장에서처럼 끌어안았다.

"움직여 봐."

"아파요."

"아니, 한번 해봐."

그가 그녀의 허리를 잡고는 아래위로 움직이게 유도했다. 그녀는 그가 원하는 동작을 빠르게 배웠고 정확하게 하고 있었다.

"내가 요물을 만들었어."

그는 이렇게 말을 하며 그의 위에서 허리를 움직이고 있는 그녀의 입술에 진한 키스를 했다. 욕조 안에서의 섹스가 이렇게 황홀한지 그는 처음 알았다. 얼마나 열심히 움직였는지 그녀의 동그란 이마에 땀이 흘러내리고 있었다.

그는 그녀의 땀을 입술로 닦아내며 생각했다. 이 여자를 놓을 수 없을 것 같다는 생각을 말이다. 그들은 그렇게 욕조에서 나와 곧바로 잠이 들었다.

까뚱 섬은 사람들을 야릇하게 만드는 묘한 힘이 있었다. 현지와 오랜만에 신혼 분위기를 내고 있는 마크는 그런 느낌에 사로잡혀 있었다. 아이를 셋이나 만들기는 했지만 그들은 요 몇 년 사이에 거의 섹스 없이 친구처럼 지내고 있었다.

하지만 이 섬에 온 후부터 마크는 현지를 품 안에서 놓을 수가 없었다. 작고 귀여웠던 예전의 현지가 돌아왔기 때문이었다. 세 아이의 엄마로서의 현지는 무서웠다. 한국의 엄마들은 미국인인 그에겐 굉장히 무서운 존재였다.

"마크, 우리 바닷가 갈까?"

방금 현성과 바닷가를 거닐고 왔는데 현지가 가자고 하니 그는 조금 귀찮은 생각이 들었다. 아이들이 있었다면 싫다고 했을 텐데 이 섬의 마법에 걸린 마크는 현지의 손을 잡고 바다로 향했다.

"마크, 우리도 이런 섬은 못 사더라도 이런 비슷한 곳에 콘도 같은 걸 얻으면 어떨까?"

"좋지."

"진짜?"

"응."

현지가 기분이 좋았는지 그의 목에 팔을 감고 입을 맞추었다.

"나, 하고 싶어."

현지는 언제나 솔직하게 섹스를 하고 싶다고 말했다. 그와 처음 만난 날 술에 취한 현지가 그와 자고 싶다고 말했었다. 그때 그녀가 얼마나 그의 심장을 뛰게 했는지 현지는 모른다. 모범생인 그가 그날 현지를 집으로 돌려보내느라고 진땀을 뺀 걸 현지는 모를 것이다.

그 후로 그는 현지를 감시하길 자청했었다. 술만 마시면 아무 놈들에게 섹스를 하자고 할까 봐 서였다. 하지만 술이 많이 취해도 섹스를 하자는 소리는 마크에게만 한 현지였다. 그 당시 마크는 공부만 아는 재미없는 남자였고 현지는 공대의 꽃이었다.

마크는 현성이 가장 큰 라이벌이었었다. 현지가 그와 굉장히 친했고 둘은 한국인이라는 공통점을 가졌기 때문이었다.

"그거 기억해?"

"뭘?"

"현지랑 나랑 처음 하던 날."

"응, 그런데 왜?"

"난 지금도 그날을 생각하면 흥분돼."

"당연하지. 사람들이 언제 들어올지도 모르는 클럽 화장실에서 했으니까. 내 첫 경험이 화장실이라니……."

진짜 현지는 그가 처음이었다. 놀란 그가 그날 그녀를 호텔로 데려가서 다시금 사랑을 나누었었다. 그 후로 그들은 지금까지 함께였다.

"왜 그랬어?"

현지가 또 따지고 들었다.

"그건 현지가 날 유혹했으니까."

"다른 때는 안 넘어왔잖아."

"그때마다 힘들었고 클럽에서 현지가 딴 놈하고 키스하는 바람에 내가 이성을 잃은 거지."

그때 현지가 키스한 놈이 지금 그의 보스인 현성이었다. 나중에 안 일이었지만 현성을 쫓아다니는 스토커를 쫓기 위해 둘이 쇼를 한 것이었다. 그래도 싫었다.

"그렇다고 화장실은 조금 그렇지 않았어?"

"아니, 그날 난 널 길거리에서도 안을 수 있었어."

"오올, 역쉬."

"놀리지 마."

그는 화를 내면서도 현지의 손을 놓지 않았다.

"옷을 다 벗고 바다에 들어가면 어떤 느낌일까?"

"밤이라서 위험해."

"정말?"

"날 시험하려고 하지 마."

현지가 그녀의 원피스를 그가 보는 앞에서 홀러덩 벗어버렸다. 그녀의 작고 예쁜 몸이 달빛에 그대로 드러나 그를 유혹하고 있었다.

"난 들어갈래."

그가 천방지축인 현지를 어깨에 들쳐 매고 그녀의 원피스를 집어 들었다.

"지금 뭐 하는 거야?"

"바다는 안 돼."

"왜?"

"지금은 다른 볼일이 더 급하거든."

그의 말에 현지는 아무런 말도 하지 않았다. 그는 오전에 그들이 사랑을 나누었던 감춰진 숲이 아니라 고운 모래사장에 그녀를 내려놓았다. 그리고 자신의 티셔츠와 바지를 바닥에 깔고는 현지를 그 자리에 눕혔다.

"넌 너무 자극적이야."

"마크 눈에만 그래."

"우리 넷째 만들까?"

"넷째도 좋지."

현지가 그의 목을 끌어당겼다.

"마크는 너무 말이 많아."

그녀의 말에 마크가 현지의 입술을 집어삼켰다. 185cm에 100kg이 넘는 거구의 마크가 160cm에 50kg도 나가지 않는 현지의 몸을 그대로 삼키고 있었다. 그의 혀가 현지의 몸을 구석구석 누비고 다녔다.

"으으응, 마크 내 꺼 빨아주면 안 돼?"

항상 현지는 자신이 원하는 걸 말했다. 그러면 마크는 그녀가 원하는 걸 들어주었다. 바닷바람이 오늘은 부드럽게 불고 있었다.

"이렇게 해주면 좋아?"

"응."

그가 현지의 여성을 핥기 시작했다.

"나 마크 것도 빨고 싶어."

그들은 야릇한 자세로 서로의 것을 게걸스럽게 빨기 시작했다. 결혼 초보다 지금이 더 자극적인 현지였다. 현지가 아이들에게 치이다 보니 요즘은 뜸하긴 했지만 절대로 그녀가 싫어서 안 한 게 아니었다.

마크는 솔직하게 이렇게 그를 강하게 원하는 현지가 좋은데 그녀는 요즘 아이들에게만 신경을 쏟았다. 순간 그녀의 여성을 빨던 마크가 동작을 멈추었다.

"추웁추웁, 왜 그래?"

그의 페니스를 열정적으로 빨던 현지가 동작을 멈추고 말을 했다.

"우리 넷째 갖지 말자."

그의 뜬금없는 말에 현지가 자리에 앉았다.

"지금 뭐 하는 거야?"

현지가 화가 난 것 같았다.

"난 아이에게 현지를 뺏기는 게 싫어."

"뭐?"

"우리 일 년 동안 한 섹스보다 이번 휴가 때 한 섹스가 더 많은 거 알아?"

"알아."

"그래서 아기는 안 가질 거야."

"정말 아기 때문이라고 생각해?"

"응."

현지의 표정이 좋지 않았다.

"난 마크가 솔직했으면 좋겠어."

"내가 뭘?"

"여자 있지 않아?"

현지가 무슨 말을 하는지 마크는 이해가 되지 않았다.

"그렇지 않고서는 설명이 되질 않아."

"뭐가?"

"내가 집에서 마크를 유혹해도 한 번도 섹스를 하자고 덤비지 않았어. 내가 옷을 벗고 다녀도 영 관심이 없는 사람처럼 마크는 책을 읽거나 컴퓨터로 회사 일만 했잖아? 내가 그렇게 매력이 없어?"

현지가 급기야 울음을 터트렸다. 뜻밖의 현지의 말에 마크는 더 당황했다.

"그렇지 않다는 거 알잖아. 난 너만 보면 서."

"거짓말."

"진짜야. 다만 네가 아이들 때문에 많이 피곤하다고 생각했어. 그래서 피곤한 널 건드리면 안 된다고 말이야. 그리고 언제나 솔직하게 섹스를 말하던 현지가 아무 소리도 없기 때문에 너도 싫은 줄 알았어."

"바보."

"그래, 난 현지에 한해서는 언제나 바보였어."

마크가 울고 있는 현지의 눈물을 손으로 닦아주었다.

"내가 입학식 때 마크 찍은 거 알아? 그리고 네가 반응이 없어서 너무 짜증이 났어. 그래서 용기를 내서 자자고 했는데 매번 거절당하고. 그땐 정말 화가 났었어."

그녀가 처음으로 그에 대해 이야기를 했다.

"그리고 화장실에서 날 다급하게 갖던 너의 짐승 같던 모습에 또 한 번 반했지."

"사랑해."

"나도 사랑해. 하지만 마크. 난 영원히 너한테는 섹시한 여자이
길 바래."

그가 현지를 말 그대로 덮쳤다. 그리고 그녀의 입술을 잡아먹을
듯이 찾았다.

"으읍."

"난 언제나 널 짐승처럼 원해."

그는 사실대로 고백했다. 현지는 언제나 그를 끝까지 지극했고
그는 그런 현지가 좋았다. 마크는 현지의 질 안에 손가락을 넣고
는 그녀가 그를 받아들일 준비가 되었는지 확인한 후에 그의 페니
스를 넣었다.

그의 커다란 페니스가 현지를 다치게 할 수도 있기 때문이었다.
그의 현지는 너무나 좁은 질을 가지고 있어서 그에게 항상 강한
쾌감을 안겨주었지만 거칠게 했다가는 그녀가 다칠 것 같아서 그
는 항상 수위를 조절했다.

하지만 그런 그도 현지가 그의 위에 올라오는 자세에서는 그녀
가 원하는 대로 하게 내버려 두었다. 그때는 현지가 다칠 염려를
하지 않아도 되기 때문이었다.

퍽퍽퍽!

파도 소리에 그들의 섹스 소리가 묻혔다.

"아아아앙."

현지도 마음껏 소리를 지르고 있었다.

"너무 좋아."

"좋아?"

"응, 좋아."

지금 마크는 현지의 작은 몸 안에서 엄청난 쾌감을 느끼고 있었다. 그렇게 그들은 밤새 사랑을 나누었다. 넷째를 기원하면서.

뜨거운 바늘이 살을 찌르는 듯한 햇볕 때문에 주아는 눈을 떴다. 아침마다 저녁에 커튼을 쳐야지라고 후회를 했지만 어제도 안 치고 잔 모양이었다. 그녀는 이불을 얼굴로 끌어 올리다 말고는 단단한 무언가가 손에 걸리는 느낌에 깜짝 놀랐다.

어젯밤 밤새 그녀를 괴롭히던 그가 그녀의 옆에서 잠이 들어 있었다. 순간 몸을 돌리려던 주아를 그가 자신의 품속으로 끌어들였다.

"잘 잤어요?"

"아니, 누구 때문에 눈도 못 뜰 정도로 피곤해."

"그건 당신 때문이라고요."

"아니지. 입은 삐뚤어졌어도 말은 바로 하라고 했어. 어젯밤은 주아가 날 유혹한 거라고. 옷도 하나도 안 입고 수영하고 말이야."

억울한 주아였다.

"내 룸에 허락 없이 들어온 건 당신이라고요."

"이렇게 섹시한데 안 들어올 수가 있어야지."

그가 그녀의 입술에 입을 맞추었다.

"문이 안 열렸다면 부수고라도 들어왔을 거야."

그의 말에 웃으면 안 되는데 주아는 웃음을 터트리고 말았다.

"진짜 못 말려요."

"나도 그렇다고 생각해."

그의 목소리가 갑자기 꽉 잠긴 소리로 변했다. 그리고 그의 눈빛도 짙어지고 있었다. 위험했다.

"아침엔 안 돼요."

"과연 그럴까?"

"워워."

그녀가 침대에서 도망치려고 하자 그가 그녀를 침대와 그 사이에 샌드위치로 만들어 버렸다. 그러고는 그녀의 얼굴에 마구 뽀뽀를 하기 시작했다.

"뭐 하는 거예요?"

"준비작업."

그가 그렇게 말하며 그녀의 입술을 자신의 입술로 덮었다. 그의 몸에서 강하지 않은 건 하나도 없었다. 그의 단단한 입술이 그녀의 부드러운 입술을 점령하고 있었다. 아랫입술을 강하게 빨아들이고는 다시 그녀의 입안으로 자신의 혀를 밀어 넣으며 정신없이 그녀를 차지하고 있었다.

어느새 발기한 그의 페니스가 그녀의 복부를 찌르고 있었다.

"넣어줄까?"

그의 말에 그녀가 고개를 끄덕였다.

"이제 섹스가 얼마나 황홀한지 알려줄게."

그는 이불 속으로 들어가서 그녀의 가슴을 빨기 시작했다. 주아는 그가 주는 쾌감에 몸을 활처럼 휘었다. 그러자 그녀가 편하게 그녀의 허리를 자신의 팔로 감싸고는 지탱해 주었다. 그의 손이 어느새 허리에서 검은 숲으로 이동해 있었다. 그의 손가락이 그녀의 질 안으로 들어와서 그녀의 질벽을 긁어대고 있었다.

"아아앙."

그녀는 자신도 모르게 신음 소리를 내뱉고 있었다.

"주아야."

엄마였다. 다행히 문은 잠겨 있었지만 그래도 엄마의 등장에 주아의 몸이 굳어졌다. 하지만 그는 아랑곳하지 않고 그녀의 가슴을 빨며 손가락으로는 그녀의 질 안을 자극했다.

"문은 왜 잠근 거야?"

"엄마, 샤워 중이야."

"그래? 아침 먹자."

"배 안 고파. 이따가 주스나 마실래."

"알았어."

엄마가 가는 소리에 그녀는 저도 모르게 후하고 한숨을 내쉬었다.

"그만해요. 밥 안 먹어요?"

"나도 주스나 마시지 뭐. 그리고 이것도 마시고."

그의 입술이 그녀의 검은 숲을 덮어버렸다.

"진짜 이럴 거예요?"

"아직 이성이 남아 있는 걸 보니 나의 실력이 부족한가 보군."

그가 더 강하게 그녀의 여성을 빨아들이며 혀로 클리토리스를 핥아대기 시작했다.

"아아흐."

그녀의 입에서 신음 소리가 나오자 그는 몸을 일으켜 그녀의 다리를 벌리고는 자신의 페니스를 단번에 집어넣고 요란한 허리 짓을 하기 시작했다.

밤새 그가 그녀를 훈련시킨 덕분에 아침에 하는 섹스는 그녀에게 많은 쾌감을 느끼게 해주었다. 이래서 사람들이 섹스를 하는구나를 주아는 알 것 같았다. 그의 뜨거운 욕정이 그녀를 집어삼킨 아침이었다.

마크 부부도 아침을 거르고 수척해진 얼굴로 선착장에 나온 걸 보면 뜨거운 욕정은 주아와 현성만의 것은 아닌 것 같았다. 하지만 피곤한 기색에도 불구하고 남편의 사랑을 받은 현지의 얼굴은 화사하게 빛이 나고 있었다.

붉은 숏 팬츠에 흰색 탑을 입고 단발머리를 묶은 현지는 35살이라는 나이가 도저히 믿기지 않게 굉장히 어려 보였다. 아마도 작은 키에 귀여운 외모가 한몫을 한 것 같았다.

현지와 대조를 이루는 마크는 주아가 보기에도 거대했다. 너무나 상반되는 외모를 가진 두 사람이었지만 주아가 본 그 어떤 커플보다도 잘 어울렸다.

"하이!"

현지가 밝게 손을 흔들며 주아의 곁으로 왔다.

"오늘 굉장히 어려 보여요."

"고마운데 난 어리다는 말보다는 섹시하다는 말을 듣고 싶어."

아슬아슬한 흰색 비키니에 망사 같은 랩 스커트만 걸친 주아를 보며 현지가 부럽다는 듯이 말을 했다.

"아니, 내가 보기에는 당신이 더 섹시해."

"그건 아니고."

마크의 말을 현성이 얄밉게 잘랐다. 그들이 투덕거리며 선착장에 도착했을 때 선착장에는 엄마와 류 교수가 미리 와서 바다를 보며 이야기를 나누고 있었다.

"엄마."

주아가 엄마의 곁으로 달려가서 엄마를 안았다. 이렇게 주아가 안으면 엄마는 포근하게 그녀를 감싸주었다. 반바지에 티셔츠 차림의 엄마는 어느 때보다 즐거운 표정으로 주아를 맞이했다.

"우리 딸 왔어?"

"응, 뭐가 그렇게 재미있어?"

"아니, 오빠가 너무 웃긴 얘기를 해서."

처음에는 류 교수를 오빠라고 부르는 엄마가 어색했는데 지금은 자연스럽게 느껴지고 있었다.

"저도 들려주세요."

"별거 아니야. 아재 개그 몇 마디를 했더니 저러는구나."

"아버지!"

그때 뒤에서 위험스러운 현성의 목소리가 들리고 있었다.

"다들 아침도 안 먹고 괜찮겠어?"

"네."

대답은 했지만 사실 뱃속에서는 꼬르륵 소리가 나고 있었다.

"내가 로키에게 부탁을 해서 샌드위치를 넉넉하게 챙겨왔으니까 우리 먹고 출발해요."

엄마의 말에 현지가 애교 섞인 몸짓을 하며 엄마를 안았다.

"역시 어머니가 최고예요."

애교는 현지가 최고란 생각을 하며 주아가 웃었다. 마크도 엄마에게 가서 자연스럽게 감사의 허그를 했다. 남자가 인사로 안는 게 처음인 엄마의 당황한 표정이 웃겨서 주아는 소리를 내서 웃었다. 그런 주아와 현성의 시선이 자연스럽게 부딪쳤다. 잠깐의 시선 교환에도 둘은 스파크를 튀기고 있었다.

"여러분을 헤라에 모시게 된 선장 류현성입니다."

현성이 손으로 자신의 요트를 가리켰다. 그의 요트는 아주 큰 사이즈는 아니었지만 굉장히 고급스러운 모델이었다. 자동차 디자인을 모티브로 한 하이브리드 디자인의 요트라고 소개하며 요트가 처음인 엄마와 주아를 위해 자세하게 설명을 해주었다.

"주아 씨, 그거 알아요?"

"뭘요?"

현지는 눈을 가늘게 뜨고 마크와 이야기 중인 현성을 쳐다보며 말했다.

"현성이는 저렇게 친절하지 않아요. 현성이가 이렇게 남에게 배려를 하는 건 처음 봐요."

"그래요?"

뭘 말하는지 처음엔 알아듣지 못한 주아가 건성으로 현지의 말에 대꾸했다.

"아마도 류 교수님하고 주아 씨 어머니하고 연결해 드리려고 저러는 것 같아요."

"아, 네."

현지의 말에 주아는 갑자기 머리가 아파지기 시작했다. 그랬다. 처음부터 엄마와 류 교수님의 자리였다. 두 분이 길고 긴 세월 동안 서로를 그리워하시다가 이제야 만나서 잠시나마 행복한 시간을 보내신다는 걸 주아는 잠시 잊고 있었다.

두 분의 얼마 남지 않은 삶에 그녀의 한때의 불장난이 걸림돌이 되어서는 안 된다는 생각이 들자 찬물을 뒤집어쓴 기분이었다.

그녀의 이런 마음을 아는지 모르는지 요트가 출발했다. 요트 안에는 커다랗고 고급스런 거실이 있었고 소파에 앉아서 바다풍경을 볼 수도 있었다. 오늘은 현성이 요트를 직접 몰고 있었다.

마크가 주아의 옆구리를 찌르며 현성이 못하는 게 없는 친구라고 했다. 현성이 마크에게는 자랑스러운 친구인 것 같았다. 단 하나 현성이 못하는 게 있는데 그게 연애라고 말하며 사실 여자들은 줄을 섰는데 시간이 없어서 못하는 거라고 말했다.

한마디로 마크의 말을 요약하면 현성은 완벽한 남자였다. 현지와 마크는 샌드위치와 커피를 마시며 허기를 달랬지만 주아는 지금 아무런 생각이 없었다.

"주아 씨는 안 먹어요?"

"먼저 드세요. 나중에 먹을게요."

주아의 시선이 엄마와 류 교수에게 고정이 되어 있었다. 두 분은 뭐가 그렇게 즐거운지 소파 끝에서 바다를 바라보며 연신 웃음을 터트리고 있었다. 그 모습이 마치 오래된 부부처럼 자연스러워 보였다.

"주아 씨, 괜찮아요?"

"아, 네."

"뱃멀미 같은 거 해요?"

"아니오."

"얼굴이 창백하게 보여서요. 그리고 난 뱃멀미 약간 하거든요."

그때 갑자기 배가 멈추었다. 목적지에 다 온 모양이었다. 섬들을 사이에 두고 태양을 피해 섬 그늘 아래 요트를 멈춘 현성이었다.

"모두들 갑판 위로 올라가세요."

현성의 말에 모두가 바닷바람이 시원하게 부는 갑판으로 나갔다. 그곳은 더없이 좋은 휴식 공간이었다.

요트의 끝은 다이빙을 할 수 있도록 만들어져 있었다. 모두들 옷을 벗고는 바닷속으로 뛰어들었다. 현지와 마크 부부가 여기서도 제일 먼저 바다로 들어갔다.

수영을 못하는 현지는 튜브를 안고 뛰어들었다. 현성은 배 위에 계실 어른들에게 시원한 샴페인을 드리고 주아보다 먼저 바다로 뛰어들었다.

풍덩!

마크가 언제 올라왔는지 요트 위로 올라와서 다시 바다로 뛰어들었다. 스노클링 장비 없이 그들은 다이빙만을 즐기고 있었다. 현지와 마크는 재미있는 포즈로 바닷속으로 뛰어드는 재롱을 부리며 어른들을 즐겁게 해드리고 있었다. 주아는 웃고 있었지만 그들과 함께할 기분은 아니었다.

그때였다. 갑자기 현성이 그녀를 안아 들더니 요트 끝으로 갔다.

"안 돼요, 이러지 마요."

바닷속에 있는 현지와 마크는 환호를 하기까지 했다.

"싫다고요."

그녀가 고함을 칠수록 모두들 즐거워하는 것 같았다.

"즐기라고."

그는 이 한마디를 하고는 그녀를 그대로 바다에 던졌다.

"아악!"

풍덩!

비명 소리는 물속으로 사라졌다. 겨우 그녀가 물 위로 올라왔을 때 현성이 그녀의 옆으로 풍덩 소리와 함께 빠졌다. 커다란 파도 같이 그의 다이빙 때문에 생긴 물보라가 순식간에 그녀를 또 덮었다.

"캑캑, 진짜 못됐어."

"즐기라고."

그는 물을 먹고 쩔쩔매는 그녀에게 이 한마디를 하고는 수영을 해서 유유히 멀어지고 있었다.

"아으, 진짜!"

물속에서 헤엄을 치며 겨우 숨을 고른 주아가 할 수 있는 건 이 정도뿐이었다. 욕을 실컷 해주고 싶었지만 물개처럼 수영을 하는 그를 따라잡을 수는 없었다.

"주아야."

요트 위에서 엄마가 걱정이 되었는지 그녀를 내려다보고 있었다. 주아는 괜찮다고 손을 흔들어주었다. 환한 미소와 함께 말이다.

"재밌게 놀아."

그랬다. 지금은 아무 생각 없이 즐기고 놀 때였다. 나중 일은 그때 가서 생각하면 되는 것이다. 다만 현성과는 조금 거리를 둘 필요가 있었다.

"주아 씨는 좋겠어요."

튜브에 몸을 의지한 현지가 어느 틈에 그녀의 옆에 와서 말을 걸었다.

"왜요?"

"수영을 잘하니까요."

현지의 말에 주아는 웃음이 나왔다. 참 해맑은 사람 같다는 생각이 들었기 때문이었다.

"이번 기회에 수영을 배워야겠어요."

튜브에 매달려 있는 현지가 말했다.

"그냥 즐겨요. 뜨거운 태양도 시원한 바다도."

"맞네."

현지가 그녀의 말에 대답을 하고는 튜브를 잡고 발차기를 하며 전진을 했다. 그런 현지의 뒤에는 항상 마크가 있었다. 말없이 현지를 지키면서.

현지와 마크가 제법 요트에서 멀리 떨어져 수영을 즐기고 있었다. 마크가 현지에게 수영을 가르쳐 준다고 하고 있었지만 현지는 자꾸만 엉뚱한 방향으로 헤엄을 쳐서 결국에는 요트의 반대편을 향해 가고 있었다.

주아는 현지 부부를 보면서 좋지 않았던 마음이 조금 풀리는 듯했다.

"어머."

"쉿!"

현성이 그녀의 허리에 팔을 감고는 요트 위로 올라가는 사다리로 그녀를 끌고 갔다. 그러고는 그녀를 사다리에 앉히고는 입술에 진한 키스를 했다.

"어른들이 봐요."

"위에선 안 보여. 마크하고 현지는 지구 반대편으로 헤엄쳐 가고 있고."

"그래도⋯⋯."

그의 입술이 또다시 그녀에게서 말을 빼앗아갔다. 현성의 이런 자극적인 스킨십이 주아를 그에게 속절없이 빠져들게 하고 있었다.

"갖고 싶어."

"안 돼요."

그의 끈적이는 목소리에 주아의 심장이 거칠게 뛰었다. 그녀의 마음은 기대감과 두려움이 동시에 공존하고 있었다. 그는 어디서든 하고 싶은 걸 할 것 같아서 두려운 마음이 생긴 주아는 그를 살짝 밀어냈다.

"하하하, 진짜로 갖고 싶게 만드는 재주가 있어. 황주아 씨."

그는 탁하게 갈라지는 섹시한 웃음을 흘리며 이렇게 말했다. 그의 입술이 봉긋하게 올라온 그녀의 가슴 위를 스쳤다.

"아흐, 이러지 마요."

"날 갖고 싶다고 말해."

"싫어요."

그가 그녀의 한쪽 수영복을 손가락으로 살짝 내리고는 유두를 혀로 살짝 건드렸다.

"날 갖고 싶다고 말해."

주아는 자신의 유두를 핥고 있는 그를 내려다보았다.

"고집이 세군."

그가 이렇게 말을 하면서 그녀의 드러난 유두를 빨기 시작했다.

"아아앙, 갖고 싶어요."

그녀의 말에 그가 빨고 있던 유두를 놓아주었다.

"진짜 얄미운 거 알아요?"

그녀가 수영복을 올리며 말했다.

"알지. 주아가 날 갖고 싶어 한다는 것도 말이야."

"뭐라고요?"

그가 화가 난 그녀의 입술에 다시 입을 맞추었다.

"여기 우리 둘만 있었으면 좋겠어."

"……."

주아는 자신도 같은 마음이라는 말을 할 수가 없었다.

"오늘 밤에 갈게."

그가 대꾸하려는 그녀의 입술에 재빠르게 입을 맞추고는 바다로 빠르게 헤엄을 쳐갔다. 그때 때를 맞추어 마크가 현지의 튜브를 끌고 그녀 앞으로 헤엄을 쳐왔다. 뭐가 그렇게 좋은지 현지의 웃음소리가 크게 들렸다.

"주아 씨, 여기 거북이 진짜 많아요. 스노클링 장비 가지고 같이 가요."

"네."

그들은 한동안 스노클링을 즐기다가 점심때가 훨씬 지나 집으로 돌아 왔다. 늦은 점심을 먹은 후에 주아는 엄마와 류 교수와 함께 바닷가 모래사장을 걸었다. 모래로 집도 지었고 모래사장에 글씨를 쓰기도 하며 재미있는 시간을 보냈다.

진지하면서도 유머감각이 있는 류 교수의 매력에 엄마가 쏙 빠져 있었다. 그녀가 현성에게 빠져들고 있는 것처럼 말이다. 그녀가 이렇게 어른들과 오후 시간을 보내는 또 다른 이유는 현성과 약간의 거리를 두기 위함이었다.

그렇지 않고서는 이 파라다이스 섬에서 나간 다음 각자의 길로 돌아갔을 때 그녀가 너무 힘이 들 것 같았기 때문이었다. 다행히 그는 오후 내내 보이지 않았고 저녁식사 시간에야 모습을 보였다.

저녁 메뉴는 랍스터 파티였다. 엄마는 태어나서 처음 본 바닷가 재를 어떻게 먹어야 할지 막막해했고 그녀가 도와주려고 할 때 이미 류 교수가 엄마의 랍스터를 일일이 발라서 접시에 놓아주고 있었다.

"마크 나도."

현지가 부러웠는지 이렇게 애교를 떨자 마크가 말없이 랍스터를 발라서 현지의 접시 위에 놓아주었다. 현지는 답례로 마크의 입술에 입을 살짝 맞추었다. 주아는 현성을 슬쩍 쳐다보았다. 그는 열심히 랍스터를 먹고 있었다.

현성에게 류 교수나 마크가 하는 것처럼 하길 바라는 건 무리인 건 알지만 괜히 서운했다. 저녁식사 후에 현지는 자신의 룸으로 돌아가서 현성의 룸과 연결이 된 문을 잠갔다. 그러고는 하루의 피로를 풀기 위해 월풀 욕조에 들어가서 거품목욕을 했다.

귀에는 이어폰을 꽂고 음악을 크게 틀었다. 그러고는 잘하지도 못하는 노래를 흥얼거리기 시작했다.

"랄랄라, 랄라, 랄랄라, 랄라······."

가사를 몰라서 큰소리로 그저 흥얼거릴 뿐이었다. 그때 갑자기 욕조 안으로 누군가 들어오는 느낌이 들어서 주아는 감고 있던 눈을 떴다. 어떻게 들어왔는지 현성이 완벽한 나신으로 그녀 앞에 서 있었다.

"어머!"

"어머?"

그의 양팔이 욕조를 잡고 있었고 그의 얼굴이 그녀의 얼굴 바로 앞에 있었다.

"뭐, 뭐예요?"

"내가 온다고 하지 않았나? 부수고라도 들어온다고."

"문을 부쉈어요?"

"응."

그의 대답에 너무나 당황한 현지였다.

"로키가 소리 듣고 안 왔어요?"

"왔지, 그래서 돌려보냈고."

대단한 현성의 얼굴을 주아는 넋을 놓고 보고 있었다.

"내가 랍스터를 발라주지 않아서 화가 났나?"

그가 콕 집어서 말하자 주아의 얼굴이 붉어졌다.

"아니에요."

대답은 그렇게 했지만 그녀의 표정이 다른 답을 하고 있었다.

"아니긴."

그가 이럴 땐 정말 얄미웠지만 반박할 말이 없었다.

"내가 거기서 마크처럼 했다면 아마 다들 우리를 이상하게 봤을 거야."

그의 말이 맞기는 했지만 그들의 관계가 숨길 일이라는 게 주아는 서글펐다.

"맞아요, 다른 사람들이 알면 안 되죠."

"기분 상했군."

"아니에요."

그가 주아의 얼굴을 손으로 쓰다듬었다. 그리고 그녀의 얼굴을 감싸고는 입을 맞췄다. 그가 다시 키스를 하려고 입술을 가져왔을 때 주아가 고개를 돌렸다. 하지만 그런 주아를 가만히 놔둘 그가 아니었다.

"이러지 마요."

"황주아, 잘 들어. 이 섬에 있는 동안 넌 내 꺼야."

"싫어요."

"왜지?"

그가 다시 그녀의 입술에 입을 맞추었다.

"으읍, 놔요. 왜요? 삼천만 원을 준 것 때문에 날 함부로 대해도 된다고 생각해요?"

그의 인상이 험악하게 굳어졌다. 판도라의 상자가 열린 것이었다. 후회가 밀려왔지만 이미 늦은 것 같았다. 그의 잘생긴 얼굴이 한동안 화를 삭이는 듯 그녀의 얼굴을 무섭게 내려다보고 있었다. 숨 막히는 침묵이 그녀를 더욱더 후회하게 만들고 있었다.

그에게 뉴욕에서의 일은 말하지 말았어야 했다.

"삼천? 삼천이라고 했나?"

"……."

"그래, 그게 있었지. 내가 원하면 들어주게 미리 돈을 지불했지."

그가 주아의 얼굴을 손가락으로 들어 올렸다. 마주친 그의 눈동자에서 살기가 느껴지고 있었다.

"이 섬을 떠날 때까지 넌 나의 노리개가 돼야 할 거야. 내가 당신 엄마에게 말하지 않도록."

칼로만 사람을 죽이는 게 아니었다. 그가 지금 말로 그녀를 죽이고 있었다.

"지금부터 받아볼까?"

그가 욕조에서 그녀의 다리를 벌리고 한 번의 허리 짓으로 그녀의 질 안을 뚫고 들어왔다.

"아아악."

그녀는 거친 그의 섹스에 고통을 느끼고 있었다. 하지만 잠시 후에 그녀의 몸은 그녀를 배신하고 흥분을 느끼고 있었다. 비참한 기분이 들었다. 그녀는 거친 그의 페니스를 받아들이며 자신이 내뱉은 말을 후회하고 있었다.

"으으윽, 매일 밤 날 받아들일 준비를 해야 할 거야. 아니, 낮에도 어디서든 넌 부르면 와야 해."

다음 날 아침 세 번째 섹스를 끝내고 그가 그녀에게 이렇게 말을 하고는 그녀의 방을 떠났다. 사흘간의 위험한 동거가 시작되고 있었다.

5. 욕정

"삼천만 원. 하!"

그의 입에서 헛웃음이 나왔다. 그녀의 침실을 빠져나와 어제 그가 부순 문을 지나서 자신의 룸으로 들어가서 소파에 앉았다.

"삼천만 원."

현성은 몇 번이나 곱씹어 삼천만 원을 말하고 있었다. 기분이 좋지 않았다. 그녀가 처녀가 아니었다면 매번 남자들을 찾아다니는 꽃뱀이라는 생각을 했을 수도 있었다. 주아가 자꾸만 자신을 실망시켜서 화가 났다.

"후."

그는 한숨을 쉬며 자신의 캐리어에서 비디오테이프 하나를 꺼내 들고 거실의 오래된 VCR에 꽂았다. 커다란 TV 화면에 지금은 보기 힘든 불법 복제에 관한 내용이 파란색 화면에 흰 글씨로 쓰여 올라오고 있었다.

현성은 기분이 우울할 때마다 보는 이 영화를 오랜만에 틀었다. 요즘은 기분이 우울해도 시간이 없어서 보지 못한 영화였다. 얼마나 돌려보았는지 대사를 다 줄줄 외울 지경이었다.

"시작하는군."

'블루러브'라는 글씨가 화면을 가득 채우고 있었다. 그의 마음에 안식을 주던 영화는 바로 주아가 출연한 작품이었다. 미국에서 그가 사업에 처음으로 손을 대고 몹시 힘이 들었을 때 위안이 되어주던 영화였다.

그때 처음으로 연예인에게 빠진 그였다. 청순하면서 아름다운 얼굴과 반전의 환상적인 몸매는 이십대 중반의 나이인 그를 광팬이 되게 만들었었다. 그래서 그는 인터뷰 때마다 이상형을 물으면 언제나 주아를 이야기했었다. 그게 그의 진심이었으니까 말이다.

그의 상상 속의 이상형은 주아였고 그녀가 현실에 있었다. 돈을 많이 벌고 나서 그는 한국 연예계의 인맥을 동원해서 주아를 만나려고 다방면으로 노력을 했었지만 매번 실패로 끝이 났었다.

순전히 팬심으로 만나고 싶었지만 주아는 사적으로 팬을 만나지 않는다고 선을 그었다. 그래도 언젠가는 만나게 되겠지라는 마음에 실망하지 않은 그였다.

그러던 그녀가 뉴욕의 그의 침실로 들어왔을 때 그는 놀라기도 했지만 솔직하게 실망스러웠다.

돈을 받고 그와 하룻밤을 보내기 위해 고급 콜걸처럼 그의 룸에 들어온 그의 이상형을 그는 받아들일 수가 없었다. 그래서 경쟁업체에서 보내서 안 된다는 핑계로 그녀를 돌려보냈었다.

자신의 이상형이 돈의 노예가 되어 매춘을 하고 있었다. 그때 그는 진심으로 상처를 받았었다.

이렇게 그에게 영향을 미치는 여자는 단 한 명도 없었었다. 어머니를 제외하고 말이다. 그는 주아가 무서웠다.

그녀의 얼굴이 화면 가득 메우고 있었다. 역시 그녀는 그 모습 자체로 그의 모든 걸 사로잡고 있었다.

"현성아."

그가 화면 속으로 빨려 들어가고 있을 때 아버지가 그를 불렀다. 그는 화면을 얼른 끄고는 현관으로 나가 문을 열어주었다.

"바쁘니?"

"아니오, 차 한잔하시겠어요?"

"그래."

아버지는 처음으로 그의 룸 안으로 들어왔다. 아버지가 그의 영역 안에 들어온 건 이번이 처음이었다. 가까이서 아버지를 보니 많이 늙으셨다는 생각이 들었다. 세월은 아버지를 비껴 지나치지 않았다. 젊고 패기 있던 아버지의 모습은 어디에도 없었다.

"녹차 드실래요?"

"한잔 주겠니?"

"네."

그는 녹차 두 잔을 타서 소파 테이블 위에 올려놓았다.

"드세요. 그런데 티백뿐이라서……."

"아니다. 나도 녹차 맛을 알고 먹는 게 아니라서."

"저도요."

아버지와 이렇게 마주 앉아서 이야기를 나누는 게 몹시 어색한 현성이었다.

"아버지 집엔 책이 많더라고요. 소파 테이블도 책으로 하시고."

"공부밖에 달리 할 게 없었다. 그러다 보니 책이 한두 권씩 늘더구나."

의외의 대답에 현성은 잠시 말문이 막혔었다. 여자들과 놀아나느라 시간이 없었다면 모를까 지금 아버지는 그가 생각했던 것과는 완전히 다른 답을 하고 계셨다.

"오늘은 어떻게……."

"할 말이 있어서."

"말씀하세요."

"네가 날 미워하는 거 안다."

현성은 아버지의 말을 굳이 부정하지는 않았다. 그것이 사실이기 때문이었다.

"네 엄마와 나는……."

"그만하세요."

엄마의 이야기는 아버지의 입을 통해 듣고 싶지 않았다. 아버지 때문에 입은 어머니의 상처는 곧 그의 상처였다. 지금 아버지가 어머니 얘기를 하는 건 그의 상처에 소금을 뿌리는 것과 같았다.

어머니는 자신이 아버지에게 받은 상처들을 그에게 온전히 드러내고 말했었다. 그에게 아버지는 좋은 사람도 아니었고 젊은 제자들과 놀아나는 바람둥이에 불과했었다.

"아니, 오늘은 이야기를 해야 할 것 같구나."

뜻밖으로 아버지가 단호하게 말했다.

"섬에서 나가 네가 미국으로 가게 되면 더 이상 기회가 없을 것 같아서……."

그건 아버지의 말이 옳았다. 그들은 또 언제 만나게 될지 기한이 없었다.

"나는 결혼 전에 사랑하는 사람이 있었다. 내 몸과 마음은 그녀의 것이었다."

아버지의 뜻밖의 고백에 그는 어이가 없었다. 아들에게 할 소리는 아닌 것 같았다.

"우리는 마치 소설처럼 너무 차이나는 집이었고 그녀의 어머니가 나를 어려서부터 길러준 가정부였다. 당연히 어른들은 반대를 했었고 난 그녀와 야반도주라도 해서 꼭 함께 할 거라고 생각을 했었지."

아버지는 녹차를 한 모금 마시고는 다시 이야기를 시작했다.

"하지만 우리 집안의 결사적인 반대에 그녀가 사라져 버렸다. 그리고 난 몇 년간 그녀를 찾아다녔지. 내가 힘들 때 우리 학교 후배였던 네 엄마가 많은 위로를 해주었었다. 그리고 어느 날 만취한 나는 선을 넘었고 그날 네가 생겼다."

결국은 그가 아버지의 발목을 잡은 것이었다.

"그래서 네 엄마와 결혼을 하게 되었지. 결혼 초반에는 잘하려고 노력했다. 난 결혼을 했고 아이가 있는 한 가정의 가장이었기 때문이었다."

아버지가 가정을 지키려 했다는 게 놀라웠다.

"하지만 결혼 후에 네 엄마는 달라졌다. 나와 어린 제자들의 관계를 의심했지. 피를 말리는 하루하루였다."

"그래서 미국으로 저희를 보내셨나요?"

"네가 10살 무렵 나는 그녀가 내 곁을 떠나게 만든 게 네 엄마라는 새로운 소식을 알게 되었고 우리는 처음으로 크게 싸웠다.

평소에는 내가 그냥 무시를 했는데 그건 쉽게 용서가 안 되더구나."

아버지가 한숨을 크게 쉬셨다.

"그래도 미국으로 보내진 않았다. 네 엄마가 널 데리고 간 거지."

"그래도 어머니의 장례식엔 오셨어야 했어요."

"핑계 같지만 사정이 있었어."

"어머니가 돌아가신 것보다 더 큰 사정이요? 어린 아들이 장례식장을 혼자 지켜야 하는데 말이죠?"

현성은 원망스러운 마음을 그대로 드러냈다.

"사실은 그땐 네 엄마 때문에 너무나 화가 나 있었다. 언론에서 연일 나와 조교의 부적절한 관계를 보도했다. 그때 그 사건 제보는 네 어머니가 한 것이었다. 조교는 네 엄마의 추측 때문에 파혼을 당했고 난 세상에 파렴치한으로 낙인 찍혀 한동안 고생했었다."

아버지는 한숨을 쉬며 말을 계속 이어갔다.

"난 그때까지 너의 어머니가 나에 대한 집착이 그렇게 심한 줄 몰랐었다. 그저 자신이 나에게 사랑받지 못하는 마음만 큰 줄 알았었다. 하지만 네 어머니의 집착은 도를 넘었고 나에게 복수를 해야 한다는 마음이 너무 컸던 것 같더구나."

"……"

"그 사건이 전부가 아니었다. 사람들을 고용해서 나의 24시간을 감시하고 보고를 받았다. 그 무렵 간통죄로 경찰 조사를 받으며 알게 된 사실이었다. 그때 난 젊었고 네 어머니가 아픈 걸 알았지만 용서를 할 아량이 없었다."

아버지의 말은 처음 듣는 말이었다.

"그때의 언론보도를 찾아보면 쉽게 알 수 있을 거다. 난 네 엄마를 용서할 수가 없었다. 왜 내 인생을 그토록 힘들게 하는지 그때는 이해하지 못했다."

아버지의 말에 놀란 현성은 녹차를 쥐고 있던 잔을 놓치고 말았다.

쨍그랑!

컵이 바닥에서 산산조각이 났다.

"괜찮은 거야?"

"네."

그가 서둘러 유리 조각을 치웠다.

"놀라게 해서 미안하구나."

"……"

"하지만 나도 큰 수술을 받고 나니 모든 걸 속으로 담아두는 게 능사가 아님을 알게 되었다. 그리고 하나뿐인 핏줄인 네가 이제는 날 이해해 줄 때가 된 것 같다는 희망을 가지고 얘기하는 거다. 그리고 못난 아비를 용서해라."

아버지는 자리를 떠났고 현성은 혼란스러웠다. 많은 걸 묻고 싶었지만 묻지 않았다. 왜냐하면 아버지가 진실을 말하고 있었기 때문이었다. 그건 확실하게 느낄 수가 있었다.

그는 어머니의 말만 듣고 평생을 아버지를 미워하면서 살 뻔했었다. 하지만 아버지의 말로 모든 앙금이 씻겨 나간 것은 아니었다.

현성은 자리를 박차고 일어나서 해변으로 나가 바닷속에서 숨이 끊어지기 일보 직전까지 정신없이 수영을 했다. 파도가 그를 해안으로 밀어내며 그와 힘겨루기를 하고 있었다. 하지만 답답한 마음은 가시질 않았다.

그때 멀리서 해변으로 걸어나오는 주아가 보였다. 아름다운 몸매를 커다란 타월로 칭칭 감고는 비치파라솔 아래 벤치에 앉아 오일을 온몸에 바르고 있었다. 순간 현성은 빠르게 수영을 해서 주아에게로 향했다.

그리고 선글라스를 끼고 누워 있는 그녀의 손목을 잡아 일으켰다.

"현성 씨!"

놀란 그녀가 소리를 지르는 대신 그의 이름을 불렀다. 그녀의 가는 손목을 잡은 그가 집과 반대방향으로 그녀를 끌고 갔다.

"아파요."

그녀의 항의가 그의 귀에 들릴 리가 없었다. 지금 그 속에서 터져 버린 활화산이 그를 녹여 버릴 것만 같았다. 지금 그는 주아를 가져야만 했다. 그녀를 통해 뜨거운 위로를 받고 싶었다. 그의 눈이 뜨거웠다. 눈물이 흐르려는 걸 그는 필사적으로 참고 또 참았다.

"현성 씨! 아니, 류 회장님!"

그녀가 다시 한 번 큰 소리로 그를 불렀다.

"귀 안 먹었어."

그는 차갑게 말을 하고는 그녀를 사람들이 전혀 오지 않는 집과는 극과 극의 위치에 있는 백사장으로 이끌었다. 그가 멈추자 그녀도 그를 따라 멈추었다.

"와우, 굉장히 멋지네요."

높은 절벽이 있는 이곳은 폭포수가 흘러내리는 곳이었다. 백사장은 있지만 움푹 안으로 들어와 강인지 바단지 구별이 가지 않는 곳이기도 했다.

"엄마하고 류 교수님하고 같이 오면 좋겠어요."

그녀가 그의 어색한 침묵을 깨기 위해서 노력하고 있었다.

"현성……"

그가 그녀를 강하게 끌어안고는 나무 그늘 아래 백사장에 그대로 눕혔다. 그녀의 하얀 살갗이 백사장의 색과 거의 같았다.

"내가 몇 번째지?"

"……."

그의 갑작스러운 질문에 그녀는 그저 눈만 껌뻑이고 있었다.

"말해."

"믿지 않겠지만 첫 남자예요."

"거짓말, 그렇게 영화에서 거의 옷을 벗어 던지고 수많은 섹스 씬을 그렇게 하면서 내가 처음이었다? 확실히 섹스는 내가 처음이더군."

"비웃지 마요."

"아니, 진실을 말하길 바랐을 뿐이야."

"난 거짓말하지 않았어요. 영화에서는 가슴 노출과 키스 씬밖에 안 했고 난 수많은 스폰서 제안과 남자들의 접근을 허용하지 않았어요. 만약에 그렇게 편하게 살았다면 스타가 될 수도 있었어요."

"후회하나?"

"아뇨, 난 엄마에게 부끄럽지 않은 딸이 되고 싶었을 뿐이에요. 영화는 돈을 벌기 위해 어쩔 수 없었지만 내 사생활까지 그렇게 살고 싶지는 않았으니까요."

"왜 나를 미안하게 만들지?"

"그런 생각은 하지 마요. 당신은 나에게 미안해할 행동을 하지 않았으니까요."

백사장에 누워 있는 주아의 몸 위로 현성은 자신의 몸을 그대로 겹쳤다. 그의 뜨거워진 몸이 그녀의 서늘한 몸에 닿자 거친 화학 작용을 일으키고 있었다.

"내가 미운가?"

"아뇨."

"그럼?"

"가지고 싶어요."

그가 놀란 눈으로 주아를 내려다보았다.

"섬에 있을 동안 날 마음껏 가져요."

주아는 그를 똑바로 바라보며 진심으로 그를 원한다고 말하고 있었다.

"내게 들어와요."

그녀의 말이 끝이 나기가 무섭게 그는 자신의 입술로 그녀의 입술을 먹어치우기 시작했다. 그녀의 부드러운 입술을 빨아들이기도 하고 이빨로 살짝 긁기도 하면서 그는 정신없이 그녀에게 키스를 하고 있었다.

그녀의 입술을 벌리고 자신의 뜨겁고 단단한 혀를 밀어 넣으며 그는 처음으로 완벽한 키스의 맛을 느끼고 있었다. 그녀의 팔이 그의 목을 감아왔다. 왜 이리도 이 여자의 몸이 그를 만족시키는지 그는 알 수 없었다.

그동안 그가 한 섹스는 섹스가 아니었다. 그저 본능을 충족시키는 것이었다면 주아와의 섹스는 본능 이상의 그 무언가가 충족이 되었다. 그녀의 혀가 그의 입안에서 열정적인 본모습을 드러내며 움직이고 있었다.

주아는 오늘 그에게 색다른 모습을 보여주기로 작정한 듯했다. 그녀가 그의 몸 아래에서 꿈틀거리고 있었다. 작은 손으로 그의 탄탄한 가슴을 쓸어내리더니 그의 수영복 속으로 손을 집어넣었다.

그가 그녀의 손을 잡았다.

"위험한 짓이야."

"알아요."

그녀는 거친 숨을 내쉬며 그의 손을 뿌리치고는 그의 단단한 페니스를 움켜잡았다.

"보고 싶어요."

그의 페니스를 위아래로 움직이며 그녀가 그의 눈을 똑바로 올려다보며 말하자 그가 모래사장에 누우며 서로의 위치를 바꿨다. 주아는 걸어오면서 거의 다 마른 그의 수영복을 그의 무릎 아래로 내려 벗겨 버렸다. 그리고 그녀를 향해 위용을 드러낸 그의 페니스를 손으로 쓰다듬었다.

"맛있을까? 생각해 봤어요."

갑작스러운 그녀의 말에 그가 당황할 사이도 없이 그녀의 입이 그의 페니스를 삼켜 버렸다.

"으윽!"

낯선 감촉에 그는 미칠 것 같았다.

"추읍~!"

그녀가 느리고 강하게 그의 페니스를 빨았다. 그녀가 주는 황홀경에 그는 기대 이상의 쾌감을 느끼고 있었다. 그녀는 그의 이상형이 아니라 그를 죽이기 위해 나타난 요물 같았다. 그녀가 작은 손으로 그의 검은 숲을 어루만지며 입술로는 그의 페니스를 강하게 움켜쥐고 있었다.

그녀의 질이 주는 조임과는 또 다른 차이의 쾌감이 다시 한 번 그에게 몰려왔다. 그녀는 남자가 어떨 때 미치는지를 알고 있는 것 같았다.

"으으윽."

그의 입에서 연속해서 신음이 흘러나왔다. 그녀는 혀로 그의 페니스를 쓸어 올리기도 하고 그의 귀두 부분을 핥기도 했다. 그리고 그녀의 목젖이 닿을 만큼 깊게 그의 페니스를 넣기도 했다.

마치 배우기라도 한 듯 처녀인 걸 몰랐다면 아주 노련한 콜걸처럼 그녀는 그를 강하게 자극하고 있었다. 남자에게 섹스를 만족시켜 줄 상대가 있다는 건 평생을 기억할 만한 일이었다. 그는 지금 주아를 이상형 이상으로 그의 기억 속에 하나하나 각인시키고 있었다.

그의 손이 그의 페니스를 물고 있는 주아의 작은 머리를 감쌌다.

"날 죽일 셈이군."

"만족하나요? 난 이런 일에 익숙하지 않아요."

그녀의 이런 말들도 그를 자극하기 딱 좋았다. 굉장히 머리가 좋은 여자였다. 그를 어떻게 하면 만족시키는지 그녀는 알고 있었다. 그녀가 작은 입술로 강하게 그의 페니스를 빨아들이자 그는 더 이상 생각이란 걸 할 수가 없었다.

어제 그녀를 막 대하기로 했던 생각은 이미 날아가 버리고 없었다.

"아아아."

그는 그녀의 애무에 속수무책으로 당하고 있을 수밖에 없었다. 그때 갑자기 그녀가 그의 위로 올라와 앉았다. 그리고 그의 페니스를 자신의 젖은 질 안으로 밀어 넣었다.

"못 참겠어요. 당신 걸 넣지 않고는 견딜 수가 없어요."

그녀는 이렇게 말하며 자신의 허리를 돌리고 있었다. 가르쳐 주지 않았지만 그녀는 본능적으로 리듬을 타는 것 같았다. 현성은 주아의 가는 허리를 잡고 그녀의 가슴이 매혹적으로 흔들리는 걸 바라보았다.

그의 페니스가 이 음란한 장면을 보고 더욱더 단단해져 버렸다. 그녀의 커다란 가슴이 그의 눈앞에서 출렁이고 있었다. 이 하얀색 가슴과 핑크빛의 유두가 영화 속에서 얼마나 그를 설레게 했는지 그건 신만이 아실 것이다.

그는 손을 들어 이 비현실적인 장면을 직접 느끼고 싶어 그녀의 가슴에 손을 가져다 댔다. 그리고 그녀의 핑크색 유두를 손가락으로 잡아보았다.

"아아앙."

그녀의 입에서 가는 신음 소리가 터져 나왔다. 좋다는 느낌만으로는 부족했다. 그녀의 가슴을 어루만지던 현성의 손이 탄탄한 배를 지나 서로의 숲이 엉켜 있는 아래로 내려왔다. 그리고 서로 맞물려 있는 숲을 헤집고 들어가서 그녀의 흥분한 클리토리스를 찾아 자극하기 시작했다.

"아흐, 현성 씨."

그녀의 흥분감이 더 커진 것 같았다. 주아는 몸을 비틀며 자신이 얼마나 흥분해 있는지를 보여주고 있었다. 현성은 주아의 가는 허리를 잡고 그녀가 움직일 수 있도록 도와주었다. 음란한 그녀의 몸짓에 그의 몸이 타들어가고 있었다.

"아악!"

그가 그녀를 다시 백사장 위에 누이고 이번엔 자신이 그녀의 위로 올라 왔다. 무릎을 이용해 그녀의 다리 사이를 비집고 들어온 그는 주아의 질 안에 한 번의 동작으로 그의 페니스를 집어넣었다.

무릎에 고운 모래가 박히는 고통이 있었지만 그는 아랑곳하지 않고 거칠게 움직이기 시작했다. 그는 자신이 짐승이 되어버린 것 같은 느낌을 받았다. 그녀는 그의 아래에서 격정적인 리듬을 함께 하고 있었다.

"아아아아앙."

그녀의 울부짖음에 가까운 소리는 폭포수가 떨어지는 소리에 묻혔다. 아무리 그늘이라고는 하지만 뜨거운 열대 지방의 열기는 그의 온몸에서 물을 짜내고 있었다. 그의 구릿빛 피부를 타고 땀이 흘러내리고 있었다.

그의 이마에 맺힌 땀은 빗방울처럼 뚝뚝 그녀의 가슴 위로 떨어지고 있었지만 그의 전차 같은 격렬한 몸짓은 멈추질 않았다. 그는 자신의 심장이 터질 것 같다는 생각을 했다.

"아윽, 이제 더 이상 버티기 힘들어."

"아아앙, 나도요."

그녀가 그의 땀에 젖은 가슴을 작은 손으로 쓸어내렸다.

"키스해 줘요."

그는 그녀의 입술에 진한 키스를 하고는 마지막을 위해 필사적으로 움직였다.

"으으윽."

"아흐."

그들은 동시에 절정을 맛보았고 그의 분신들은 어느 때보다 힘차게 그녀의 배 위에 뿌려졌다. 기진맥진한 둘은 백사장 위에 대자로 드러누워 있었다.

"죽을 것 같아요."

"나도."

숨을 고른 현성은 온몸이 지저분해진 주아를 안아 들고는 폭포수 아래로 향했다.

"설마, 이러지 마요."

그가 바위 위에서 그녀를 던지려고 하자 주아가 소리쳤다.

"천연 욕실이지."

"아아악!"

주아는 비명 소리와 함께 바위 아래 물속으로 빠져 버렸다.

"푸하, 진짜 너무해."

그녀의 말은 들은 척도 하지 않고 그도 물속으로 바로 입수했다. 시원한 물이 그의 몸의 열기를 식혀주고 있었다. 그는 헤엄을 쳐서 주아의 옆으로 갔다.

"진짜 미워요."

그녀가 눈을 흘겼다. 현성은 그런 주아의 자연스런 모습이 너무나 사랑스러웠다. 그가 주아의 옆으로 가서 그녀를 안아 들었다. 그의 가슴까지 오는 깊이였다. 주아는 그의 목에 팔을 감고 그에게 매달렸다.

둘은 말없이 서로를 한참 쳐다보았다. 따가운 햇볕에 주아의 양쪽 볼이 빨갛게 익어 있었다.

"야해."

"뭐가요?"

"다."

그의 말에 주아가 입을 맞추는가 싶더니 진한 키스를 해왔다. 주아의 혀가 그의 목젖까지 닿을 정도였다.

"이건 어때요?"

"이것도 야해."

그녀의 입술이 그의 목을 타고 내려왔다가 그의 귀에 머물렀다.

"당신 게 다시 딱딱해져서 날 찌르는데 어쩌죠?"

주아가 야릇한 표정을 지으며 그에게 물었다.

"그럼 할 수 없이 한 번 더 해야지."

그의 말에 주아가 고개를 뒤로 젖히며 웃었다.

"못 말려요."

그들은 언제 싸웠나 싶을 정도로 서로의 몸에 집중을 하고 있었다. 그녀가 그의 입술에 다시 한 번 진한 키스를 했다.

"이번엔 저쪽이 좋을 것 같아."

그들은 물속에서 나와 폭포 옆의 넓은 바위 위로 갔다. 나무그늘이 있고 모래도 없어서 방금 전보다는 나은 상황이었다. 그들은 누가 먼저랄 것도 없이 달려들어 서로의 몸을 어루만졌다.

자리에 눕기보다는 거의 서서 하는 섹스를 하고 있는 둘이었다.

"짐승 같은 거 알아요?"

"알아, 주아가 날 이렇게 짐승으로 만들고 있어."

그는 이렇게 말을 하며 그녀를 엎드리게 했다. 그리고 진짜 짐승처럼 그녀를 뒤에서 공격하기 시작했다.

"아악!"

뒤로 하는 섹스가 훨씬 그를 흥분하게 만들고 있었다. 한 손으로 그녀의 허리를 잡고 다른 한 손으로는 그녀의 봉긋하게 솟은 탐스러운 엉덩이를 쓰다듬었다.

퍽퍽퍽!

현성은 진짜 이 섬을 떠나기 싫었다.

주아가 옆의 나무를 잡고 몸을 일으키자 그녀 안에 있는 페니스가 더 큰 자극을 받았다.

"으으윽."

주아는 그를 자극하기 위한 몸짓이 아니었지만 결과적으로는 그를 아주 크게 자극하고 있었다. 그는 주아의 몸을 한 손으로 쓸어내리며 그대로 느끼고 있었다. 신이 그를 위해 만들어준 피조물이 주아인 것만 같았다. 현성과 주아의 입에서 흘러나오는 신음 소리가 숲을 울리고 있었다.

오전에 모든 기력을 다 쏟아부은 주아는 점심도 거른 채 그대로 침대에 누워 있었다. 엄마는 주아가 걱정이 되었는지 로키에게 부탁을 해서 수프와 비상약으로 챙겨온 피로회복제를 가져다주셨다.

너무 놀아서 몸살이 온 게 아니냐는 엄마의 말에 주아는 아무런 대꾸도 할 수가 없었다. 섹스를 너무 많이 해서 지친다고 할 수는 없는 노릇이었다. 주아는 오후에 현지와 스노클링을 나가기로 약속한 시간까지 잠을 자기로 했다.

두 시간 정도는 잘 수 있을 것 같았다. 약까지 먹으니 두 눈이 스르르 감겼다. 엄마가 에어컨을 틀고 가서 그런지 집 안은 시원했다. 모든 게 그녀가 자기에 딱 좋은 조건이었다.

그때였다. 갑자기 침대로 무언가가 들어오는 느낌이 들었다. 단단하면서도 거대한 몸이 그녀를 끌어안고 있었다.

"으으음."

"잘 거야?"

"피곤해요."

그녀는 눈을 뜨지 않고 그의 품 안으로 파고들었다.

"꿈인가요?"

"그럴 거야."

"호호호, 야한 꿈은 사절이에요."

그녀의 말이 떨어지기가 무섭게 그의 젖은 머리가 그녀의 가슴 쪽으로 내려왔다.

"으음, 샤워했어요?"

"응."

그가 그녀의 가슴을 아기처럼 빨고 있었다.

"야한 아기 같아요."

"하하하. 그렇군."

그녀가 그의 젖은 머리를 쓰다듬었다.

"착한 아기는 이러는 거 아니에요. 아함."

그녀가 하품을 하면서 말했다.

"문 잠가야 해요. 엄마가 이러고 있는 거 보면 놀라실 거예요."

"다 잠갔어."

"용의주도하긴."

"내가 좀 그렇지."

그녀는 아직까지 눈을 뜨고 있지 않았고 그는 아직도 그녀의 유두를 빨고 있었다.

"나 자고 싶어요."

"자."

"이러는데 어떻게 자요."

"주아는 할 수 있어."

그의 손이 그녀의 가슴을 어루만지고 있었다. 스르르 오던 잠은 이미 달아나 버린 지 오래였다.

"이러다가 사람들에게 들킬 것 같아요."

"아니."

그의 이 말이 왜 그렇게 상처가 되는지 주아는 다시 입을 다물었다.

"사람들은 지금 남은 일정을 각자의 방식으로 즐기느라 바빠. 우리에게 신경 쓸 틈이 없다고."

"그러네요."

"그러니 걱정하지 마."

그는 그녀가 사람들에게 들킬까 두려워하는 줄 알고 있었다. 주아는 사람들에게 들키는 게 두려운 게 아니라 그가 그녀와의 관계를 남들에게 들키는 걸 싫어하는 게 서운한 것이었다. 들키는 게 두려운 것도 사실이지만 그에게 가볍게 취급당하는 건 더 싫었다.

그런 그녀의 마음을 아는지 모르는지 그의 손은 바쁘게 그녀의 몸 위를 헤매고 있었다. 그의 머리가 점점 아래로 내려가서 그녀의 여성을 삼키고 있었다.

"으으응."

그의 테크닉은 회를 거듭할수록 그녀를 더욱더 만족시키고 있었다. 그가 그녀의 위에 자리를 잡고 자신의 페니스를 그녀의 질에 한 번의 동작으로 넣었다.

"아아앙."

"아직도 아파?"

"아니오, 좋아요."

그녀는 솔직하게 말했다. 그가 그녀 안으로 들어오는 느낌이 너무나 강렬하면서도 좋았다. 그의 거대한 페니스가 그녀의 안으로 들어오는 게 신기할 정도였지만 그녀의 몸을 반으로 가르는 듯한 고통과 함께 온몸을 태울 듯한 쾌감도 같이 느껴지고 있었다.

그가 그녀의 몸 위에서 거칠게 숨을 헐떡이며 쾌감의 끝을 향해 달리고 있었다. 주아는 자신도 모르게 더 깊이 그를 받아들이기 위해 다리를 벌리고 손으로 엉덩이를 감쌌다.

"더 깊이……."

그녀는 자신이 원하는 바를 부끄러운 줄도 모르고 내뱉고 있었다.

"으으으윽!"

그의 입에서 거친 신음 소리가 흘러나오며 자신의 분신들을 쏟아냈다. 그가 그녀의 옆으로 쓰러졌다. 천장을 바라보며 누운 그의 입에서는 거친 숨이 계속해서 나오고 있었다.

"이러다가 죽을 것 같아."

말은 그렇게 하면서도 손은 어느새 그녀의 가슴 위로 올라와 있었다.

"얼마 남지 않았네요."

"뭐가?"

"이 섬에서의 시간요."

"더 있을까?"

그의 말에 그녀는 네라고 답을 할 뻔했다.

"나도 이렇게 쉬어본 게 너무 오랜만이라서 좋기는 하지만 당장 섬에서 나가면 줄줄이 회의가 잡혀 있어."

그는 현실을 말하고 있었다.

"알아요. 그래서 이 시간이 더 소중한 것 같아요."

"한 번 더 할까?"

"워워, 그건 아니고요."

"하하하."

그의 웃음소리가 방 안을 울리고 있었다.

"조금 있으면 현지 씨하고 스노클링 해야 해요."

"매일 그렇게 하고도 질리지 않아?"

"네, 예전에는 미래에 뭘 할지 생각해 본 적이 없는데 나중에 이렇게 해외의 작은 섬에서 여생을 보내는 것도 괜찮겠다는 생각이 들어요."

"나도 요즘 그런 생각이 들어."

그도 그녀의 생각에 동의를 했다. 이곳은 그만큼 환상적인 공간이었다. 시간에 쫓기지도 않고 돈을 벌기 위해 아등바등 살지 않아도 되는 진짜 파라다이스였다.

"그러려면 또 열심히 돈을 벌어야겠죠?"

"……."

그는 말없이 그녀를 바라보았다. 그녀의 입에서 돈이라는 소리가 나오면 짓는 표정이었다. 그는 그녀가 몸을 팔아 돈을 벌 거라는 생각을 하는 모양이었다.

하지만 그에 대해 뭐라고 설명할 생각은 없었다. 여기서 나가면 그와 그녀는 다시는 만나지 못할 테니까 말이다.

"키스해 줄래요?"

그녀에게 마지막 남자인 그에게 주아는 키스를 부탁했다. 이 섬에서 나갈 때까지는 그와 불타는 시간을 가지고 싶었다. 이제 시간이 거의 없었다. 매일 밤에 그를 만나는 것만으로는 부족했다.

주아가 그에게 이렇게 집착을 하는 건 온몸으로 그를 기억하고 싶었기 때문이었다. 그렇게 주아는 섬에서의 남은 일정에 틈이 나는 대로 현성과 섹스를 미친 듯이 했다. 그리고 섬에서의 기억을 모두 가슴에 새기며 섬에서의 일정을 마무리했다.

6. 미세먼지가 가득한 오후

인천 국제공항에 도착한 주아는 출발 때와는 다른 착잡한 마음
이 강했다. 이곳에서 그녀는 현성과 헤어져야 했기 때문이었다.
현성은 돌아오는 내내 아무런 말도 하지 않았다. 어젯밤 그들은
그 어떤 때보다 더 격한 밤을 보냈지만 미래에 대한 그 어떤 이야
기도 하지 않았다.

"류 회장님은 바로 미국으로 가나요?"

그녀가 궁금해했던 말을 엄마가 대신 현성에게 물었다.

"아뇨, 전 내일모레까지 이곳에 있을 예정입니다."

"그래요?"

"네, 내일이 아버지 생신이거든요. 집으로 모두들 초대할 테니

와주세요."

"아니, 왜 말 안 했어요?"

엄마가 원망의 눈길로 류 교수를 보았다.

"아니, 난 내일이 내 생일인지 몰랐어."

류 교수도 당황한 표정이었다.

"사실 저도 어제 알았어요. 그래서 갑작스럽게 급조를 해서 출국을 이틀 미뤘고요."

"마크도 모레 가는 거야?"

현지가 옆에서 눈을 동그랗게 뜨고 물었다.

"아니, 마크는 바로 갈 거야."

"그럼, 나는?"

"넌 나랑 모레 아이들하고 가고."

"역쉬, 우리 회장님은 달라."

현지는 아이들과 함께 모레 떠나는 게 신랑과 함께 가는 것보다 좋은 눈치였다.

"주아 씨, 우리 오늘 동대문 갈래요?"

"네?"

"난 한 번도 가본 적이 없는데 거기 야시장이 끝내준다면서요. 옷들도 예쁘고."

"그래요. 같이 가요."

현지는 주아의 팔짱을 끼며 좋아했다.

"미국에서는 애들 때문에 어디를 마음대로 갈 수도 없거든요."

모두가 즐겁게 수다를 떨고 있었지만 현성은 엄마와 대화를 나눈 이후에는 아무런 말이 없었다. 섬에서는 몰래 그녀에게 미소를 짓기도 했지만 지금은 그녀에게 시선조차 주지 않고 있는 그였다.

이상하리만치 남들 앞에서는 그녀를 피하는 것 같았다. 그녀가 삼류배우라서 부끄러운 게 분명했다. 그는 대기업의 총수고 그녀는 그저 삼류배우였다.

"저기 사인 좀……."

누군가 연예인인 주아가 아닌 현성에게 사인을 요청했다. 현성은 웃으며 사인과 함께 사진까지 찍어주었다.

"우리 류 회장님의 인기가 짱인데?"

현지가 엄지를 척하고 들어주었다. 그러자 현성이 멋쩍은 미소를 지었다. 어딜 가나 현성은 사람들의 시선을 붙들고 있었다. 이러고 있으니 현성이 더 멀게만 느껴지는 주아였다. 공항에서 인사를 하고 그들은 각자의 집으로 향했다.

집에 도착한 주아는 피곤한 기색이 역력한 엄마를 방으로 모시고 짐 정리를 하기 시작했다. 빨래를 돌리고 완벽하게 짐 정리를 끝낸 주아는 현지를 만날 준비를 하기 시작했다.

윙—

엄마의 핸드폰이 울렸다. 화면을 보니 류 교수님이었다.

"교수님."

[주아구나.]

엄마가 아니어서 서운한 목소리였다.

"엄마, 주무세요."

[그렇구나.]

"급한 일이시면 깨워 드릴까요?"

[아니, 내일 저녁 먹으러 집으로 오라고 말하려고 했다.]

"네, 엄마는 당연히 가실 거예요."

[너도 꼭 와.]

"네."

그녀는 편안하게 대답했다. 이제부터는 엄마 때문에 류 교수를 자주 볼 텐데 굳이 피할 필요는 없을 것 같았다.

"집 주소 문자로 남겨주세요."

[내일 내가 차를 집으로 보내마.]

"알겠습니다."

역시 부자 친구는 좋은 것이었다. 주아는 돌아다니기 편하게 청바지에 티를 입고 운동화를 신었다. 머리를 하나로 질끈 매고 학생처럼 배낭 하나를 멨다. 야시장을 갈 때는 이 복장이 제일 편했다.

윙—

이번에는 그녀의 핸드폰이 울렸다. 혹시나 하는 기대감에 전화기를 보았지만 그녀의 기대와는 달리 연희의 전화였다.

"연희야."

[언니, 왜 그렇게 연락을 안 해요? 좋은 남자라도 생긴 거예요?]

"애석하게도 아니다. 전화 못해서 미안하고."

[언니가 없는 동안 아주 기막힌 일들의 연속이었어요.]

"왜?"

[윤 감독 알죠? 왜, 블루러브 감독 말이에요.]

"감독님이 왜?"

[윤 감독이 언니를 조연으로 캐스팅하고 남자주인공으로 민욱을 캐스팅했는데 민욱이 언니가 조연으로 캐스팅된 거 취소 안 하면 영화 안 찍는 다고 했어요.]

민욱의 스타일리스트기도 한 연희였다.

윤 감독 측에서 연락이 왔었다. 차기작 조연으로 발탁했다는 말을 들었다. 다만 아직 감독과 상견례를 하지 않은 상황이었고 구두로만 전달받은 얘기이긴 했지만 그녀의 출연은 확정된 것이었다. 그런데 지금 이 상황은 주아로서는 아주 자존심이 상하는 것이었다.

[그 자식이랑 무슨 일 있었죠?]

"껄떡거리길래 한마디 했어."

[참지 그랬어요. 언니는 슈퍼스타가 될 수 있는데 너무 꼿꼿해서 문제예요.]

그건 주아의 장점이자 단점이었다.

"나도 그 영화 안 찍을 생각이었어."

[왜요?]

"이제는 벗는 씬을 안 하고 싶다."

[왜요? 언니의 국보급 몸매 때문에 사람들이 보는데 그거 안 하면 어떤 감독이 배역을 줘요?]

연희는 그녀가 걱정인 게 분명했다.

"연희야, 고마운데 신경 쓰지 마."

[언니, 내가 진짜 괜찮은 스폰 알아봐 줘요?]

"그런 말 하려거든 끊어."

[아무리 우리 소속사 배우지만 진짜 짜증나요. 생긴 것만 믿고 너무 날뛰는 것 같아요.]

"연희야, 나 약속 있어."

[지금 언니가 영화에서 억울하게 짤리게 생겼는데 괜찮아요?]

"기분 나빠도 어떻게 할 수 없지."

[아, 진짜.]

"어디야?"

[동대문이요.]

"나도 그리 갈 건데."

[왜요?]

"친구가 한국에 온 지 오래돼서 동대문에서 옷 좀 산다고 도와 달라고 해서."

[내가 오늘 인심 쓸게요. 데리고 와요. 두타 앞에서 만나요.]

"그럼 나야 고맙지."

그녀가 당하고 사는 게 싫은지 연희가 더 화를 내고 있었다. 힘이 없는 걸 누구를 탓하겠는가?

그녀는 8시가 넘어서 동대문으로 향했다. 약속 장소에 가자 연희가 미리 나와 있었다.

"연희야."

"언니, 왜 이렇게 많이 탔어요?"

"너도 직사광선에 하루 종일 있어봐. 완전히 오븐에 구워지는 것같이 구워지지."

"지금 자랑하는 거죠?"

"응."

그들이 밀린 수다를 떨고 있는데 멀리서 익숙한 목소리가 들렸다.

"주아 씨."

현지의 목소리에 주아가 고개를 돌렸다. 그리고 주아는 깜작 놀랐다. 현지의 뒤에 현성이 따르고 있었다.

"언니, 저분들이에요?"

"응."

"저 남자 완전 끝내주네요. 민욱은 상대도 안 되게 섹시한데 배우예요?"

"아니."

"그럼요?"

"사업해."

"거기에 돈까지, 나 좀 소개해 줘요."

연희가 호들갑을 떠는 동안 현지와 현성이 그들 앞에 왔다.

"길을 몰라서 현성이한테 태워달라고 했어요. 현성이도 여기가 궁금하다고 해서 데리고 왔어요. 괜찮죠?"

"그럼요."

대답은 주아 대신 연희가 했다.

"누구?"

"저는 톱스타들의 메이크업과 의상을 담당하는 스타일리스트 연희예요. 오늘은 특별히 언니가 부탁을 해서 여러분들이 옷을 구매하시는 데 도움을 드리려고요."

"정말요? 주아 씨 고마워요."

고마움을 표하는 현지의 말에 주아는 그저 웃을 뿐 더 이상의 답은 하지 않았다. 주아의 신경은 온통 현성에게 가 있었다. 그들은 동대문 일대를 돌며 현지의 엄청난 쇼핑을 보아야 했다.

"현지야, 미국에다가 숍 차릴 거야?"

"아니, 너무 싸고 예쁘잖아."

그렇게 한참의 쇼핑을 한 그들은 겨우 커피숍에 앉을 수 있었다. 커피를 사이에 두고 그사이 친해진 연희와 현지의 수다가 이어졌다.

"주아 씨의 스타일은 왜 안 봐줘요?"

"저는 소속사가 있어서 개인적으로 도와주죠. 제 소원은 언니가 유명해져서 제가 언니의 전속 스타일리스트가 되는 거예요."

"주아 씨 유명한데……."

"언니는 적들이 많아서 실력만큼 빛을 못 보는 거예요."

"적이라뇨?"

"연희야!"

그녀가 말을 잘랐지만 이미 연희의 입은 열린 상태였다.

"블루러브라는 영화의 감독이 언니를 자신의 이번 영화에 비중 있는 조연으로 캐스팅을 했거든요."

"그 영화감독 아는데……."

현지가 말을 갑자기 멈추었다.

"그런데 남자주인공이 언니가 하면 안 하겠다고 했어요."

"왜요?"

"언니가 자기한테 안 넘어온다고 화가 난 거죠. 미친놈이라니까요."

현지는 놀라움을 금치 못했다.

"그래서 감독이 안 써준대요?"

"아마도요. 그게 현실이거든요."

"나, 그 감독 알아요. 우리 이모 아들이거든요. 내가 말 한번 해볼게요."

세상은 참 좁았다. 윤 감독이 이모의 아들이라니.

"정말 그런 거면 한마디 해줘야겠어요."

"그냥 소문일 뿐이니까 그냥 모른척해 주세요. 그리고 연희도 그런 말 하고 다니지 마."

"왜 확실한데."

"연희야."

"알았어."

그들은 동대문 포장마차에서 떡볶이와 순대로 야참을 먹고는 헤어졌다. 하지만 그들과 함께 돌아다니던 현성은 주아에게 한마디 말도 하지 않았다.

주아는 집으로 돌아와서도 그리 기분이 좋지는 않았지만 이제 그가 그녀를 확실하게 멀리한다는 느낌을 받고는 많은 상처를 받고 있었다. 하지만 그녀의 힘으로는 어쩔 수 있는 일이 아니었다.

다음 날, 엄마는 오전부터 그녀를 끌고 사우나를 갔다. 싫다고 하는 그녀를 엄마는 마사지까지 시켜주었다.

"우리 미용실 가자."

"엄마, 왜 그래?"

"뭐가?"

"아니, 너무 신경을 쓰는 것 같아서."

그녀가 엄마를 놀리고 있었다.

"너 진짜 자꾸 놀릴 거야? 그리고 엄마가 초라해 보이면 좋겠어?"

"아니."

주아가 웃으며 엄마를 그들이 자주 가는 단골 미용실로 데리고 갔다. 엄마는 다시 찾은 사랑을 하는 데 주저함이 없었다. 주아는 이런 엄마가 몹시 좋아 보였다.

"류 교수님하고는 통화했어?"

"응."

"뭐래?"

"오늘 올 때 신경 쓰고 오라고."

"왜?"

"모르지 나도."

왠지 엄마에게 오늘 좋은 일이 있을 것 같다는 생각이 들었다. 그래서인지 주아도 덩달아 기분이 좋았다. 약속 시간이 다가왔고 류 교수가 보내준 옷을 입고 차를 기다리고 있었다.

"엄마, 이렇게 드레스가 잘 어울릴 줄은 몰랐네. 예쁘다."

류 교수는 엄마와 그녀를 위해 블랙 롱드레스를 보내주었다. 어떻게 그렇게 둘의 사이즈를 알았는지 드레스가 딱 맞았다.

"고마워, 우리 주아는 오늘 눈이 부시다."

"서로 칭찬하는 분위기야?"

주아의 말에 엄마가 웃었다. 사실 주아는 서구적인 체형이라서 끈이 없는 탑 드레스가 굉장히 잘 어울렸다.

"그런데 이렇게까지 신경을 써주시는 이유가 뭘까?"

"다른 손님들도 오신대. 그러니 우리가 너무 떨어지면 안 되니까 준비해 준 거야. 그러니까 주아 너도 자꾸 이상한 쪽으로 생각하지 마."

"알았어."

엄마는 주아가 오버를 한다고 생각했는지 단속을 했다. 류 교수가 보내준 벤츠를 타고 엄마와 주아는 약속 장소로 향했다. 집에서 할 거라고 생각했는데 교외로 빠져나갔다. 서울 근교라서 그렇게 시간이 걸리지 않았지만 생각보다 외진 곳이었다.

산속에 나무들로 둘러싸인 이곳은 별장 같은 느낌이 강했다. 어두운 저녁이라서 외관은 잘 볼 수 없었지만 넓은 정원이 꽤 인상적인 곳이었다.

집 앞에 도착했을 때는 클래식 음악이 들려오고 있었다. 그들이 현관에서 내리자 류 교수가 그들을 맞이하러 나왔다.

"어서 와."

"오빠, 생일 축하해요."

그렇게 말을 하며 엄마는 언제 준비했는지 선물을 류 교수에게 건넸다. 주아는 미소를 지으며 류 교수와 엄마의 뒤를 따라 안으로 들어갔다. 집 안은 생각보다 컸고 파티 분위기에 사람들도 굉장히 많이 북적거리고 있었다.

드레스 코드는 블랙으로 모두 맞춰 입고 있었다. 저 멀리서 현성이 그녀를 보고 있었지만 주아는 시선을 피해 버렸다. 그녀가 이렇게 모른 척하기를 그가 바라는 것 같았다. 주아는 파티장에서 엄마의 곁에만 서 있었다. 아무래도 이런 곳이 처음인 엄마가 어색해하는 게 역력해 보였기 때문에 그녀는 잠시 현성에 대한 생각을 잊고 엄마에게만 신경을 집중했다.

"어머니."

현지가 그녀의 옆으로 다가왔다. 어제 산 동대문표 블랙 원피스를 완벽하게 명품처럼 보이게 만들고 있었다.

"나 어때요?"

"명품을 입고 오신 것 같아요."

"안 그래도 아까 어떤 아가씨가 묻더라고요. 어디서 샀냐고 해서 동대문에서 샀다고 하니까 농담도 잘한다고 하더라고요. 알고 보니 그 여자 동우건설 딸이더라고요. 현성이를 아주 눈독들이는 그룹이죠."

"왜요?"

"사윗감으로요. 우리 현성이 잘나가요. 하루 만에 아버지 생일이라고 이렇게 많은 사람들을 끌어 모으고 파티까지 하는 걸 보면요."

주아의 시선이 동우그룹 딸에게 향했다. 큰 키에 모델 뺨치는 스타일의 여자였다. 물론 해외 명품으로 머리부터 발끝까지 치장을 하고 있어서 더 돋보이기는 했지만 말이다.

"현지야."

누군가 현지를 불렀다. 윤 감독이었다.

"오빠."

현지 옆에 주아가 서 있는 걸 보자 윤 감독의 얼굴에 미안함이 가득 묻어났다.

"주아도 있었네."

"네, 감독님. 그동안 잘 지내셨어요?"

"응, 나야 잘 지냈지."

"민욱 씨 얘기는 들……."

그때 민욱의 얼굴이 주아의 눈에 띄었다. 언제 왔는지 동우그룹 딸과 웃으며 이야기 중이었다.

"민욱이도 같이 왔어. HS사가 이번에 우리 영화에 투자를 많이 했거든."

"현성이, 아니, 류 회장이 블루러브의 광팬이라서 이번 영화를 전폭적으로 밀어준다고 했다고 하네요. 나도 오늘 알았지 뭐예요."

그때 민욱이 그들이 있는 쪽으로 걸어왔다. 영화배우 중에 비주얼로 탑인 그의 모습에 파티장의 여자들의 시선이 집중되고 있었다.

"감독님."

"어, 민욱 씨."

"아니, 이게 누구야. 주아 씨네. 이런 데 올 인맥도 있고 대단해."

민욱은 아낌없이 주아를 비꼬고 있었다.

"드레스도 멋있고. 이번에 스폰은 확실하게 잡았나 봐?"

주아는 민욱의 말을 무시하고 자리를 피하려고 하자 현지가 주아의 손목을 잡았다.

"오빠, 옆에 있는 사람은 스태프야?"

현지의 말에 민욱의 안색이 굳어졌다.

"오빠는 감독을 그렇게 오랫동안 했으면서 스태프 교육은 잘 안 시키나 봐?"

"현지야."

윤 감독이 현지의 말을 막았다.

"조감독? 아니면 조명? 카메란가?"

현지의 말에 주아는 웃음이 터졌다. 민욱은 자신을 못 알아보는 여자는 처음이라는 표정이었다. 한마디로 어이없어하는 얼굴이었다.

"감독님, 누구예요?"

"내 사촌동생."

"아주머니께서 한국에 안 사시나 봐요?"

민욱이 유치하게 싸움을 하고 있었다.

"네, 난 미국 살아요. 왜, 내가 어디 사는가가 그렇게 중요해요?"

윤 감독은 두 손을 들더니 자리를 뜨려고 했다. 그때였다. 현성이 그들 사이로 끼어들었다.

"현지야, 왜 그래?"

숨 막히는 비주얼의 남자가 또 한 명 나타나자 사람들의 시선이 그들에게 고정이 되어버렸다.

"아니야, 이렇게 빠른 시간에 파티를 준비하다니 너도 대단하다."

"뭘."

현성과 현지는 정말 격이 없는 사이처럼 보였다.

"윤 감독님."

현성의 얼굴에 미소가 걸렸다. 진자 블루러브의 팬이긴 한 모양이었다.

"네, 회장님."

윤 감독의 허리가 구십도로 숙여졌다.

"잘 지내셨죠? 이번 영화에도 제가 개인적으로 관심이 많습니다."

"압니다. 알고말고요. 오늘 또 이렇게 초대까지 해주시고 영광입니다."

"우리 주아 씨 잘 부탁드립니다."

"네?"

윤 감독의 표정이 굳어졌다. 현성이 아주 자연스럽게 주아의 옆으로 와서 그녀의 허리에 팔을 감았다.

"저는 블루러브 때부터 주아 씨의 광팬이었습니다. 감독님의 섬세한 심리묘사를 주아 씨가 완벽하게 표현했기 때문에 이번에 투자도 응한 거고요."

"그런데……."

윤 감독이 기어들어 가는 목소리로 말하며 민욱을 쳐다봤다.

"안녕하십니까?"

그때 옆에 있던 민욱이 현성에서 자신감이 넘치는 미소로 인사를 건넸다.

"……."

"이번에 윤 감독님의 신작에 남자주인공을 맡게 된 민욱입니다."

현성의 표정이 조금 전과 다르게 차갑게 굳어 있는 걸 주아는 느낄 수 있었다. 그녀의 허리에 둘려진 그의 팔에 힘이 들어갔다.

"전투기로 유명한 HS사……."

"회장입니다."

자신의 신분을 강하게 말하는 건 처음 보았다. 그는 자신의 위치를 드러내는 사람이 아니었다.

"네, 이렇게 젊고 잘생긴……."

"윤 감독님, 전 주아 씨의 연기 모습을 꼭 보고 싶습니다. 그래서 투자를 한 거지 다른 이유는 없습니다. 블루 러브 같은 멋진 작품을 또 만들어주실 거라 생각합니다."

"네? 네……."

"감독님의 작품은 여배우들의 매력이 강하게 어필이 되는 작품 아닙니까? 이번에 여주인공은 누구입니까?"

"그게……."

215

"우리 주아 씨는 어떻습니까?"

"시나리오상 주인공이 10대 후반의 신인배우를……."

"좋네요. 역시 여배우를 발굴하시는 데는 타고난 분이니까요. 우리 주아 씨가 그럼?"

"여주인공의 성장 후의 모습을 연기할 겁니다. 둘의 씬이 거의 비슷하게 나옵니다."

"그럼 공동 주연이네요."

현성은 공동 주연이라는 말에 힘을 주었다.

"네, 네 뭐……."

"전 그렇게 믿고 이번에 전폭적으로 투자할 겁니다. 이번 작품이 잘 나오면 다음 작품도 편하게 찍으셔도 될 겁니다. 전 흥행보다는 작품성을 중시하니까요. 해외의 영화제에서 상을 받으면 더 좋겠네요."

현성이 주아의 허리를 감싼 손을 풀고는 자리를 떴다.

"우리 류 회장 최고다."

현지도 민욱의 폭파 직전의 얼굴을 향해 약 올리듯이 말했다.

"오빠도 얼굴 보고 배역 뽑아? 연기력이 중요하지. 류 회장이 돈줄이 되어준다고 하잖아. 더 연기 잘하는 남자주인공을 찾아봐. 여배우 뒤꽁무니나 쫓아다니는 얼빠진 인간 쓰지 말고."

현지도 주아에게 윙크를 하고는 현성의 뒤를 따라갔다.

"언제 저런 스폰을 만든 거야?"

"스폰 아니야."

"거짓말도 좀 늘었네?"

감독이 있건 말건 민욱이 그녀를 슬슬 건드렸다.

"다 너 때문에 단련이 된 거야. 민욱아."

"뭐?"

"네가 그렇게 치근덕대지 않았으면 나한테 거절당할 일도 없고 열 받아서 감독님께 날 자르라고 하지 않아도 됐잖아."

"야!"

"넌 생긴 거 하나 믿고 있다가 이번 작품으로 연기력을 알리려고 했는데 어쩌니? 이번 작품에서 아웃이어서."

"황주아!"

"내가 반말하지 말라고 했을 텐데? 내가 너보다 나이도 많고 연기도 선배야. 입조심해."

주아는 감독에게 고개를 숙이고는 열받은 민욱을 뒤로하고 밖으로 나왔다. 큰소리로 웃어야 할 것 같았기 때문이었다.

"하하하하하."

그녀는 집 뒤에 있는 벤치에 서서 큰소리로 미친 듯이 웃었다. 그때였다. 그녀의 허리를 익숙한 손이 감아왔다.

"뭐가 그리 즐겁지?"

"고마워요."

"그 녀석의 면상을 날리고 싶었지만 할 수가 없더군."

"그것도 좋을 뻔했어요."

"가서 한 대 때리고 올까?"

그의 말에 주아는 눈물이 나게 고마움을 느꼈다.

"누군가 이렇게 나에게 든든한 힘이 되어준 건 처음이에요."

"나도 누군가의 일에 이렇게 나선 건 처음이야."

"왜 그랬어요?"

"우리는 곧 가족이 될 테니까."

"……."

그의 의미심장한 말에 그녀는 멍하게 그의 얼굴을 보았다.

"돌아오는 비행기 안에서 아버지가 말씀하셨어. 주아 엄마와 나머지 인생을 함께하고 싶다고 말이야."

"그랬군요."

그가 한국에 도착하는 순간부터 그녀와 거리를 두려 했던 이유가 설명이 되고 있었다.

"이제 오빠가 되는 건가요?"

"아마도."

그의 눈빛이 흔들리고 있었다.

"나를 뿌리부터 자극하는 여자와 남매가 되다니 나같이 불행한 남자가 있을까?"

그의 슬픈 농담에 주아는 살짝 미소를 지었을 뿐 아무런 답을 할 수가 없었다. 그녀 또한 그녀의 중심을 흔드는 남자를 오빠로 받아들일 수 있을지가 의문이었다. 하지만 그는 이미 그녀와의 관계를 남매로 받아들이고 있는 것 같았다.

어떻게 그렇게 짜릿한 밤을 보냈는데 이렇게 쉽게 변하냐는 말이 그녀의 목젖까지 올라왔지만 지금은 따질 수가 없었다.

"아, 아, 아, 여러분."

음악이 멈추고 갑자기 실내에서 바깥으로 마이크 소리가 났다. 류 교수의 목소리였다. 그러자 현성이 주아를 데리고 급하게 안으로 들어갔다.

"오늘 바쁘신데도 이렇게 와주신 데 감사드립니다. 이런 기쁜 자리를 마련해 준 우리 아들 류 회장에게도 고맙다고 말하고 싶습니다."

안으로 들어가자 류 교수의 옆에는 엄마가 어색하게 미소를 지으며 서 있었다.

"오늘 저는 아주 특별한 말을 여러분 앞에서 하고자 합니다."

류 교수가 엄마의 손을 잡았다.

"저는 나머지 인생을 황서현 여사와 함께할 것을 여러분 앞에서 맹세합니다."

류 교수는 맹세라고 했고 엄마의 눈에선 눈물이 흘러내렸다.

"먼저 승낙을 받았어야 하는데 마음이 급해서 이 자리를 빌어 반강제적으로 승낙을 받으려고 합니다. 서현 씨, 나와 평생을 함께하겠소?"

엄가가 울면서 고개를 끄덕였다.

"모두의 축복을 바랍니다."

여기저기서 박수가 터져 나왔다. 오랜 세월 혼자 지내오신 류 교수를 모두들 응원하는 분위기였다. 주아도 엄마의 행복해하는 모습을 보며 행복하길 바라는 박수를 쳤다. 하지만 그녀의 마음은 복잡했다.

그녀의 옆에서 현성도 박수를 치고 있었다. 지금 둘 사이의 문제는 겉으로는 이렇게 마무리되고 있었다.

"언제 떠나요?"

"내일 아침에."

"언제 다시 오나요?"

"……."

"난 당신이 다시는 오지 않길 바라요. 당신이 다시 돌아온다면 감당하기 힘들 것 같아요."

"……."

그는 끝까지 말이 없었다. 엄마와 류 교수는 행복한 얼굴로 서로를 마주하고 있었다. 그녀의 인생에서 이렇게 힘이 든 밤은 없었다. 파티가 끝이 나고 손님들이 떠나자 류 교수와 엄마, 그리고 현성과 그녀가 집에 남게 되었다.

"갑작스런 말에 우리 주아가 놀랐겠구나."

"아니에요. 두 분이 합치신다니 전 좋아요."

"고맙다. 네 엄마가 힘든 결정을 해주었어."

"언제 말씀하셨어요? 엄마는 아무 말도 없어서……."

"오늘까지 말하지 않았다. 그냥 거절하면 어쩌나 하는 생각으로 막무가내로 그냥 밀어붙인 거지."

"완전 멋지세요."

그건 주아의 진심이었다. 사랑을 할 때는 이렇게 저돌적인 부분이 있어야 하는 것이다.

"그럼 엄마는 교수님 댁으로 가는 건가요?"

"리모델링이 끝나는 대로 주아와 함께 우리 집으로 들어왔으면 좋겠어."

"전……."

주아가 머뭇거렸다. 아니, 이 갑작스러운 상황에서 어떤 사람이라도 머뭇거릴 수밖에 없을 것이다.

"난 우리 셋이서 함께 즐겁게 살고 싶구나."

류 교수의 말에 주아도 웃으며 고개를 끄덕였다.

"아무것도 해올 것 없다. 오히려 지금 집에 있는 건 다 처분하고 왔으면 좋겠구나. 몸만 와도 된다. 집에 이미 다 갖춰져 있거든."

류 교수님은 훌륭한 아빠가 되어줄 것 같았다. 주아는 행복해하는 엄마를 보며 미소를 지었다.

집으로 돌아오는 내내 주아는 엄마의 손을 꼭 잡고 있었다.

"엄마, 행복해?"

"다는 아니야."

"왜?"

"시집 안 간 딸 때문에."

"엄마는 참."

엄마가 주아의 손을 다시 한 번 다독였다.

"주아도 빨리 시집을 가야 하는데, 그래야 하늘에 있는 네 엄마한테 면이 서는데 말이야."

"엄마는 충분히 나한테 잘했어."

"아니야."

"자꾸 이러면 진짜 화낸다."

주아가 엄마를 꼭 안아주었다.

"오늘 우리 엄마가 제일 예뻤어."

"주책이야."

"엄마, 그리고 나 잘하면 주인공 될 것 같아."

"뭐?"

"노을 윤 감독에게 현성 씨가 얘기해 줬어. 아니, 이제 오빠라고 해야 하나?"

"진짜 잘됐다."

엄마의 얼굴에 함박웃음이 지어졌다.

"역시 우리 딸이 해낼 줄 알았어."

엄마는 류 교수님과 합치는 것보다 그녀가 주인공이 된다는 사실이 더 기쁘신 것 같았다.

"그렇게 좋아?"

"응, 밥 안 먹어도 배부른 것 같아."

"아니, 난 지금 배가 고파. 이 드레스 때문에 음식도 제대로 못 먹었거든."

"엄마도."

"우리 치킨이나 시켜 먹을까?"

"이 시간에 배달이 돼?"

"요즘 24시간 하는 데 많아."

모녀가 집에 도착한 시간은 새벽 2시였다. 치킨을 시키고 맥주를 마시며 모처럼 아무 걱정 안 하고 즐거운 밤을 보낸 그들은 새벽 5시가 되어서야 잠을 청했다.

7. 오해라는 악마에 흔들리다

까똥 섬에서 휴가를 보내고 미국으로 돌아온 지 한 달이 되어가고 있었다. 그의 바쁜 일상은 그의 기억에서 까똥 섬의 기억을 조금씩 지워가고 있었다. 아니, 그 스스로 더 많은 업무량을 소화하며 그의 온 세포를 자극했던 주아를 잊기 위해 필사적인 사투를 벌이고 있었다.

툭!

그의 책상 위로 핏방울이 떨어졌다. 그는 대수롭지 않게 티슈를 빼서 자신의 코를 막았다.

"오늘은 집에 들어가는 게 어때?"

마크가 그의 옆에서 걱정스럽게 물었다.

"아니야, 오늘은 현지 님과의 약속도 있고."

"현지한테는 내가 말할게."

"괜찮아."

"누가 그 고집을 꺾겠어."

아무도 그의 고집을 꺾지 못했다. 하지만 오늘은 특별한 날이었다. 마크의 생일이었기 때문이다. 본인은 자신의 생일도 알지 못하는 듯했지만 말이다.

"오늘은 내가 집으로 가면 마크 네가 후회할 텐데?"

"안 그럴 테니까 가서 좀 자."

요즘 마크는 영어 대신에 웬만한 건 한국말로 하려고 애를 썼다. 큰아이가 영어만 고집해서 집에서도 한국말을 쓰라는 현지의 말 때문이었다. 아무리 생각해도 마크는 현지에게 꼼짝 못하는 것 같았다.

"알았으니까 사무실에서 라도 좀 쉬어."

걱정이 되는지 마크는 이렇게 잔소리를 하고는 자신의 사무실로 향했다. 하지만 지금 현성은 쉴 때가 아니었다. 회사가 전투기를 제조하기 시작하면서부터는 더 바빠지고 있었다.

윙—

핸드폰의 액정을 보자 주아의 엄마이자 새어머니께서 전화하신 것이었다. 아버지는 한국에서 새어머니, 주아와 함께 새로운 가족을 이루셨다.

"여보세요?"

[류 회장님, 잘 지냈나요?]

"네, 두 분 다 잘 지내시죠? 전화드리지 못해서 죄송해요."

[바쁜 사람인데 이해해요. 다름이 아니라 집에서 인편으로 김치하고 홍삼을 좀 보냈으니까 먹어요. 혼자서 미국생활을 하는데 몸은 챙겨야 할 거 아니에요.]

"감사합니다."

[가지고 가는 아이는 류 회장을 안다고 했는데 또 모르죠. 연희라고 주아의 아주 친한 동생이에요.]

동대문에 같이 갔었던 스타일리스트였다.

"압니다."

[그 아이가 이번에 미국 출장을 간다기에 부탁을 좀 했죠.]

"말씀 놓으십시오."

[우리 천천히 해요.]

"알겠습니다."

전화를 끊고 현성은 한참을 책상에 멍하게 앉아 있었다. 이름만 들어도 그의 가슴을 저리게 하는 여인의 이름을 듣고야 말았다. 한 달간 그리도 잊으려 했던 이름을 새어머니는 흘리듯 말하셨지만 그는 아니었다.

"후."

정신이 없었지만 좀 나은 것은 그에겐 미친 듯이 할 수 있는 일이 가득 있다는 것이었다.

"자, 다시 해봅시다."

그는 이렇게 말을 하며 서류 속에 얼굴을 묻었다.

퇴근 시간이 되자 마크가 그를 데리러 사무실로 왔다.

"화장지는 좀 빼지."

"어?"

"아까 꽂은 거 아냐?"

"맞아."

그는 그의 코에 아직도 휴지가 꽂혀 있다는 사실도 잊은 채 계속해서 일을 하고 있었다.

"열심히 하는 건 좋은데 그러다가 건강을 해치지 않을까 걱정이다."

"괜찮아."

현성은 코에서 아예 말라비틀어진 휴지를 빼고는 마크의 뒤를 따라 출발했다.

"현지가 왜 부른 거야?"

마크가 도리어 현성에게 물었다.

"몰라."

"이상해. 일주일 전부터 애들하고 나만 보면 피하는데 아주 미치겠어."

마크가 차를 운전하며 심각하게 말하자 내용을 아는 현성은 웃음이 나올 것만 같았다.

"내가 보기엔 마크 네가 눈치가 너무 없어."

"아니야. 요즘 현지가 내가 한국말 안 한다고 뭐라고 해서 이렇게 고치려고 애를 쓰는데 무슨 말이야?"

"알았다. 너 눈치 진짜 빠르다."

현성은 마크의 생일 선물로 그가 너무나 갖고 싶어 한 람보르기니를 준비했다. 아직 마크는 모르지만 그간 마크가 수고한 것에 비하면 아무것도 아니었다. 우선은 현지와 아이들이 생일을 축하해 준 후에 그의 선물은 나중에 줄 생각이었다.

도심에서 조금 떨어진 마크의 집은 부유함 그 자체였다. 집은 크지 않았지만 넓은 정원과 수영장까지 갖춰진 집이었다.

"손님들이 왔나 보네."

"그러게."

마크의 집 앞에 많은 차들이 서 있었다. 현지가 얼마나 많은 사람들을 불렀을지 상상이 갔다. 둘째가 태어나기 전까지는 파티를 했는데 둘째를 낳은 후부터는 현지도 힘이 들었는지 그동안은 잠잠했는데 아무래도 이번에 까뿡 섬에 다녀온 이후로는 탄력을 받은 것 같았다.

"현지가 다시 시작하려는 것 같아."

"뭘?"

"파티 말이야."

"좋지 뭐. 아이들하고 있으면 스트레스 많이 받을 텐데……."

"나도 나쁘게 생각하지는 않아. 빨리 들어가자. 또 늦게 들어간다고 혼날라."

마크는 한숨을 쉬며 안으로 현성을 안내했다. 안으로 들어가자 마크의 친구들이 집안 가득이었다.

팍팍!

폭죽이 터지면서 모두가 생일 축하 노래를 불렀다. 마크의 세 아이들은 아빠를 위해 노래를 했고 감동한 마크는 눈물까지 흘렸다.

"자기야, 생일 축하해."

현지는 마크의 입술에 키스를 했고 행복한 파티는 그렇게 시작이 되었다.

"이거!"

현성이 무심한 듯 마크에게 차 키를 던졌다.

"선물이야."

"뭔데?"

현성이 창문을 열자 람보르기니가 그의 눈앞에 등장했다.

"류현성!"

"생일 축하한다. 친구."

모두가 부러움의 박수를 쳤고 현지는 못마땅한 표정이었다. 아이들 아빠에 어울리지 않는다는 것이었다. 현성과 마크는 간 크게도 현지의 말을 무시하고 대학 동기들이 몰려 있는 자리로 갔다.

오랜만에 대학 동기들을 보니 현성도 반가웠다. 한 사람만 빼고 말이다. 같은 한국인인데도 주상인 정말 밥맛이었다.

현지는 동기라고 주상을 챙기는데 현성은 그가 마음에 들지 않았다. 아니, 그의 인성 자체가 싫었다. 재벌가의 아들인 주상은 안하무인이었다. 대학시절 돈과 아버지의 힘을 빌려서 자신이 하고 싶은 건 다 했고 정말 못된 짓도 서슴없이 많이 했다.

현성이 그를 가장 싫어했던 이유는 그의 심한 여성 편력이었다. 아니, 그는 대놓고 매춘을 즐겼다. 학부 시절에 굉장히 공부를 잘하기로도 유명했던 주상은 겉으로는 점잖은 척했지만 문제가 많았다.

"대성그룹 아들도 왔네."

마크도 그를 그리 좋아하지 않았다.

"그러게."

"류 회장님."

양반은 못 되는 녀석이었다. 머리에 기름칠을 잔뜩 한 그가 현성과 마크의 곁으로 다가왔다.

"한국에 있어야 하는 거 아니야?"

"출장 왔는데 마침 현지한테 연락이 와서."

"사업은 잘돼가?"

"그럼, 우리 대성그룹이야 짱짱하지."

그는 여전히 거들먹거리길 좋아하는 것 같았다.

"현성이 너는 완전히 승승장구하고 있던데? 난 네가 록히드마틴에서 연구원으로 평생 있을 줄 알았는데 말이야."

여전히 재수 없는 녀석이었다.

그때였다. 뜻밖의 손님이 그 집에 초대가 돼서 왔다.

"오빠."

현지의 사촌 오빠인 윤 감독이었다. 그리고 그 뒤를 따라서 주아가 들어왔다. 주아가 들어서자 모두들 탄성과 함께 웅성거리기 시작했다. 마크는 윤 감독과 주아의 곁으로 갔고 그는 재수없는 주상과 그 자리에 서 있었다.

"역시 예뻐."

"……."

"너 황주아 알지?"

"……."

"황주아 모르면 우리 또래 남자가 아니지. 모두가 꿈속에서 한 번은 안았던 여자 아니냐."

얼굴을 주먹으로 한 대 치고 싶은 심정이었다.

"실제로도 얼마나 끝내주는지 알아?"

"뭐?"

"작년에 한 번 날 찾아왔더라고. 스폰을 해달라며 말이야. 그래서 내가 한 번 데리고 놀았지. 쟤 진짜 화끈해. 몸매는 얼마나 죽이는 줄 알아?"

주아가 처녀인 건 그가 더 잘 알았다. 허풍을 떠는 줄 알면서도 현성은 기분이 나빴다. 그때 주아가 그들을 보고 고개를 숙였다.

"쟤 나한테 인사하는 거야."

진짜 가지가지 했다.

"근데 더 웃기는 게 뭔 줄 알아? 쟤는 끝까지 안 해. 지가 무슨 스트리퍼라고 옷만 벗지 몸은 안 줘. 값을 높이는 거라면 내가 얼마든지 줄 텐데 말이야."

현성의 손에 힘이 들어갔다.

"누구와 잤다는 말은 아직 없지만 나한테 하던 걸 보면 완전 걸레던데……."

현성은 더 이상 그의 말을 듣지 않고 자리를 피했다. 오늘은 마크의 날이었고 그가 사고를 쳐서는 안 된다는 생각이 강하게 들었기 때문이었다. 그리고 지금 그의 눈에 현지와 아이들이 보였다. 그는 담배를 피우러 정원으로 나갔다.

나가는 길에 현성은 곁눈질로 주아를 살펴보았다. 둘의 시선이 부딪쳤지만 먼저 고개를 돌린 건 주아였다.

쿵쿵쿵.

엄청난 사운드가 그녀의 귓가에 터질 듯 울리고 있었다. 블랙 초미니스커트의 주아가 연속해서 술을 마시며 한 남자의 품 안에서 몸을 느릿하게 흔들고 있었다. 그녀의 눈빛은 짙은 욕망을 그대로 담고 있었다.

그녀를 품에 안은 남자의 입술이 주아의 가는 목에 가 있었다. 마치 뱀파이어처럼 말이다.

"컷!"

윤 감독의 목소리에 클럽의 음악은 멈추었다. 낮 동안에만 이곳을 대여해서 쓰는 것이었다. 제작비가 아낌없이 지원되니 가능한 일이었다. 예전 같으면 미국 촬영은 거의 도둑촬영을 했겠지만 지금은 탄탄한 지원 덕에 감독이 원하는 씬들을 잘 찍을 수 있었다.

미국 촬영이 시작되었다. 일주일간의 촬영 스케줄로 인해서 모두가 정신없이 바빴다. 오늘은 그 마지막 날로 저녁까지 촬영을 했는데, 갑작스럽게 윤 감독이 함께 현지를 만나러 가자고 해서 주아는 촬영하던 모습 그대로 이곳으로 온 것이었다.

클럽에서 남자를 유혹하는 장면이어서 옷이 굉장히 섹시했다. 블랙 초미니 드레스에 가슴이 굉장히 강조된 의상이라서 움직임이 상당히 불편했지만 윤 감독이 하도 독촉하는 바람에 주아는 어쩔 수 없이 갈아입지도 못하고 그대로 올 수밖에 없었다.

"오늘 현지 식구들만 만날 거야. 마크 생일이거든."

"아, 그래요?"

"오라고 하도 성화니 안 갈 수도 없고 주아 씨 보고 싶다고 노래 노래를 부르니 내가 당해낼 수가 있어야지. 알잖아, 현지의 집요한 성격."

윤 감독이 고개를 절레절레 흔들며 말을 했고 주아는 그 모습에 웃음이 터져 나올 지경이었다. 사실 주아도 현지가 보고 싶긴 했다. 밝은 성격의 현지는 사람을 기분 좋게 만드는 힘이 있었다.

현지의 집 앞에 도착하자 손님이 그들만이 아님을 확연히 느낄 수 있었다.

"손님들이 많네."

윤 감독은 이 한마디를 하고는 앞장서서 걸었다.

"손님들 없다면서요?"

"그러게."

"감독님."

주아는 안으로 들어갈 엄두가 나지 않았다. 하지만 여기까지 와서 돌아갈 수도 없었다. 윤 감독이 그런 주아의 손을 잡고 거의 끌고 가다시피 안으로 밀어 넣었다.

"진짜 싫다."

그때 감독이 자신의 양복 재킷을 벗어 주아의 어깨에 덮어주었다.

"됐지?"

"네."

주아는 그제야 감독을 따라 안으로 들어갔다.

"주아 씨!"

현지가 자신의 오빠보다 그녀를 더 반기며 다가왔다. 진짜 언제 봐도 정이 가는 현지였다.

"오랜만이에요. 내가 주아 씨 미국에 왔다고 해서 연락 오길 얼마나 기다렸는데 전화도 안 하고 서운해요."

"죄송해요. 괜히 폐가 될까 봐……."

"폐는 무슨. 우리 사이에."

현지가 주아의 손을 잡고 거의 방방 뛰었다.

"저기 현성이도 왔어요."

그때였다. 현성이 인상을 잔뜩 찡그린 채 밖으로 나가고 있었다. 그와 동시에 주아와 눈이 마주쳤다. 주아는 얼른 시선을 돌렸다. 한 달간 그렇게 잊으려고 했는데 여전히 그는 그녀의 마음을 사로잡고 있었다.

"주아 씨, 이리 와요. 마크도 주아 씨 보고 싶다고 했어요."

"현지야, 나는 안 보여?"

"응."

윤 감독이 투덜거리자 현지가 짧은 대답을 하고는 마크가 있는 쪽으로 그녀를 끌고 갔다.

"마크, 주아 씨 왔어요."

그녀의 등장에 손님들의 시선은 주아에게로 쏠렸다. 주아의 믿어지지 않을 만큼 섹시한 모습이 그들의 시선을 붙들고 있었다.

"주아 씨는 한국 사람 같지 않고 약간 영국 사람 같아요."

"왜요?"

"영국 여자들의 가슴이 아주 끝내주거든요. 세계에서 가장 예쁜 가슴을 가진 여자들이라고 하네요."

"그래요?"

"뉴스에도 나왔어요."

"칭찬 감사해요."

"부러운 거죠."

그들이 웃으며 대화를 나누는데 옆에서 마크는 얼굴이 붉어져 있었다.

"대화의 주제가……."

마크가 한마디를 하자 현지가 발끈했다.

"우리의 대화는 지극히 현실적이라고."

"알았어."

"마크, 잘 지냈어요?"

"그럼요."

언제 봐도 참 인상이 좋은 사람이었다.

"생일 축하해요."

"고마워요. 언제 온 거예요?"

"일주일 전에요. 내일 한국으로 돌아가요."

"주말 보내고 가지 그래요? 내가 미국이 어떤 곳인지 쫙 안내해 줄 텐데……."

"저도 그러고 싶지만 다음 날부터 바로 촬영이에요."

마크가 아쉬운 표정을 지었다.

"현성이가 이 영화 투자했다는데 미국에서 촬영이 있는지도 몰랐어?"

"그러게, 이건 현성이가 개인적으로 투자한 거라서……."

"진짜, 회사 이름이 들어가는 거 아니야?"

"아니, 투자자는 류현성이야."

현지와 마크의 대화가 이어지는 동안 주아는 눈으로 현성을 찾았다. 안 그러려고 해도 본능적인 움직임이었다. 마치 짝을 찾는 것처럼 말이다. 그때였다. 그녀의 눈에 주상의 얼굴이 보였다.

"대성……."

그녀가 엄마의 병원비 때문에 허덕이고 있을 때 가장 악질적으로 그녀에게 접근한 비열한 놈이 주상이었다. 주아는 그를 피해 눈길을 돌렸다. 다시는 마주하고 싶지 않은 인간이었다. 영화계에서 그녀를 괴롭힌 게 민욱이었다면 밖에서 그녀를 괴롭히고 나쁜 소문을 퍼트리고 다닌 건 주상이었다.

주아가 마치 스폰서들에게 돈을 받고 생활하는 여자처럼 말을 하고 다녔고 이 남자 저 남자와 잠자리를 하고 다닌다고 소문을 냈다. 결국 참다못해 그녀가 직접 만나서 유혹하는 척하며 그의 말을 녹음하고 협박을 하고 나서야 그의 악의적인 말이 멈추었다.

하지만 못된 버릇은 쉽게 고치지 못하는 법이었다. 그녀에게 들리는 말로는 그녀가 잘 것같이 남자들을 유인해서 돈만 받고 튄다는 소문을 그가 흘리고 다닌다고 했다. 그리고 돈 많은 자신이 넘어가지 않자 주아가 스토커처럼 쫓아다닌다는 소문까지 냈다.

"쓰레기 같은 놈."

"주아 씨, 뭐라고요?"

"아니에요."

현지가 주아를 데리고 음식이 차려진 테이블로 갔다.

"난 주아 씨 와서 너무 행복해요. 여긴 주아 씨 같은 친구가 없어서……."

"한국에 자주 오세요."

"나도 그러고 싶어요. 지난번에 갔었던 동대문도 다시 가고 싶고. 이번엔 애들 것 좀 사려고요. 지난번엔 너무 내 것만 사서 좀 미안했거든요."

둘의 대화가 이어지는 내내 주상이 그녀를 쳐다보고 있다는 게 그대로 느껴지고 있었다. 현지와 마크가 손님들 때문에 잠깐 자리를 비운 사이에 그녀는 주상의 시선을 피해서 밖으로 나갔다.

밖으로 나오니 살 것 같았다. 우연치고는 기분 나쁜 우연이었다. 그녀는 여전히 윤 감독의 재킷을 걸치고 있었다. 더웠지만 어쩔 수가 없었다. 밖에 나온 김에 주아는 잠깐 더위를 식히기 위해서 재킷을 벗어 팔에 걸쳤다.

답답함이 사라지는 느낌이었다.

"이래야 황주아지."

듣기 싫은 목소리가 그녀의 바로 등 뒤에서 들렸다.

"여전히 매력적인 몸매야."

"안녕하세요. 이사님."

"이사가 아니고 사장."

"아, 네."

여전히 포마드를 가득 바른 기름진 머리에 느끼한 얼굴의 주상이 그녀의 옆으로 다가왔다. 그리고 그녀의 어깨에 자신의 손을 얹었다.

"잘 지냈나?"

그의 손을 매섭게 쳐내며 주아가 대꾸조차 하지 않았다. 그리고 그를 피해 옆으로 가려 하자 그가 주아의 허리를 자신의 팔로 단단하게 감았다.

"아니지, 이렇게 가면 내가 서운하지."

"이사님!"

"어허. 사장이라니까."

"놔주세요."

그녀가 움직일수록 그의 팔에 힘이 가해졌다.

"여전히 매력적이야."

"소리 지르기 전에 놓으시죠."

"여전히 앙칼지고."

그에게서 술 냄새가 나고 있었다.

"취하셨어요?"

"내가? 아니, 난 취하지 않았어. 내가 취했다면 그건 주아 때문이지."

"안으로 들어갈래요."

"난 말이 다 안 끝났어."

"아니요, 끝났어요."

"이번에 영화 찍는다며? 몸값도 올랐나?"

주상이 그녀의 가슴을 한 손으로 쓸었다.

"하지 마세요."

"왜?"

"전 스폰서 따위는 필요한 적 없어요."

"거짓말. 이번에 김 여사 만나서 내가 얘기 다 들었어. 몸 팔러 미국까지 왔다가 퇴짜 맞았다고."

지난번에 김 여사의 부탁을 거절하자 김 여사가 앙갚음을 한 모양이었다. 김 여사가 여기저기 그녀에 대해 안 좋은 말을 하고 다닌다는 건 알았지만 가장 저질인 주상에게까지 말했을 줄은 몰랐다.

"난 너랑 같이 윽!윽!"

그가 허리를 강하게 튕기며 섹스를 하고 싶다는 몸짓을 했다. 그의 행동에 주아는 온몸에 소름이 돋았다.

"지금 호텔로 갈까? 내가 최고급으로 모실 테니까. 널 아주 거칠게 먹어줄게."

그의 말 한마디 한마디가 역겨웠다.

"소란 피울 생각 없어요."

"나도."

그의 손이 그녀의 가슴을 계속해서 어루만지고 있었다.

"끝내주는 가슴이야. 먹어 치우고 싶을 만큼."

"그만 놓아주세요."

그녀는 이를 악물며 말했다.

"무서운데? 더 섹시하기도 하고."

그의 입술이 그녀의 볼에 맞춰졌다. 주아가 얼굴을 틀어서 비켜 나갔기 때문이었다.

"가자. 더 이상은 못 참겠어."

그때 갑자기 그가 그녀에게서 몸을 떼었다. 그리고는 명함을 그녀의 가슴에 깊숙이 찔러 넣었다.

"전화해."

갑작스런 그의 행동에 주아는 멍할 수밖에 없었다. 그리고 그녀는 주상이 왜 꽁지 빠지게 달아났는지 알 것 같았다. 현성과 마크가 그를 무서운 눈으로 쳐다봤기 때문이었다.

"괜찮아요?"

"네."

마크가 걱정스러운 얼굴로 다가와 물었고 주아는 쥐구멍에라도 들어가고 싶은 심정이었다. 하필이면 그의 눈에 이런 모습을 보이다니 죽고 싶은 심정이었다. 애써 태연한 척하고는 건물 안으로 들어간 주아는 양해를 구하고 윤 감독을 데리고 먼저 현지의 집을 나섰다.

"무슨 일이야?"

"아니에요."

"주아 씨는 도화살이 확실하게 붙은 것 같아."

"저도 그렇게 생각해요."

"왜 그렇게들 껄떡거리는지……."

"감독님은 안 그러시잖아요?"

"난 남자가 좋으니까."

윤 감독은 공식적으로 게이임을 커밍아웃하지 않았지만 그의 취향에 대해 알 사람들은 다 알았다.

"그래서인지 전 감독님이 편해요."

"나도 주아 씨가 좋아. 하지만 도화살이라고 치부하기에 주아 씨에게 달려드는 놈들이 너무 많아. 그건 주아 씨에게도 문제가 있는 거야."

"그러게요. 저도 왜 이러는지 모르겠어요. 차라리 결혼이라도 할까 봐요."

"그럼 더 문제지 않을까? 저러는 놈들이 유부녀라고 안 건들겠어. 그러니까 아주 잘난 놈을 만나. 그래야 안 건드리지. 현성 씨 같은."

"류 회장님은 오빠예요."

"어떻게 오빠야? 주아 씨하고 무슨 관계라고."

윤 감독은 주아의 깊은 가족사를 알고 있는 몇 안 되는 사람이었다. 자신이 영화에 입문했을 때 그는 주아의 멘토였었다. 중간에 연락이 소원해지기는 했지만 주아는 윤 감독에게 자신의 일들을 의논하곤 했는데 지금은 촬영을 같이 하니 더 많은 이야기를 했다. 그래서 주아의 일들을 상세히 많이 알고 있었다.

"뭐, 주아 씨가 그렇게 생각하면 할 수 없지. 하지만 류 회장의 눈빛은 그렇지 않던데?"

"잘못 보신 거예요."

"남자의 눈빛은 남자만이 아는 법이야."

"……."

뭔가를 들킨 것 같은 기분이 들었지만 윤 감독이 그들의 사이를 알고 말하는 건 아닌 것 같았다.

"민욱이 우리 호텔에 묵는 거 알아?"

"네?"

"연희 씨가 민욱이랑 화보 찍으러 온 거 알지?"

주아가 주인공이 되면서 민욱은 자연스럽게 남자주인공에서 잘렸다. 그래서 민욱은 주아의 험담을 사람들에게 하고 다닌다고 들었다. HS사 사장을 스폰서로 두고 있다고 말이다.

"네, 알긴 하는데 바빠서 통화는 못했어요."

"우리 호텔에 묵게 되었다고 연락 왔더라고. 주아 씨가 바쁜 거 같다면서."

주아는 당장 연희에게 전화를 걸었다.

"여보세요?"

[아이고, 세상에서 제일 바쁘신 분 아니십니까?]

"그래, 내가 제일 바쁘다."

[어디야?]

"호텔로 가는 중이야."

[도착하면 전화해.]

"알았어."

주아는 호텔에 도착하자 약속이 있던 윤 감독과 헤어져 호텔 안으로 들어갔다. 그녀가 호텔로 들어가자 로비 안에 있던 남자들의 시선이 모두 그녀에게 향했다. 아무래도 오늘 옷은 정말 야한 것 같았다.

화면 속의 배역이 너무 강한 캐릭터다 보니 이렇게 과감한 옷을 선택할 수밖에 없었다. 그녀가 걸을 때마다 그녀의 희고 긴 다리가 훤히 보일 만큼 아슬아슬하게 짧은 치마가 사람들의 시선을 사로잡았고 그녀가 움직일 때마다 같이 리듬을 타고 있는 가슴은 보는 남성들의 가슴을 뛰게 만들고 있었다.

로비를 지나 그녀는 엘리베이터 앞에 섰다. 12층의 자신의 방에 가기 위해서였다. 늦은 저녁이라서 사람들은 보이지 않았고 그녀 혼자 엘리베이터를 기다리고 있었다. 엘리베이터가 도착하기 직전에 그녀는 소름 끼치는 목소리를 또 한 번 들었다.

"어이, 이게 누구야. 여주인공 아니신가?"

"반갑지 않으니까 조용히 해."

민욱의 비꼬는 인사에 주아도 지지 않고 톡 쏴주었다.

"많이 컸어."

"내가 좀 컸지. 그리고 누나한테 반말하지 말라고 했을 텐데."

주아는 이렇게 말을 하고는 엘리베이터 안으로 쏙 들어가 닫힘 버튼을 눌렀다. 하지만 민욱의 동작이 빨랐다. 민욱이 그녀를 엘리베이터의 코너에 몰아넣고는 거친 숨을 몰아쉬었다.

"언제까지 까불래? 황주아."

"네가 기본만 지킨다면 나도 안 그래."

"그 기본이 뭘까?"

"그냥 아는 체 안 하는 거. 쉽게 말해서 무시하는 거."

그녀가 아주 담담하면서 차갑게 말했다. 그러자 민욱이 자신의 길고 가느다란 손가락으로 그녀의 봉긋한 가슴을 어루만졌다.

"이런 몸을 무시하라고?"

"……."

민욱의 얼굴이 그녀의 얼굴에 거의 닿을 정도로 가까이 있었다.

"오늘 밤 내 방으로 올래?"

"미쳤어."

"내가 어디에 꽂히면 정신을 못 차리거든. 그리고 날 애인으로 둬서 주아 네가 안 좋을 건 없잖아."

민욱은 다음 달에 준재벌집 딸과 결혼을 앞두고 있었다.

"너, 결혼하잖아?"

"그것 때문이라면 신경 쓸 것 없어."

띵!

12층에 엘리베이터가 도착을 했다.

"언니!"

다행히 연희가 그녀를 마중 나와 있었다. 양손에 뭔가를 가득 든 채 말이다.

"어, 연희야."

연희의 모습에 민욱은 아쉬움을 가득 담은 얼굴로 엘리베이터의 버튼을 눌렀다. 그가 묵는 15층으로 가는 것 같았다.

"저 인간이랑 왜 같이 있는 거야?"

연희가 입을 삐쭉거리며 말했다.

"우연히 만났어."

"그래?"

"넌 이게 뭐야?"

연희의 손에 들린 짐을 보며 주아가 물었다.

"어, 이거 언니네 어머니가 류 회장에게 가져다주라고 해서."

"엄마가?"

"응, 언니한테 부탁하려고 했는데 준비가 늦어져서 내가 간다고 하니까 보내신 거야."

주아는 엄마가 연희에게까지 부탁한 게 뭘까 궁금했다.

"뭔데?"

"김치하고 홍삼인가? 잘 모르겠어. 워낙 꽁꽁 묶으셔 가지고."

"그런데 이거 왜 가지고 온 거야?"

"지금 로비에 와 있다고 가지고 내려오라고 하셔서. 같이 가자."

"아니, 오늘 옷이 너무 불편해서……."

연희가 그녀를 보더니 알겠다는 표정을 지었다.

"조금만 야해도 극도로 야하게 보이게 만드니 큰일이야."

"알았으니까 다녀와."

"응, 물건만 주고 언니 룸으로 갈게."

"알았어."

연희를 엘리베이터에 태워서 내려 보내고 주아는 자신의 방으로 돌아갔다. 그는 이제 가족인데 아직도 그녀를 흔들고 있었다.

"류현성 때문에 미치겠다."

그녀는 침대에 앉아 자신의 머리를 감싸 안았다.

마크의 집에서 언짢은 기분으로 나온 현성은 마크의 차를 몰고 집으로 향했다. 차를 가져가면 어떡하냐고 마크가 야단이었지만 람보르기니를 타고 출근하라고 말하고는 마크의 BMW 키를 거의 뺏다시피 가지고 나왔다.

"왜 빨리 가려고?"

현지가 가는 그를 막았다.

"술 마시면 집에 못 가."

"자고 내일 마크랑 같이 출근하기로 한 거 아니야?"

"아니."

현지를 뒤로하고 그는 차를 몰고 집으로 향했다. 그때였다. 아버지로부터 전화가 왔다. 지금 호텔로 가서 새어머니께서 보낸 음식을 받아가라는 말씀이셨다. 아버지의 목소리가 예전과 다르게 밝게 들렸다.

현성은 차를 돌려 시내의 호텔로 향했다. 호텔 앞에 차를 대고 로비로 향하던 그는 걸음을 멈추었다. 그의 앞에 주아가 걸어가고 있었다. 그녀의 환상적인 호리병 몸매가 그의 시선뿐 아니라 사람들의 시선을 잡고 있었다.

현성은 자신도 모르게 출구에 서서 그녀를 넋을 놓고 바라봤다. 그의 눈은 현혹된 듯 주아의 모든 걸 담으려 노력하고 있었다. 사람을 참 힘들게 하는 여자였다.

그때 그의 눈에 익숙한 남자의 모습이 보였다. 그건 다름 아닌 한국에서 만난 적이 있는 민욱이었다. 민욱은 먹이를 발견한 하이에나처럼 그녀의 곁으로 빠르게 걸어가고 있었다.

이윽고 둘은 엘리베이터에 같이 탔다. 현성의 얼굴이 굳었다. 둘이 엘리베이터에서 뭘 할까 하는 생각이 들었다.

그의 귓가에 주상의 말이 맴돌았다. 끝까지 가지 않을 뿐이지 뭐든지 다 하는 여자라는 말이었다. 현성은 자신도 모르게 두 주먹을 쥐었다.

이제 그의 여인이 아니었다. 그녀는 그의 여동생이었다. 새어머니의 딸이었다. 그건 피 한 방울 섞이지 않았지만 윤리적으로 안 되는 것이었다. 까뚱 섬에서 돌아오는 길에 아버지는 진지하게 그에게 새어머니에 대한 이야기를 했고 그는 아버지의 뜻을 받아들이기로 했었다.

그래서 주아를 포기한 그였다. 이렇게 한 남자로서 할 수 있는 질투를 이제는 해선 안 되는 것이었다.

"류 회장님."

연희였다. 작고 귀여운 연희는 싹싹한 성격의 아가씨였다.

"여기요."

그녀에게 물건을 받아 든 그는 그 무게에 깜짝 놀랐다.

"꽤 무거운데 한국에서부터 가져오느라 수고했어요."

"아니요. 어머니의 말을 잘 들어야 돼요. 안 그러면 우리 황주아 씨에게 1년 치 잔소리를 몰아서 들어야 하거든요."

연희가 언제나처럼 밝게 웃으며 말했다.

"아참, 언니도 왔는데 차 한잔하시고 가세요."

"너무 늦어서……."

"지금이 몇 시라고요. 12시도 안 넘었는데. 얼른 같이 가요."

연희가 그의 팔짱을 끼고 엘리베이터로 향했다. 체구도 작은 아가씨가 어찌나 힘이 센지 그는 그대로 끌려갈 수밖에 없었다.

"잠깐만요."

전화를 안 받는지 연희는 연신 핸드폰을 누르고 있었다.

"자나 본데……."

"방금 들어갔어요."

연희의 고집에 그는 반강제적으로 그녀의 룸으로 갔다. 솔직히 가기 싫었다면 그 길로 돌아갔을 텐데 그는 오늘 그가 보았던 일련의 일들에 대해 주아로부터 직접 듣고 싶은 마음이었다. 12층에 엘리베이터가 서고 그와 연희는 쓸데없는 말들을 서로 주고받으며 그녀의 룸 앞으로 갔다.

"민욱 씨!"

문밖에서 민욱이 그녀를 기다리고 있는지 서 있었고 잠시 후 샤워를 했는지 샤워가운 차림의 주아가 문을 열고 나왔다. 그 순간 현성은 아무런 말도 하지 않고 바로 돌아서 나왔다. 연희가 그를 불렀지만 그의 귀에는 더 이상 들리지 않았다.

그녀는 주상의 말대로 남자들을 상대로 매춘에 가까운 일을 하는 것 같았다. 그는 주아가 처녀라는 걸 알기에 믿으려고 했지만 그의 눈에 보이는 주아의 모습은 참으로 실망스러웠다. 현성은 그럼에도 불구하고 주아에게 향해 있는 자신의 마음에 눈물을 흘려야 했다.

탕탕탕!

"황주아!"

돌아이가 따로 없었다. 샤워를 하려고 욕실로 들어가는데 갑자기 방문을 치는 소리에 주아는 당황했다. 방문을 미친 듯이 두드리는 건 민욱이었다.

"가라고!"

안에서 소리를 질러보았지만 그는 꿈쩍도 하지 않았고 나올 때까지 두드린다고 어깃장을 놓았다.

"알았으니까 기다려."

그녀는 이렇게 말을 하고 방문을 열었다. 민욱의 얼굴을 보니 술에 취한 것도 아니었다. 그런데 민욱은 그녀를 보고 있는 게 아니라 옆을 보고 있었다. 순간 열이 확 오른 주아였다. 이 밤에 뭐 하자는 짓인지…….

"민욱 씨!"

홧김에 민욱의 이름을 불렀고 그와 동시에 민욱이 쳐다보는 곳을 바라보았다. 이내 주아의 얼굴에서 핏기가 사라졌다. 연희의 뒤에 검은 그림자가 있었다. 위험하도록 굳은 얼굴의 현성이 그녀를 보고 있었다.

오늘 그녀는 현성이 오해할 만한 장면을 본의 아니게 계속 연출하고 있었다. 그에게 이 모든 걸 설명하고 싶었지만 그는 바로 몸을 돌려 사라져 버렸다.

"민욱 씨, 여기서 뭐 해요?"

"눈치 없이 연희 너는 여기 왜 온 건데?"

"취했어요?"

"아니."

짝!

연희가 민욱의 등짝을 사정없이 때렸다.

"주책 부리지 말고 빨리 가요. 방금 HS사 회장 화난 거 못 봤어요?"

"그게 무슨 상관인데?"

"저 사람이 주아 언니 오빠라고요."

"뭐?"

"진짜 연예인 생활 계속 하고 싶으면 주아 언니에게 그만 껄떡
대는 게 좋을 거예요. 아마 장인 어르신 될 분도 류 회장 얘기만
들어도 벌벌 떨걸요. 돈이 상대가 안 되거든……."

민욱이 연희의 말에 꼬리를 내렸다.

"그래서 그때 윤 감독 영화에서 날 뺀 거야?"

"그것만 뺀 걸 다행으로 알라고요."

연희가 계속해서 강하게 말했다.

"주아 씨, 난 그냥 안부만 물으려고 온 거야."

"알았으니까 꺼져."

주아도 너무나 화가 나서 안으로 그냥 들어갔다. 주아의 뒤로
연희가 따라 들어왔다.

"하하하, 무섭긴 무서운가 본데요?"

"……."

연희가 고소하다고 생각했는지 한참을 웃고 또 웃었다.

"언니는 안 웃겨요?"

"아니."

"왜요?"

"오늘 하루 종일 너무 추한 꼴만 보여서."

"그게 어떻게 언니 잘못이에요. 다 민욱이 혼자 좋아서 저러는 건데."

그게 다가 아니란 걸 연희가 알 턱이 없었다. 오늘은 진짜 이상하게 그녀에게 벌레들이 꼬인 날이었다. 호사다마라고 했던가? 그간 해외여행도 다녀오고 짜릿한 경험도 했고 주인공이 돼서 기분이 많이 업됐는데 오늘 한 방에 찬물을 끼얹고 말았다.

"언니!"

"어?"

"그만 잊어요."

"알았어. 오늘 촬영은 잘 끝났어?"

"네, 민욱이 일할 때는 또 잘하잖아요. 사진은 진짜 잘 찍혀요. 만약에 그놈의 음흉한 마음이 찍혀 나온다면 아무도 역겨워서 안 살 것 같아요. 요즘 담배에 찍힌 사진처럼요."

연희가 그녀의 기분을 풀어주려 이 말 저 말을 하고 있었다.

"피곤하다. 언제 한국으로 출발해?"

"우리는 모레요. 언니는 내일 가죠?"

"응."

"일정이 맞았으면 좋았을 텐데……."

연희는 아쉬움을 드러냈다.

"아참, 그런데 류 회장님 아까 화가 많이 나신 것 같던데 전화라도 해야 하는 거 아니에요?"

"……."

"오빠잖아요. 동생의 방에 남자가 함부로 오는 게 싫었을 텐데……."

"괜찮아."

"하긴. 둘 다 어른인데 사생활은 노터치해야죠."

연희는 주아의 방에서 한참을 머물렀다. 연희는 촬영 때 있었던 일들을 시시콜콜하게 다 이야기해 주었다. 그리고 김 여사가 요즘 연예계 스폰서 파문에 연루가 되어 조사를 받고 있다고 했다. 꼬리가 너무 길어서 밟힌 거라고 연희가 말했다. 확실히 돈을 쫓으면 문제가 생기기 마련이었다.

주아는 샤워를 마치고 한참을 뜬눈으로 천장만 보고 있었다.

"찜찜해."

아무리 신경을 안 쓴다고 해도 아까 현성의 굳은 표정은 그녀의 머릿속에서 지워지지 않았다.

"휴~"

깊은 한숨을 쉬며 잠을 청했지만 주아는 잠이 오지 않았다. 이러려고 그를 잊으려고 노력한 게 아닌데 주아는 답답함을 느끼고 있었다. 오늘 일은 그녀가 그에게 설명할 길이 없었다. 그는 미국에 있을 거고 주아는 내일이면 한국으로 돌아간다.

둘은 언제나 엇갈리기만 하는 것 같았다. 주아는 다시 한 번 잠을 청하기 위해 눈을 감았다. 하지만 그녀는 밤새 뒤척일 수밖에 없었다.

8. 숨길 수 없는 마음

하루만 지나면 크리스마스이브였다. 올해는 고맙게도 눈이 너무나 많이 내려서 온통 하얀 세상이라 화이트 크리스마스가 자연스럽게 될 것 같았다. 주아는 오늘 남대문 시장에 들러서 커다란 크리스마스트리를 연희와 함께 샀다.

"언니, 나도 사생활이 있다고요."

"알아."

"내일은 시상식 있는 날이라서 새벽부터 메이크업해야 한다니까요."

"나도 내일 메이크업 받아야 해."

주아는 데뷔 이래 처음으로 시상식 수상자에 노미네이트가 되었다. 지난달 개봉한 '레드러브'의 성공에 힘입은 것이었다. 청불 영화임에도 500만이 넘는 흥행을 했고 외설이냐 예술이냐의 말이 많기는 했지만 그래도 아주 성공적이었다.

"맞다. 언니 축하해요."

"상도 안 탔는데 축하는."

"그래도요."

"그럼 기념으로 집에 트리 설치하는 거 도와줘."

이렇게 연희를 꼬셔서 집으로 데리고 간 주아는 책으로만 뒤덮여 있는 집 안의 공간을 크리스마스 분위기로 바꾸고 있었다.

"류 교수님은 정말 머리 아프게 사시는 것 같아요. 이 많은 책들을 읽으신 거예요?"

"직접 쓰신 것도 많아."

"생각만 해도 머리가 아파요."

"나도 동감이다. 그래서 사람에게는 각자의 달란트가 있다잖아."

"언니도 류 교수님 닮아가요?"

"왜?"

"달란트는 무슨."

연희의 말에 주아는 큰소리로 웃었다. 6개월을 같이 지내다 보니 옆에서 은연중에 닮아가는 것 같았다. 요즘 엄마도 뒤늦게 공부를 시작했다. 다 류 교수님 덕이었다.

"두 분은 왜 이렇게 안 오세요?"

"오늘 안 오셔."

"왜요?"

"여행 가셨어. 내일 밤에 오실 거야."

"어디로 가셨는데요?"

"류 교수님 별장에 가셨어. 주말에는 보통 거기에 가계셔."

주말에 엄마는 류 교수님과 별장에 가셨다. 조용한 별장에서 산책도 하시고 류 교수님의 새로운 취미인 비닐하우스 농사도 도와주실 겸해서 함께 다니셨다. 엄마가 어릴 때 농사를 지은 경험이 있어서 농사만큼은 엄마가 류 교수님을 가르쳤다.

두 분의 그런 행복한 모습이 주아도 너무나 행복하게 느껴졌다.

"부럽죠?"

"응."

"저도 부러워요. 멋진 남자를 만나야 하는데……."

"만날 거야."

수다를 떨며 일을 하자 금방 끝이 났다. 창가의 트리가 도서관 같던 집을 따뜻하게 만들어주고 있었다.

"완성!"

연희가 소파에 그대로 드러누웠다. 확실히 스타일리스트라 그런지 연희는 이런 쪽에 감각이 있었다. 플라스틱 트리였지만 그래도 사람만 한 크기의 나무에 금색 리본과 종으로 장식을 해서 깔끔하면서도 고급스러운 느낌이었다.

거기에 주아가 미리 준비한 선물을 놓으니 외국의 가정집 같았다.

"우리 연희가 솜씨가 좋네."

"솜씨고 뭐고 전 가렵니다."

"왜, 밥 먹고 가."

"진짜 내일 새벽에 나가야 한다니까요."

"알았어."

연희는 투덜거리며 자리에서 일어나 자신의 가방을 메고는 그녀에게 인사를 하고 나갔다. 주아도 내일 일찍 메이크업을 받으러 가야 했기 때문에 집 안을 대충 치우기 시작했다.

딩동!

연희가 다시 돌아온 모양이었다.

"연희니? 뭘 놓고 갔어?"

찰칵!

문을 열던 주아는 그대로 굳어버렸다. 그녀의 앞에 연희가 아닌 현성이 서 있었기 때문이었다. 놀란 건 현성도 마찬가지인 것 같았다.

"어? 오셨어요?"

"어."

그는 검은색 캐리어 하나를 들고 집 안으로 들어왔다.

"어른들은?"

"주말엔 별장에 내려가세요. 언제 왔어요?"

"지금."

"언제까지 계실 거예요?"

"생각 중."

"게스트 룸 치워놓을……."

그가 그녀의 손목을 잡았다.

"아직도 스폰서를 찾아다니나?"

"아뇨."

그의 얼굴이 그녀의 얼굴 바로 앞에 있어서 그의 숨결이 그대로 느껴지고 있었다. 아니, 술 냄새가 그대로 느껴졌다.

"술 마셨어요?"

"조금."

"조금이 아닌 것 같은데요."

"아직 돈이 필요하다는 핑계를 대고 남자를 찾나? 아니면 스폰서가 아닌 섹스를 위해 남자를 찾아다니나?"

"류현성 씨!"

주아는 그의 말을 끝까지 들어줄 수가 없었다.

"맞아. 내가 류현성이지. 여동생의 육체가 그리워 밤마다 술 없이는 잠을 이룰 수가 없는 변태 같은 놈이지."

"……."

그녀만 힘들었던 게 아닌 것 같았다. 지난 6개월 동안 그도 힘이 든 모양이었다.

"매일 밤 꿈에 딴 놈이랑 침대에서 뒹구는 널 보는 꿈을 꾸며 살았지. 그래서 술 없이는 잠을 잘 수가 없었어."

그의 고백에 그녀의 마음이 무너져 내리고 있었다.

"술을 많이 마셨나 봐요?"

"아니라고 했잖아."

그는 혀가 꼬인 소리를 내고 있었다.

"들어가서 쉬세요."

"나에게만 차가운가?"

그는 이 한마디를 하고는 잡은 손을 놓아주었다. 그리고 캐리어를 둔 채로 게스트 룸 안으로 들어갔다. 비틀거리는 그를 잡아주고 싶었지만 지금은 그냥 두는 게 나을 것 같았다. 그의 뒤를 따라 게스트 룸 안으로 들어가자 현성은 옷을 입은 그대로 침대에 누워 깊은 잠에 빠져든 것 같았다.

주아는 캐리어만 가져다 넣어주고는 조용히 방에서 나왔다. 그리고 자신의 방에 들어가서 거의 뜬눈으로 밤을 새고 새벽에 집을 나섰다. 집에서 나오기 전에 콩나물국을 끓여 상을 차려놓고 나온 그녀는 냉장고에 밥을 차려놓았으니 먹으라는 간단한 메모도 붙여놓았다.

주아는 그의 등장이 반갑지 않았다. 아직 그를 어떻게 대해야 하는지 갈피를 잡을 수가 없기 때문이었다.

주아는 자신이 직접 차를 몰고 일찍 헤어숍을 찾았다. 오늘은 새벽부터 연예인들이 시상식 준비로 바빠서 스태프들이 일찍 출근을 해 있었다.

"일찍 오셨네요?"

그녀의 스타일리스트가 반갑게 맞아주었다. 주아는 이번 영화로 새로운 소속사에 들어가게 되었고 10년 만에 처음으로 체계적인 관리를 받게 되었다. 하지만 아직 이 모든 게 어색했다.

"주아 씨, 오늘 입을 드레스 봤어요?"

"아직요. 알아서 골라주세요."

"이번 드레스는 선물로 온 것 같던데?"

"네?"

"대림그룹인가? 어디였더라? 하여튼……."

"HS사요."

현성이 그녀에게 드레스를 보낸 것 같았다.

"이름이 외국인이던데……."

"혹시 마크?"

"맞아요, 어떻게 알았어요?"

"친한 언니의 신랑 이름이에요. 언니가 보내줬나 봐요."

현지가 그녀를 위해 신경을 써준 모양이었다. 며칠 전에 그녀가 시상식에 참여한다는 인터넷기사를 보고 현지가 축하 전화를 했었다.

"완전 고가의 명품드레스인 거 알죠? 거기다가 이번에 이수미가 협찬을 요청했는데 그쪽에서 협찬은 안 된다고 한 거예요. 그걸 주아 씨가 입는 거죠. 저거 사서 보낸 거예요. 완전 대박인 거죠."

모두들 깜짝 놀랐다. 가격을 듣고 주아도 턱이 빠질 지경이었다. 진짜로 억 소리가 나는 옷이었다. 부담스러운 마음이 컸다. 주아는 미국에 전화를 걸었다.

"현지 씨."

[주아 씨, 어쩐 일이에요.]

"오늘 시상식 날이에요."

[아악! 축하해요.]

역시 리액션이 강한 현지였다.

"잘 지내죠? 류 회장님이 어제 집에 오셨어요."

[현성이가 한국에서 열리는 큰 행사에 초대됐거든요.]

"마크는요?"

[마크는 크리스마스라고 이번엔 현성이가 봐줬어요.]

"그랬군요. 그나저나 드레스 잘 입을게요."

[드레스요? 그 드레스 결국 갔어요?]

"네."

[감사인사는 현성이한테 하세요. 현성이가 직접 고른 거니까요.]

현지의 말에 주아는 말을 할 수가 없었다. 왜 그가 그녀에게 드레스를 선물한 것일까?

[영화가 흥행해서 현성이가 돈 좀 벌었거든요. 그래서 고마워서 사주는 거라고 하더라고요.]

"네."

다른 뜻이 있을 리가 없는데 서운한 마음이 드는 주아였다. 참 이럴 때 보면 자신이 한심하다는 생각이 들었다. 현지와 전화를 끊은 주아는 오전 내내 메이크업을 하고 헤어를 만졌다. 진짜로 이름 있는 연예인들은 다 이 헤어숍을 이용하는 것 같았다.

"헉헉."

그녀의 매니저가 급하게 뛰어 들어왔다.

"주아 씨."

그의 얼굴이 거의 사색이 되어 있었다.

"왜요?"

"주아 씨, 이 기사 봤어요?"

"뭔데요?"

주아와 오산그룹 김성한 사장과의 열애 기사였다.

"이 사람이 누구예요?"

"진짜 모르세요?"

"그러니까요. 누군지……."

"연예인 킬러로 유명한 오산그룹 김성한 사장 몰라요? 나이는 마흔 중반인데 싱글인데다가 연예인들하고만 스캔들 일으키기로 유명하잖아요."

그녀의 스타일리스트가 입에 거품을 물고 말했다.

"난 모르는 일이에요. 정정기사 내달라고 하세요."

주아는 화가 났다. 아니 땐 굴뚝에서 연기가 나고 있었다.

"근데 오산그룹에서는 주아 씨하고 잘 만나고 있다고……."

"뭐요?"

"이 기사 오산에서 낸 거예요."

사진을 보니 참 묘하게 찍혔다. 그녀가 자주 가는 커피숍에 그녀가 들어가는 장면과 오산그룹의 사장이라는 남자가 그 커피숍에서 나오는 장면이었다. 우연의 일치였다.

"후~"

한숨이 절로 나왔다. 지금 주아의 머릿속에는 이 기사를 현성이 본다면 그녀를 또 어떻게 생각할지 뻔했기에 걱정이 한가득이었다.

"그런데 왜 오산에서 이런 기사를 흘린 걸까요?"

이번에는 매니저가 그녀에게 물었다.

"그건 매니저가 알아내야 하는 거 아니에요?"

그가 그녀와 함께 일한 지 두 달 만에 처음으로 주아에게 혼이 나는 순간이었다.

"난 아니니까 수습해요."

매니저가 나가자 스타일리스트가 그녀의 머리를 만지며 조용히 말했다.

"이게 인기가 있다는 증거예요. 이 정도로 흥분하면 다음에 더 억울한 일 당했을 때 어쩌려고 그래요? 그래서 스타가 힘든 거예요."

스타일리스트가 뼈있는 말을 했다. 그녀는 이 바닥의 생리를 누구보다 잘 알고 있다고 생각했는데 그녀는 10년 동안 아는 게 거의 없었던 것이다. 주아는 아직 주목받는 게 익숙하지 않았다.

그 후로 주아는 시상식보다 열애 기사로 기자들에게 시달리게 되었다. 진짜 힘든 하루가 시작되고 있었다.

크리스마스이브가 그리 달갑지 않은 솔로 중에 하나인 그는 밤새 숙취로 시달려야 했다. 아무리 먹어도 적응이 안 되는 게 술인 것 같았다. 그는 안 떠지는 눈을 겨우 떴다. 그리고 여기가 어디인지 한참 동안 생각을 해야 했다.

"내가 왜……."

그는 분명 서울호텔로 가고 있었다.

"호텔이 집하고 비슷한 거야? 여기가 집인 거야?"

그는 투덜거리면서 침대에서 일어났다.

"아!"

머리가 어지러우면서 아팠다.

"이놈의 술을 끊어야 하는데……."

불면증에 시달리기 시작한 뒤로 몇 개월 동안 그는 거의 매일 위스키 한 병을 마셔야 잠을 잘 수 있었다. 어제는 공항에서 내려 호텔까지 갔고, 호텔에 있는 바에 들어가서 위스키 한 병을 마신 것까지 기억이 났다.

그리고 어김없이 꿈에서 주아를 봤는데 지금 생각해 보니 아버지의 집에 있는 그녀의 모습이었다.

"꿈이 아니었군."

그는 자신이 옷도 벗지 않고 그대로 잠이 든 것을 알았다. 목이 탔지만 지금 그에게 필요한 건 샤워였다. 현성은 차가운 물에 샤워를 했다. 몸이 얼어붙듯이 추웠지만 이러지 않으면 정신을 차릴 수가 없을 것 같았다.

그는 캐리어에서 옷을 대충 꺼내 입고는 밖으로 나갔다. 어른들께 안 좋은 모습을 보이기 싫었다. 방에서 나와서 집 안을 두리번거렸지만 집에는 아무도 없는 것 같았다.

"별장에 가셨다고 했던 게 꿈이 아니었어."

그는 어젯밤 기억의 조각들을 하나씩 모으고 있었다. 냉장고로 가서 물병을 꺼내려던 그의 눈에 주아의 메모가 띄었다. 그는 식탁으로 가서 그녀가 차려놓은 밥상을 보았다. 콩나물국이 있었다.

현성은 자리에 앉아 부대끼는 속을 콩나물국으로 달랬다. 아무래도 어제 제정신이 아니었던 것 같았다.

"류현성."

그는 자신의 이름을 한심하다는 듯이 부르고는 콩나물국을 먹었다. 주아는 음식 솜씨도 좋은 것 같았다. 한국의 맛이 그대로 느껴졌다.

"못하는 게 없어."

그는 이렇게 말을 하며 핸드폰으로 인터넷을 검색하기 시작했다. TV도 없는 집이라서 이렇게 보지 않으면 매일 아침 뉴스를 보는 그는 답답함을 견디지 못할 것이다.

그의 눈에 처음 띈 기사는 다름 아닌 주아의 기사였다. 오산그룹의 사장이라는 남자와 연애를 하는 모양이었다. 그는 갑자기 밥맛이 뚝 떨어졌다. 이 여자의 연애는 거의 쉴 틈이 없는 것 같았다.

이런 기사나 보려고 이렇게 한국에 온 게 아니었다. 마크를 보낼 수도 있었지만 그가 이번 출장은 원해서 왔다. 단순히 회의에 참석하기 위함이 아니라 주아가 궁금했기 때문이었다. 그런데 그리움은 그만의 몫이었던 것 같았다.

주아에게는 남자가 있었다. 이런 경우를 생각하지 않은 건 아니었지만 현성은 마음이 착잡했다. 그는 자리에서 일어나 다시 자신의 방으로 가서 옷을 입었다. 크리스마스이브였지만 오늘 그는 회의에 참석해야 했다. 그의 우울함을 그대로 담은 짙은 그레이 슈트를 차려입고 회의가 열리는 컨벤션 센터로 향했다.

하루 종일 회의의 연속이었다. 만나고 싶지 않은 주상이 와 있었다. 군수용품 박람회를 한국에서 개최하는 건에 대한 회의로 국내에서 유수의 기업들이 참여했다.

거기에 하필이면 대성그룹 대표로 온 주상이 있었다. 물론 HS사와는 상대가 되지 않는 대성그룹이었지만 그래도 국내에서는 20대 기업에 들어가는 곳이었다.

"류 회장님."

주상이 그에게 다가와서 인사를 건넸다.

"오랜만이야."

"오랜만입니다. 잘 지내셨습니까?"

거슬리게 계속해서 존대를 하는 주상이 꼴 보기 싫어 그가 자리를 피하려고 하자 주상이 그의 팔을 잡았다.

"왜 이러십니까?"

지금 이 자리의 갑은 현성이었다. 현성을 기분 나쁘게 해서 좋을 게 없는 주상이었다.

"오늘 밤 약속 있으십니까?"

"……."

"없으시면 오늘 밤에 황주아와 술 한잔 어떠십니까?"

"……."

"소문에 우리 류 회장님께서 황주아를 이상형이라고 말하셨다는데……."

"그 입 좀 닥쳐."

"제가 자리를 마련하겠습니다."

현성은 재수 없는 주상을 피해 다른 곳으로 자리를 옮겼다.

"현성아."

그가 현성의 뒤를 따랐다.

"왜 화가 났어? 이젠 황주아가 싫은 거야?"

순간 현성은 정말 주아가 올지 궁금해지기 시작했다.

"아니, 그럼 황주아 불러."

"알았어. 이따가 내가 우리 비밀 장소로 부를게."

"아니, 지금 직접 통화하고 싶어."

"급하긴."

주상이 음흉한 표정을 지으며 전화기를 꺼내 들었다. 현성은 점심시간이 빨리 끝이 나고 다시 회의에 들어가면 좋겠다는 생각이 들었다.

"여보세요. 주아?"

진짜 전화통화를 하는 주상이었다. 현성의 표정이 굳어졌다. 여전히 이 인간쓰레기와 주아는 관계를 맺고 있는 모양이었다.

"여보세요?"

주상의 표정이 좋지 않았다. 주아가 전화를 끊은 모양이었다. 주상이 입모양으로 욕을 내뱉고는 다시 전화를 걸었다. 그 모습에 굳었던 현성의 표정이 풀렸다.

"전화 안 받아?"

"아, 아니, 무슨 일이 있나 봐."

"그래? 자주 통화하는 사이야?"

"그럼, 우리 어제도 만났는데."

"진짜? 몇 시에?"

"같이 있었어."

"그런데 그런 여자를 나한테 소개시켜 준다는 거야? 주상이 네가 먹다 버린 걸 나한테 먹으라고?"

주상이 여태까지 허풍을 떤 모양이었다.

"너 황주아를 알기는 해?"

"아니, 그러니까……."

"됐으니까 가봐."

주상의 당황한 표정이 그를 즐겁게 만들고 있었다. 미국에서 주상의 말만 듣고 주아를 판단했던 게 조금 미안한 생각이 들었다. 어쩌면 그가 오해를 했을 수도 있겠다는 생각이 들었다.

하지만 그래도 그녀는 새어머니의 딸이었다. 설사 이 모든 게 거짓이라고 해도 그녀는 그가 어떻게 할 수 있는 상대가 아니었다.

그 후 그는 회의에만 집중을 했다. 언제나 그랬듯이 그는 잊고 싶은 일이 있을 때면 미친 듯이 일에 빠졌다.

회의가 끝이 나고 주상을 비롯해서 많은 사람들이 그를 붙잡았지만 그는 집으로 돌아왔다. 주아의 시상식이 있기 때문이었다. 결과는 중요하지 않았다. 다만 그녀의 당당한 모습을 화면으로나마 보고 싶은 마음이 강했기 때문이었다.

그가 집에 도착했을 때 아버지와 새어머니가 집에 계셨다. 그가 들어오니 두 분 다 너무나 반갑게 맞아주셨다. 요즘 아버지는 농사를 짓는 데 푹 빠져 계시는 것 같았고 새어머니는 그런 아버지와 함께인 게 더없이 행복한 것 같았다.

"현성이 왔구나."

"네, 잘들 지내셨죠?"

"그럼, 그런데 넌 왜 이렇게 살이 빠진 거야?"

"아니에요."

"아니긴."

그는 어른들이 더 걱정을 하실까 봐 말꼬리를 돌렸다.

"오늘 시상식 한다던데……."

"7시에 시작이야. 아직 시간 남았어."

소파 테이블에 노트북이 놓여 있었다.

"TV 한 대 사시죠?"

"우리가 볼 시간이 없구나. 사봤자 짐만 돼."

이런 어른들 덕분에 그는 주아의 얼굴을 작은 화면으로 보게 되었다. 그의 집에 있는 대형 스크린이 그립기는 처음이었다.

"밥부터 먹고 차 마시면서 보게 씻고 나와."

"네."

그는 샤워를 마치고 편한 옷차림으로 식탁에 앉았다.

"온다는 말이 없어서 맛있는 걸 못해놨어요."

새어머니가 진심으로 서운해하며 말했다.

"전 이게 특별식이에요. 미국에서 맛볼 수 없는 거니까요."

식탁에는 된장찌개와 각종 쌈채소가 있는 건강식이 차려져 있었다. 거기에 갈치구이까지, 그가 좋아하는 음식 일색이었다. 그는 정말 맛있게 밥을 먹고는 아버지와 함께 소파에 자리를 잡았다. 어머니께서 녹차를 가지고 오셔서 자리를 함께 하셨다.

"어, 우리 주아예요."

새어머니는 주아의 등장이 신기하신지 거의 울먹이며 말씀을 하셨다. 시상식 전에 배우들이 레드카펫으로 걸어 들어오고 있었다. 윤 감독과 함께 들어오는 주아는 너무나 아름다웠다. 그가 선물한 명품드레스가 그녀의 아름다움을 극대화시켜 주고 있었다.

"우리 주아가 너무 예쁘게 잘 자라주었어요."

"그게 다 어머니께서 예쁘게 낳아주신 덕분이죠."

순간 새어머니의 표정이 굳었다. 그가 예민하게 받아들인 게 아닌지를 생각하며 그는 새어머니의 얼굴을 다시 보았다.

"우리 주아는 낳아준 어머니가 따로 있어요."

마치 핵폭탄을 덤덤하게 던지는 듯한 발언에 현성은 자칫 찻잔을 떨어뜨릴 뻔했다. 그의 머리에 떨어진 핵폭탄은 그 파급력이 대단했다.

"주아를 누가 낳았다고요?"

그는 믿을 수가 없어서 다시 한 번 새어머니께 되물었다.

"우리 주아는 내 친구 딸이에요. 주아를 예쁘게 낳은 건 하늘에 있는 내 친구죠."

"그러니까 지금 주아가 입양아라는 말씀이신가요?"

"아뇨, 주아는 내 딸이에요. 입양이 아니라 내 몸과 같이 생각한 친구가 낳은 딸이에요. 그러니 내 딸인 거죠. 내가 낳지만 않았을 뿐이에요."

새어머니는 힘주어 말씀하셨다.

"네, 그렇겠죠."

그는 멍하게 이렇게 말을 했지만 충격에서 쉽게 벗어날 수가 없었다. 주아는 새어머니가 낳은 딸이 아니었다.

"주아를 잘 키운 게 아니라 주아가 잘 자라준 거예요. 병든 나 때문에 맘고생도 많이 하고 찍고 싶지 않은 야한 영화들도 돈을 벌기 위해 많이 찍었어요. 그걸 알기에 우리 주아가 너무 고맙고 주아한테 짐이 된 내 자신이 원망스러워요."

"여보."

아버지가 울먹이는 새어머니의 어깨를 다독여 주셨다. 하지만 지금 현성에게는 아무런 소리도 들리지 않았다. 정리할 시간이 필요했다. 주아는 새어머니의 친딸이 아니었다. 새어머니의 흐느낌은 그 후로도 계속되었다.

주아가 영화배우 10년 만에 신인상을 탔다. 그리고 인기상까지 거머쥐는 기염을 토했다. 새어머니의 눈물은 기쁨의 눈물이었고 아버지는 그런 새어머니의 든든한 버팀목이었다.

"우리 주아가 오면 샴페인이라도 터트려야 할 것 같구나."

모두가 늦은 저녁까지 주아를 기다렸다. 뒤풀이 때문에 새벽 1시가 되어서야 들어온 주아를 식구들 모두가 환영해 주었다.

"축하한다."

아버지는 주아를 꼭 끌어안아 주시며 진심 어린 축하를 해주셨다. 주아가 자신이 사준 드레스를 입고 오기를 바란 현성은 청바지 차림의 주아를 보며 서운한 생각이 들었지만 그녀를 보는 것으로 만족했다.

샴페인을 한잔씩 마신 후에 모두 각자의 방으로 들어갔다. 현성은 주아에게 물어보고 싶은 말이 있었지만 피곤해하는 주아를 보니 오늘은 아니라는 생각이 들었다.

주아는 오늘 그녀의 인생 중에 최고의 날이란 생각이 들었다. 인생에 한 번뿐이라는 신인상도 받았고 대중의 인기를 실감하는 인기상도 받았다. 여배우로서 그녀는 처음으로 자신이 자랑스럽다는 생각을 했다.

그리고 그녀가 오늘 더 기뻤던 건 현성이 그녀를 축하해 주었다는 것이었다. 그녀가 자랑스럽다는 말을 머뭇거리며 했을 때 그녀는 현성이 얼마나 고민 끝에 그 말을 했는지 알게 되었다. 그 생각을 하자 피식 웃음이 났다.

옷을 갈아입고 샤워를 마친 그녀는 쉽게 잠을 이룰 수가 없어서 잠시 거실 소파에 앉아 자신이 만든 크리스마스트리를 쳐다보았다. 하지만 흥분한 그녀의 심장은 아직도 미친 듯이 뛰고 있었다.

그때였다. 누군가 거실로 나오고 있었다. 하지만 그녀는 뒤를 돌아보지 않았다. 돌아보지 않아도 현성이라는 걸 그녀는 느낌으로 알 수 있었다. 현성이 냉장고 문을 열더니 물을 따르는 소리가 들렸다.

그리고 예상대로 그는 그녀에게 다가왔다. 그리고 샴페인 잔을 건넸다.

"다시 한 번 축하해."

짠!

잔이 부딪치는 소리가 맑게 울려 퍼졌다. 어른들이 주무시는 시간이라 그들의 목소리는 아주 작았다.

"고마워요. 드레스도 너무 고마웠어요."

"오늘 주아가 제일 아름다웠어."

"어제 왜 그렇게 술을 마셨어요?"

"술을 마시지 않으면 잠이 안 와서."

"그래도 술에 의지하면 안 되죠."

"앞으로는 끊을 거야. 아니, 이제 마시지 않아도 돼."

"다행이에요."

주아는 그가 옆에 있는 것만으로도 떨렸다. 하지만 그는 아무런 반응이 없는 것 같아서 조금은 서운했다. 아니, 많이 서운했다.

"한 가지 물어보고 싶은 게 있어."

"뭔데요?"

"오늘 오산그룹의……"

"처음 보는 사람이었어요. 우연히 같은 커피숍에 갔다가 따로 찍힌 게 교묘하게 조합이 된 거죠. 신문사를 상대로 정정요구를 했어요. 안 해주면 소송이라도 해야죠 뭐."

"그랬군."

"그것 말고도 궁금한 게 많지 않아요?"

그녀가 그동안의 이야기를 다 할 모양이었다.

"미국에 있을 때 봤던 대성그룹 사장은 나한테 거절당한 분풀이로 이곳저곳에 안 좋은 소문을 내고 다녔고 민욱이도 그건 마찬가지예요. 연희 말로는 내가 너무 섹시해서 그렇다는데 예전에는 아니라고 말했는데 재수 없게 들릴지도 모르지만 그게 맞는 것 같아요."

주아는 자신과 얽힌 일들을 솔직하게 그에게 털어놓았다.

"이렇게 말을 하니까 속이 다 시원……."

그가 갑자기 주아의 입에 키스를 했다.

"우린 이러면 안 돼요."

"왜?"

"우린 가족이니까."

그녀는 자신이 가장 두려웠던 이야기를 그에게 꺼냈다.

"그래서 내가 싫은가?"

"……."

"이렇게 당신을 만지는 게 거부감이 들어?"

그의 손이 그녀의 가는 목을 쓰다듬고 있었다. 주아는 자신도 모르게 고개를 저었다. 현성이 부드러운 손길로 그녀를 자극하고 있었다. 하지만 진짜 이러면 안 되는 것이었다.

"현성 씨, 우리는……."

현성이 다시 그녀의 입술을 삼켰다. 주아는 그의 입술을 거부할 수가 없었다. 그의 입술은 마법을 부리듯 그녀를 꼼짝하지 못하게 하고 있었다. 살며시 그녀의 입술을 뚫고 들어온 그의 혀가 그녀의 감각마저 모두 마비시키고 있었다.

그라는 환각제가 그녀를 욕망의 늪으로 빨아들이고 있었다. 모두 잊은 줄 알았던 감각이 하나둘씩 깨어나고 있었다. 세포 하나하나가 그를 기억하고 있었다.

"으으음, 안 돼요."

하지만 이 집은 그와 그녀만 있는 게 아니었다. 그녀의 작은 반란에 그가 자리에서 일어나 그녀를 마치 깃털처럼 가볍게 안아 들었다.

"뭐, 뭐 하는 거예요?"

"……."

그는 대답 없이 그녀를 안아 든 채 자신의 게스트 룸으로 향했다.

"안 돼요."

"……."

하지만 소용이 없다는 걸 누구보다 그녀가 더 잘 알고 있었다. 그의 방의 문이 열리고 그녀는 그의 침대 위에 눕혀졌다. 그도 그녀도 가운만을 걸치고 있었다. 그의 거친 호흡 소리가 그녀의 귀를 자극하고 있었다.

어두운 방 안에 그와 그녀 둘뿐이었다. 섬에서의 짜릿함이 이곳에서도 이어지고 있었다.

"어른들이 계세요."

"……."

"현성 씨."

"난 널 갖고 싶어."

"하지만……."

"하지만은 없어. 그동안 망설이고 고민한 걸 이젠 생각하지 않기로 했어."

그는 단호하게 말했고 그 어떤 설득보다도 그녀를 움직이지 못하게 만들었다.

"나도 당신이 허락된다면 갖고 싶어요."

"가져."

오늘따라 그는 확신에 차 있었다. 그런 그를 주아는 믿을 수밖에 없었다. 그의 입술이 다급하게 그녀의 입술을 삼켰다. 그와 동시에 그녀의 마음 또한 삼켜 버렸다.

"으음."

그녀는 신음 소리를 삼키며 그의 입안으로 자신의 혀를 밀어 넣었다. 어른들이 이 소리를 들을까 주아는 신음을 참는 데 온 신경을 집중해야만 했다. 하지만 현성은 자꾸만 그녀의 본성을 깨우고 있었다.

쾌락에 미칠 것 같은 느낌이었다. 그의 손이 다급하게 그녀의 가운을 풀어 헤쳤다. 그리고 벌어진 가운 사이로 드러난 그녀의 몸을 욕망으로 짙어진 칠흑 같은 눈동자로 바라보았다. 그의 가슴에서 그르렁거리는 소리가 났다.

마치 먹이를 해치우기 전에 내는 소리 같았다. 가슴을 들썩이는 그의 모습을 바라보며 그녀는 기대에 찬 두려움을 느끼고 있었다.

"현성 씨."

그녀의 부름에 그는 대답 대신 으르렁거리며 그녀의 가슴을 입 안으로 밀어 넣었다.

"아아앙."

그리운 그의 애무에 주아는 자신도 모르게 신음 소리를 내며 몸을 활처럼 휘었다. 주아는 속으로 이 집이 방음이 잘되길 바라고 또 바랐다.

그가 강한 입술로 그녀의 가슴 곳곳에 자신의 영역 표시를 했다. 어두운 방이었지만 그녀는 자신의 가슴 주위가 그의 키스마크로 낙인이 찍히고 있음을 알 수 있었다. 그는 거칠었고 그녀는 점점 더 흥분했다.

그의 손은 그녀의 무방비한 검은 숲을 헤치고 들어와 자신이 이곳의 주인임을 강하게 표시했다. 그의 손길은 거칠게 그녀의 검은 숲을 쓸어내리고 있었고 주아의 몸은 이제 기이할 정도로 꺾이고 있었다.

그의 손가락이 만족을 못했는지 그녀의 여성을 가르고 들어와 클리토리스를 자극하자 주아는 자신의 손으로 입을 막았다. 너무나 짜릿한 쾌감이 그녀의 몸을 관통했기 때문이었다. 그녀는 침대에 흘러내릴 정도의 애액을 쏟아내고 있었다.

"야해."

그는 이렇게 말을 하며 그녀가 정신을 차릴 사이도 없이 그녀의 여성을 입술로 빨기 시작했다.

"미치겠어요."

그녀는 이를 악물고 최대한 작은 소리로 말했다. 정신이 혼미해질 것만 같았다. 그의 혀가 그녀의 질 입구를 맴돌고 있었다. 주아는 자신도 모르게 그의 혀를 받아들이기 위해 허리를 움직이고 있었다.

그의 모든 행동이 그녀를 자극해 왔다. 마침내 그의 혀가 그녀의 질 안을 가득 채우고 있었다. 그녀가 자꾸 허벅지를 오므리자 그의 강한 손이 그녀의 다리를 아주 넓게 벌려 버렸다.

"부끄러워요."

그녀는 솔직하게 자신의 모습을 온전히 그가 바라보는 게 부끄러웠다.

"내가 얼마나 밤마다 주아를 그리워했는지는 하늘만이 아실 거야."

그렇게 말을 하며 그는 이제 혀를 대신해서 자신의 손가락 두 개를 그녀의 질 안으로 밀어 넣어 질벽을 긁기 시작했다.

"아앙."

말로는 표현하기 힘든 쾌감이 그녀를 덮쳐 왔다. 그는 지금 그녀에게 인간이 느낄 수 있는 최고의 쾌감을 선물하고 있었다. 주아는 손으로 침대 커버를 잡았다. 그는 그녀의 작은 몸부림에도 여전히 손가락으로 마법을 부리고 있었다.

그가 갑자기 그녀의 여성을 손으로 쫙 벌리더니 클리토리스를 혀로 건드리기 시작했다. 질척거리는 소리를 내며 그의 혀는 그녀를 무너트리고 있었다.

"제발 이제 들어와요."

그의 페니스가 들어오길 바라는 마음이 간절했다. 그녀의 질을 찢을 듯 벌리는 그의 페니스의 기억이 그녀를 미치게 만들고 있었다.

"깊이 박아줘요."

듣기에도 민망한 말들을 주아는 지금 아무런 거리낌 없이 뱉어 내고 있었다.

"현성 씨."

말을 하지 않으면 비명을 지를 것 같았다. 그녀의 이런 마음을 알지만 그는 주아를 약 올리는 듯 페니스를 선뜻 넣어주지 않고 있었다.

"제발."

그녀가 사정을 하자 그제야 그는 자신의 페니스를 그녀의 질 입구에 가져다 댔다. 하지만 아직 들어오지 않고 있었다. 주아는 그의 엉덩이를 자신의 손으로 감싸고 허리를 움직여 그의 페니스를 넣어달라는 몸짓을 했다.

"날 갖고 싶나?"

"네, 간절하게요."

"다시 애원해 봐."

"현성 씨 넣어줘요."

그가 마침내 그녀의 입구에 자신의 페니스를 강하게 밀어 넣었다.

"아아아악!"

그녀는 최대한 작은 소리로 비명을 질렀다. 아파서가 아니라 너무나 강한 쾌감 때문이었다.

퍽퍽퍽!

침대가 강하게 흔들릴 정도로 그의 허리 짓은 힘이 있었다. 그도 그간 그녀를 절실하게 원했던 것 같았다. 확실히 주아가 알 수 있는 건 그들은 서로의 몸을 강하게 원한다는 것이었다. 미칠 것 같은 욕망이 그녀를 걷잡을 수 없는 쾌락의 끝으로 몰아가고 있었다.

그의 가슴과 얼굴은 온통 땀에 젖어 있었다. 달빛이 그의 젖은 몸을 빛나게 만들었다. 이런 짐승 같은 사람을 그녀는 다신 만날 수 없을 것 같았다. 육식동물 중에 최고로 수컷 냄새를 풍기는 짐승을 말이다.

그리고 그녀는 조심스럽게 자신이 그를 얼마나 사랑하고 있는 지를 다시 한 번 깨달았다. 아무리 숨기려고 해도 사람의 마음을 숨길 수가 없는 것이었다. 지금 그녀는 금단의 사랑을 하고 있었 지만 지금 이 순간만큼은 후회하지 않았다.

남들이 아무리 욕을 하더라도 그녀의 가슴속에 이미 그가 자리 잡고 있었기 때문이었다.

"헉헉헉."

그의 숨소리가 점차 거칠어지고 있었다. 아마도 절정으로 치닫 고 있는 중인 것 같았다. 그녀는 잠시 생각을 접고 그의 몸짓에 같 은 리듬을 탔다.

"아아악!"

둘은 동시에 쾌감의 정점을 맛보았고 그의 분신들은 어김없이 그녀의 배 위에 뿌려졌다. 그가 갑자기 그녀의 이마에 입술을 댔 다. 한 번도 이렇게 부드러운 표현을 한 적이 없는 그였다. 주아는 행복한 피로감에 눈을 감았다.

"손 하나도 까딱 못하겠어요."

"그대로 있어."

그가 물수건을 가져와서 그녀를 닦아주고는 그녀의 옆에 나란 히 누웠다.

"어른들이 보시기 전에 방으로 가야겠어요."

그녀가 일어나려고 하자 그가 그녀를 자신의 품 안에 가두었다.

"현성 씨."

그의 품에서 그리웠던 그의 향기가 맡아졌다.

"음~"

주아는 자신도 모르게 코로 숨을 깊이 들이쉬었다.

"좋다."

그가 어깨를 들썩이며 웃었다.

"그리웠어?"

"네, 솔직히 당신의 이 체취가 매일 그리웠어요."

"우리는 서로를 밤마다 그리워했군."

"솔직히 말해서 우리가 속궁합이 잘 맞는 건 사실이니까요."

그녀의 솔직한 말에 그가 살짝 놀란 눈치였다.

"그러니까 난……."

"우리는 속궁합만 잘 맞나?"

"그야 모르죠? 데이트를 한 것도 아니고 서로를 알아갈 시간 역시 있었던 게 아니니까요."

그가 알 수 없는 표정을 지으며 그녀를 보았다.

"내가 왜 당신에 대해 모른다고 생각하지?"

"우리가 함께한 시간은 다 합쳐서 열흘도 안 돼요."

그가 알 수 없는 이상한 미소를 지었다.

"그 표정은 무슨 뜻이에요?"

"아니야."

"아닌 게 아닌 것 같아요."

그가 갑자기 그녀의 입술을 자신의 입술로 막아버렸다. 마치 불리한 말을 하지 않기 위한 방편인 것 같았다.

"으으읍."

그녀가 말을 하려고 발버둥을 치자 그가 더 깊은 키스를 했다.

"쉿, 어른들 깨면 어쩌려고."

"……."

그의 말에 그녀는 더 이상 물을 수가 없었다. 그의 손이 다시 그녀의 가슴을 움켜잡자 이제 아무런 생각이 없어지는 주아였다.

"으으응."

그녀의 신음 소리에 그가 그녀의 귀에 대고 살짝 속삭였다.

"다시 들어가고 싶어."

"어서 넣어줘요."

주아는 힘없이 이렇게 말을 할 수밖에 없었다. 그는 다시 자신의 페니스를 그녀 안에 밀어 넣었고 격렬한 섹스를 한 번 더 한 후에야 지쳐 쓰러졌다. 주아가 다리에 힘이 풀려 주저앉자 그가 주아를 안아 들고는 방으로 옮겨주었다.

그리고 주아는 아무런 생각 없이 기진맥진한 가운데 다음 날 늦은 아침에야 눈을 떴다.

9. 다시 네게 가는 길

늦은 아침 창가에 서서 화이트 크리스마스의 서울을 보고 있는 현성의 얼굴에 미소가 가득했다. 그간 술이 아니면 잠을 청할 수 없었는데 어제는 모처럼 숙면을 취할 수가 있었다. 주아를 품에 안고 일어날 수 있는 상황이 아니어서 새벽에 그녀를 놓아주기는 했지만 그의 인생에서 가장 행복한 아침이었다.

똑똑!

"류 회장, 일어났으면 식사해요."

새어머니의 목소리가 들려왔다.

"네, 나갑니다."

그는 얼른 씻고 밖으로 나갔다. 아버지는 소파에 앉아서 주아와 무슨 이야긴지 아주 즐겁게 대화를 나누고 계셨다. 그도 끼어들고 싶었지만 주아가 시선도 못 마주치는 걸 보니 살짝 피해주는 게 나을 것 같았다.

"어서 밥 먹어요."

"다들 식사는 하셨어요."

"너만 먹으면 된다."

소파에 앉아 계신 아버지가 말씀하셨다.

"네."

어머니는 아침에 상다리가 부러지도록 많은 음식을 차리셨다.

"잔치날인데요."

"차린 게 없어요. 개수만 많지, 다 풀이라서 미안해요. 요즘에 아버지하고 내가 고기를 안 먹고 있어서요."

"괜찮습니다. 고기는 미국에서 질릴 만큼 먹고 있으니까요. 전 이게 특별식입니다."

오늘 그는 기분이 좋았다. 아버지를 살뜰하게 챙기는 새어머니도 마음에 들었고 주아와 새어머니가 피 한 방울 섞이지 않은 생물학적인 남이라는 것도 그를 기쁘게 만들었다.

"아침 먹고 난 후에 별장에 가기로 했는데 같이 가요."

"네."

그가 간단하게 말을 하자 새어머니께서 놀란 얼굴을 하셨다.

"진짜죠?"

"그럼요."

밥을 먹은 후에 그들은 아버지의 별장으로 향했다. 아버지의 별장은 책을 쓰시기 위한 조용한 공간이었다. 하지만 오늘은 주아를 잡아먹기 위한 사냥터 같은 느낌이었다. 그는 살며시 미소를 지었다.

아무것도 모르는 주아는 새어머니와 수다 삼매경에 빠져 있었다. 자신의 어머니도 아닌 양어머니를 위해 주아는 모든 것을 포기했다. 그런 주아의 모습이 오늘따라 더 예뻐 보였다.

"현성아, 여긴 산길이라서 딴 곳 보면 안 된다."

그의 눈이 다른 쪽으로 향한 걸 아셨는지 조수석의 아버지가 한마디 하셨다.

"네."

"내가 운전할까?"

"아니오, 거의 다 왔는데요."

아버지의 별장은 별장의 본관보다는 대지가 넓은 곳이었다. 그래서 차를 타고도 한참을 안으로 들어가야 했다.

점심까지는 시간이 좀 남아서 아버지와 어머니는 비닐하우스로 주아와 현성은 산책을 하기로 했다. 눈 덮인 별장은 커다란 스키장 같았다.

펙!

둘만 있는 곳에 다다르자 현성이 눈을 뭉쳐 주아에게 던지기 시작했다.

"이건 반칙이에요."

"무슨 반칙?"

펙!

"눈싸움을 하자고 말을 하고 시작해야죠."

그의 눈에 여러 번 맞은 주아가 하소연을 했다.

"그럼 재미없지."

그가 이번에는 더 크게 눈을 뭉쳤다. 주아도 질세라 눈을 뭉치기 시작했다.

"아!"

이번엔 주아의 등에 아주 정통으로 맞았다.

"나한테 감정 있어요?"

"응."

그가 아주 빠르게 대답을 하자 주아의 표정이 굳어졌다.

"뭔데요? 내가 뭘 잘못했는데요?"

주아의 입이 앞으로 툭하고 튀어나왔다. 그런 주아가 현성은 너무나 귀여웠다.

"날 사랑에 빠지게 만들었으니 감정이 생긴 것 아닌가?"

"……."

주아의 표정이 그가 보기에도 아주 가관으로 변하고 있었다. 그러더니 자리에 쭈그리고 앉아 울기 시작했다.

"황주아!"

"사람을 그런 식으로 놀리는 거 아니에요. 그런 말을 어떻게 그렇게 농담으로 해요?"

그녀는 무릎 사이에 얼굴을 묻고 울고 있었다.

"나 농담 아닌데."

"……."

그녀가 흐느낌을 순간 멈추고 시간이 멈춘 듯 그대로 있었다.

"난 황주아를 사랑해."

"……."

"그대로 있으면 동상 걸려."

그가 그녀를 일으켜 세우려고 하자 그녀가 몸을 흔들며 거부를 했다.

"왜?"

"거짓말하면 못써요."

현성이 힘으로 그녀를 일으켜 세웠다. 주아의 얼굴은 눈물로 범벅이 돼서 빨갛게 얼어 있었다. 그가 그녀를 품에 가두었다. 온통 새하얀 눈밭에 그들 둘뿐이었다.

"사랑해."

"……."

"온 마음을 다해서 사랑해. 그동안 의심도 많았지만 내가 그 모든 걸 오해했다는 걸 안 순간 너무나 기뻤고, 황주아란 여자 없이는 못살 거라는 걸 깨달았어."

"정말요?"

"응."

"저도 사랑해요."

주아가 울음 섞인 고백을 하고는 그의 목에 매달렸다.

"그런데 우린 어쩌면 좋아요."

"뭐가?"

"가족이잖아요."

"아니야, 그리고 남들의 시선이 싫으면 미국으로 가서 살면 돼."

"어른들은 어떻게 설득을 하려고 그래요?"

그는 아주 자신 있는 표정으로 그녀를 안심시켰다.

"내가 알아서 할게. 오늘 어른들께 말씀드릴 거야."

그는 아버지에게 상의를 할 생각이었다. 물론 새어머니께도 말이다. 축복은 아니어도 최소한 말리지는 않으실 것 같았다. 그리고 주아를 데리고 미국으로 가면 그뿐이었다. 길고 힘들었던 6개월의 고통이 모두 해소되는 기분이었다.

새하얀 눈밭에서 그는 주아를 안고 깊은 키스를 했다. 모두가 그들을 축복해 주는 것만 같았다.

저녁 식사시간 식구들이 한자리에 모여 크리스마스 만찬을 하고 있었다. 아버지가 생전처음으로 음식을 어머니와 함께 준비하셨고 그 모습이 너무나 행복해 보였다. 식당에 4명이 둘러앉아 즐거운 식사를 이어갔다.

"우리 류 회장은 진짜 여자 친구 없어요?"

"있습니다."

갑작스러운 새어머니의 말에 그가 미소를 지으며 답했다.

"진짜?"

아버지도 얼굴에 미소를 지으셨다.

"누군데? 설마 미국인인 거야?"

"아니오."

"그래, 그래도 결혼은 한국 아이랑 하는 게 좋을 것 같구나. 아무리 미국에 있어도 국제결혼은 좀 그렇구나."

"저도 외국인 아내를 둘 생각은 없습니다."

"왜요? 마음에 들면 외국 아이라도 난 이해할 것 같아요."

새어머니가 그의 편이 되어주셨다. 좋은 징조였다.

"누군지 궁금하구나."

아버지의 말에 그가 주아를 쳐다보았다. 주아는 어쩔 줄을 모르고 고개를 숙이고 있었다.

"아버지도 잘 아는 사람이에요."

"그래?"

아버지의 얼굴에 환한 미소가 어렸다.

"아버지도 들으시면 좋아할 사람이에요."

"누구지? 현지는 이미 마크와 결혼을 했고 우리 현성이 눈에 찰 아이가 누가 있더라……."

"당신 몰라요?"

"내가 그간 우리 아들에게 미안한 일들이 많지. 자라는 데 신경을 못 썼어. 그래서 아는 게 적구나. 현성아, 미안하다."

아버지의 뜻밖의 사과에 현성이 미소로 괜찮다고 답했다.

"누군지 말해봐. 진짜 궁금하구나."

아버지의 말에 현성은 한참을 뜸을 들이다가 말했다.

"황주아요."

갑자기 아버지의 얼굴이 굳어졌다. 그리고 그건 새어머니의 얼굴도 마찬가지였다.

"현성아, 나랑 얘기 좀 하자."

아버지가 갑자기 식탁에서 일어나시더니 서재로 향하셨다. 현성은 아버지의 갑작스런 변화에 당황스러웠다. 왜 그런 반응을 보이시는지 이해가 가지 않았다.

"아버지."

"앉아라."

그는 아버지의 서재에 앉았다. 이곳은 집보다 더 많은 책들이 가득한 공간이었다.

"주아는 우리의 가족이다."

"……."

예상외의 답이었다.

"아니, 네 여동생이다."

"우린 피 한 방울 섞이지 않았습니다."

"안다. 하지만 세상은 그렇게 받아들이지 않아."

아버지의 이런 완고한 표정은 처음 보았다.

"처음에 저도 포기하려 했습니다. 아버지의 사랑이 너무 깊고 오래됐기 때문에 저희들의 사랑은 그에 비할 바가 아니라고 생각했습니다."

"그런데?"

"그런데 전 지난 6개월 동안 지옥을 경험했습니다."

"만약에 너희들이 결혼을 한다면 세상의 편견에 힘이 들어 평생을 지옥 속에 살 거다."

아버지의 입에서 이런 악담이 나올 거란 상상은 하지 못했다.

"말씀이 지나치십니다."

"아니, 내가 평생을 네 엄마 때문에 사람들의 안 좋은 시선을 받으며 살아봐서 안다. 그게 얼마나 고통스러운 일인지 말이다."

아버지는 완고했다.

"까뚱 섬에 갔을 때 너희들의 눈빛을 보아서 안다. 그냥 내가 예민했겠지라고 생각했다. 아니, 어쩌면 그 이유 때문에 서현이와 합치는 걸 서둘렀을지도 모른다."

"아버지."

"내 말 아직 안 끝났다. 넌 성공한 사업가고 세계적인 관심의 대상일 수밖에 없다. 아비는 네가 좀 더 탄탄대로를 걷기를 바란다. 내가 이런 말을 할 입장은 아니다마는 여자 때문에 네가 이제까지 쌓아둔 모든 것을 무너트리는 일이 없었으면 좋겠구나."

"……"

"한 가지 더, 네가 계속해서 고집을 부린다면 우리는 주아와 인연을 끊을 수밖에 없다. 주아가 엄마를 얼마나 사랑하는지 알지? 그 아이는 엄마를 포기 못한다. 그러니 이번 일은 네가 포기해."

현성은 온몸에서 피가 다 빠져나가는 고통을 느끼고 있었다. 그의 생각은 이런 게 아니었다. 축복은 아니더라도 이렇게 반대를 하실 줄은 몰랐다. 아버지는 주아와 그의 관계를 까뚱 섬에서부터 알고 계셨던 것 같았다.

"왜 섬에선 반대하지 않으셨습니까?"

"그땐 심각한 줄 몰랐다. 한때라 생각했고 우리가 결혼하면 자연스럽게 해결될 정도의 사이라고 생각했다. 억지로 말리면 더 불이 붙은 법이니까. 내가 어렸을 때 그랬던 것처럼 말이다."

"전 아버지의 아들입니다."

"그래서 지금 두렵다."

"저도 아버지처럼 평생을 포기하지 못하면 어쩌려고 그러십니까."

"부탁이다. 아들아. 포기해."

속이 상하다 못해 문드러지는 느낌이었다. 그는 힘없이 자리에서 일어나면서 말했다.

"아니, 포기 못합니다."

"아니, 넌 포기하게 될 거다."

아버지가 아주 단호하게 말을 했다. 그는 정신을 차릴 수가 없었다.

"호텔로 가겠습니다."

"이번에는 말리지 않으마."

"주아도 데리고 갑니다."

"아니, 주아는 널 따라가지 않을 거다."

아버지의 말이 맞았다. 주아는 그의 예상과 다르게 그와 함께 나서지 않았다. 사랑한다고 말한 게 한나절이 채 지나지 않았다. 현성이 받은 충격은 대단히 컸다. 지금은 생각을 할 때였다. 하지만 그는 믿는 도끼에 발등을 마구 찍힌 기분이었다.

본가에 들러 그는 짐을 챙기고 곧바로 서울호텔로 향했다.

현성이 떠나고 류 교수는 서현을 불렀다. 서현이 주아를 설득한 바람에 주아가 현성의 뒤를 따라가는 불상사는 일어나지 않았다.

"주아는?"

"방에 있어요."

"주아는 뭐래?"

"한 번만 봐주면 안 되냐고 하지 뭐라고 하겠어요."

서현은 마음이 아픈지 말끝을 흐렸다.

"정말 애들은 안 되는 거예요?"

"현성이는 내가 생각해 놓은 짝이 있어."

"그렇게 되면 류 회장이 어릴 때 당신과 다를 게 뭐가 있어요."

서현이 정곡을 콕 찔렀다.

"난 주아가 좋아. 하지만 우리의 상황에 주아는 딸이어야 하지 며느리는 아니야."

"여보."

"그리고 내가 현성이에게 소개시킬 아이는 재벌가의 딸이 아니야. 착하고 바른 아이야. 난 그 아이를 4년 동안 가르쳤고 지금도 내 옆에서 묵묵히 나의 일을 돕고 있어. 홀어머니에 집안의 가장인 아이지."

그가 봐온 민정은 똑똑하면서도 바른 아이였다.

"그건 당신 생각이에요. 부자가 아니고 바른 아이라고 해서 당신 아버지와 당신이 다를 게 뭐예요? 사랑하는 사람들을 갈라놓은 건 똑같은데……."

"이건 다 현성이와 주아를 생각해서……."

"그건 아닌 것 같아요."

서현이 자리에서 일어나 서재를 나갔다. 아무래도 주아를 달래러 간 것 같았다. 류 교수는 자신의 생각을 굽힐 듯이 없었다. 다음 주 현성이 한국을 떠나기 전에 민정을 만나게 할 생각이었다.

물론 주아가 훨씬 예쁜 아이긴 하지만 민정의 미모도 그리 나쁘지 않았다. 주아가 화려한 외모의 소유자라면 민정은 굉장히 여성스러운 아이였다. 크리스마스가 엉망이 되긴 했지만 어차피 한 번은 겪을 일이었다.

현성이 집을 나간 지 이틀이 지났다. 전화도 없었고 그도 아들에게 전화를 먼저 하지 않았다. 3일 후에 현성이 떠난다는 소리를 들은 후부터는 마음이 바빠진 건우는 현성에게 먼저 전화를 걸었다.

"여보세요?"

[네, 아버지.]

전화를 안 받을까 걱정을 했는데 그래도 전화를 받아서 다행이었다.

"이제 아비에게 전화도 안 할 생각이야?"

[…….]

단단히 화가 난 모양이었다.

"3일 후에 출발한다고?"

[네.]

"오늘 저녁이나 먹자꾸나. 가기 전에 얼굴은 봐야지."

[저, 그게…….]

건우를 별로 보고 싶어 하지 않음이 느껴졌다. 하긴 자기라도 그랬을 것이다.

"아니, 난 꼭 봐야겠다."

그는 이렇게 일방적으로 말을 하고 저녁에 현성이 있는 서울호텔의 레스토랑에서 보기로 약속을 하고는 전화를 끊었다. 약속이 아닌 거의 통보에 가까웠다. 주아는 다음에 출연할 영화 때문에 일본에 가 있어서 더없이 좋은 기회였다.

저녁이 되어 그는 민정을 데리고 서울호텔로 향했다. 가는 내내 그는 현성에 대한 이야기를 민정에게 해주었다. 연애를 하다가 헤어진 지 얼마 되지 않았다는 말도 했다. 그래서 민정에게 많은 위로를 부탁했다.

호텔에 도착하자 현성이 먼저 레스토랑에 와 있었다. 민정이 건우와 함께 들어오는 걸 보고는 예상대로 현성의 표정이 좋지 않았다.

"먼저 와 있었구나."

"네."

"이쪽은 내 밑에서 일하는 조교수 김민정이다."

민정이 허리를 굽혀 인사를 하자 현성도 예를 갖추었다. 일단은 소리를 지르고 뛰쳐나가지 않으니 다행이라는 생각이 들었다.

"안녕하세요. 김민정입니다."

"네."

인사를 주고받은 후에 어색한 침묵이 계속 흐르고 있었다.

"TV보다 실물이 훨씬 좋으세요."

민정이 먼저 호감을 나타났다. 먼저 나서서 말을 하는 아이가 아닌데 오늘은 어지간히 현성이 마음에 든 모양이었다. 건우는 둘만 놓아두고는 일찌감치 자리에서 일어났다. 그래야 둘이 좋은 시간을 가질 것 같았기 때문이었다.

건우는 집으로 돌아와 그를 맞이하는 서현을 자신의 품에 안았다.

"뭐예요?"

"왜, 싫어?"

"아닌 거 알잖아요."

"요즘 힘이 없어 보여서."

"아니에요."

주아와 현성이 일 때문에 서현의 얼굴에서 웃음이 사라졌다. 하지만 시간이 지나면 다 좋아질 거라고 건우는 믿었다.

"차 한잔 주겠어?"

"녹차 드릴까요?"

"응."

그가 소파에 앉아 서현을 바라보았다. 나이는 들었지만 그의 눈에는 아직도 아름다운 서현이었다.

"내일 별장에 갈까?"

"그래요."

여전히 서현의 목소리엔 힘이 없었다. 건우가 서현의 곁으로 가서 차를 준비하는 서현을 뒤에서 안았다.

"주아와 현성이의 일은 내가 알아서 할게."

"……."

"내가 너무 고집을 피운다고 생각하지 마."

"알았어요."

하지만 여전히 서현의 목소리는 힘이 없었다.

"수고하셨습니다."

낮은 저음의 목소리가 주아의 뒤통수에서 들렸다.

"네, 고생하셨어요."

이번 영화의 카메라 감독이었다.

"수고는 무슨."

연희가 뚱한 반응을 보이고 있었다. 일본에 갔을 때 둘을 소개시켜 주었는데 둘 다 반응이 영 시원치 않았다. 싫어하는 게 눈에 확 띄었다.

"미안하다. 마음에 안 드는 사람 소개시켜 줘서. 그래도 키 크고 잘생기고 직업도 확실한 사람이잖아. 다른 스태프들이 소개해 달라고 얼마나 조르는 줄 알아?"

"누가요?"

연희가 발끈했다.

"작가들도 그렇고 의상팀들도 그렇고 많아."

"눈들이 삐었고만."

"내가 다시는 사람 소개 안 한다. 머리 아파."

주아는 고개를 설레설레 흔들었다.

주아는 일본의 일정을 마치고 집으로 가려다가 연희와 함께 서울호텔로 향했다. 집으로 들어가기가 오늘은 싫었기 때문이었다. 사실 포장마차에 가려고 했는데 연희에게 서울호텔 레스토랑 이용권이 생겨서 하도 조르는 바람에 행선지를 바꾸게 되었다.

"동생 잘 둔 덕에 연말에 서울호텔에 오는 줄 알아요."

"고맙다."

요즘은 그녀를 알아보는 사람들이 많아서 이렇게 외출을 한 건 참 오랜만이었다. 물론 주차장에서 매니저가 기다리고 있기는 했지만 말이다. 같이 들어가자고 했지만 차에서 쉬면서 기다리겠다고 말한 매니저였다.

"언니가 요즘 대세긴 한가 봐요."

"왜?"

"매니저가 저렇게 넉다운 된 걸 보면 말이에요."

"대세가 아니라 하도 스캔들이 많이 터져서 그거 수습하느라고 힘든 거야. 너랑도 이렇게 다니다가 레즈비언 소리 듣는 건 아닌지 모르겠다."

"언니 말을 부정할 수 없네요. 하도 별별 얘기가 많이 나오니까."

둘은 이 상황이 기가 막히다는 듯이 웃으며 레스토랑으로 들어갔다. 제법 경치가 좋은 자리에 안내를 받은 그녀들이었다.

"여기서 언니가 온다니까 이 자리 준거예요."

"설마."

"내가 여기 오는 길에 언니 이름을 좀 팔았죠."

연희의 말에 주아가 웃었다.

"그래 많이 팔고 다녀라."

그때 연희의 표정에 놀라움이 스쳤다.

"언니."

"왜?"

"저기……."

그녀의 뒤편을 연희가 가리키자 주아가 고개를 돌렸다. 그리고 멍하게 한참을 바라보았다. 그 뒤에는 어떤 여자와 마주 보고 앉아 있는 현성의 뒷모습이 보였다.

"언니, 저기 류 회장님 아니에요? 선보나 봐요. 아님 애인?"

"……."

"여자는 류 회장님한테 완전히 간 것 같은데 류 회장님은 뒤돌아 있어서 반응을 모르겠어요."

"……."

"역시 잘난 사람이라서 그런지 여자가 완전 예뻐요. 역시 여자는 예쁘고 봐야 한다니까요."

"연희야, 그만해."

"하긴 언니는 더 예쁜데 그동안 잘난 놈 하나 못 물고 뭐 한 거예요?"

연희의 말이 계속될수록 주아의 귀에는 들어오지 않았다. 다만 그녀의 등 뒤에서 벌어지는 일에만 신경이 집중되고 있었다.

그때 그들 앞으로 웨이터가 지나고 있었다.

"저기 선보는 거 맞죠?"

"아, 류 회장님이요?"

"네, 선보는 거 맞죠?"

웨이터는 말없이 고개만 끄덕인 후에 자리를 떴다.

"설마 했는데 진짜네. 아니, 언니는 가족인데 그것도 몰랐어?"

주아는 자신도 모르게 현성의 테이블로 가 있었다.

"류 회장님."

주아가 뒤에서 부르자 현성이 고개를 돌렸다. 앞에 여자는 멍하게 그녀를 보았다. 그러더니 아주 밝은 미소를 지었다.

"황주아 씨, 안녕하세요."

"……."

주아가 그녀를 매섭게 보았다.

"전 김민정이라고 류 교수님의 제자죠."

"……."

여자는 주아의 표정에는 별로 신경을 쓰지 않고 그녀에게 계속 말을 걸었다.

"류 교수님이 따님이 황주아라고 얼마나 자랑을 하고 다니시는지 몰라요."

이제야 그 이유를 알았다.

"그런데 오빠한테 회장님이라고 부르세요?"

"……."

주아는 슬슬 그녀의 말이 거슬리기 시작했다.

"류 회장님, 잠깐 얘기 좀 해요."

"싫어."

그가 아주 딱 잘라 말하자 더 열이 받은 주아였다.

"지금 선보는 거예요?"

"응."

"으응?"

그녀에게 사랑한다고 말한 지 며칠이나 지났다고 여자를 만나다니 어이가 없었다. 아무리 류 교수가 반대를 한다고 해도 이건 너무 빠른 배신이었다.

"여기서 말해요, 밖에 나가서 말해요?"

"여기서 말해."

"류현성!"

둘의 모습을 심각하게 바라보던 여자가 입을 뗐다.

"아니, 지금 주아 씨 오빠와 처음으로 만난 자린데 무슨 일이 있는지는 모르지만 집에서 말하시면 안 돼요?"

"지금 말해야 할 것 같은데 그냥 먼저 가주세요."

"황주아 씨, 이건 정말 무례한 거예요."

여자가 주아의 귀에는 들려오지 않는 충고를 하고 있었다.

"언니."

연희가 어느새 와서 주아의 팔을 잡았다.

"사람들이 다 쳐다봐."

"상관없어."

"언니!"

연희가 그녀의 팔을 당겼지만 주아는 꿈쩍도 하지 않았다.

"사랑하는 거 아니었어요?"

"사랑해."

앞의 여자가 놀란 표정을 지었다. 연희도 힘을 주었던 팔을 풀었다.

"그런데 선을 봐요?"

"오늘 선보는 줄 몰랐어. 아버지가 앞의 여자분을 데리고 온 거지 내가 자발적으로 오진 않았어."

현성의 목소리에 화가 가득했다.

"그래도 이렇게 앉아 있는 건 마음에 있다는 거 아니에요?"

"난 마음에 있는 여자와 마주 앉아 있지 않아. 미안합니다."

그리고 그가 갑자기 자리에서 일어나 앞의 여자에게 사과를 하더니 주아의 손을 잡고 레스토랑에서 나왔다.

"지금 뭐 하는 거예요?"

주아의 손이 피가 통하지 않아 하얗게 변했다. 또한 그의 얼굴도 굳어 있긴 마찬가지였다.

"……."

그는 아무런 말도 하지 않고 그녀를 지하주차장으로 끌고 갔다.

"어딜 가는 거예요?"

"……."

"류 회장님!"

그녀를 강제로 그의 차에 태우고는 그는 말없이 차를 몰고 어디론가로 향했다. 도심 한가운데에서의 무서운 질주였다.

"어딜 가는 거냐고요!"

"……."

"이렇게 말 안 할 거예요?"

그는 속도를 더해서 어디론가 향했다. 서울의 지리를 알 턱이 없는 그는 조용한 곳을 찾아 운전을 하는 것 같았다.

윙—

"받지 마."

드디어 그가 말했다.

"연희예요. 걱정하는 것 같아요."

"나중에 해."

그의 말에 그녀는 전화를 받지 않았다.

윙—

전화가 울리는 건 그의 것도 마찬가지였다. 아까 그 여자가 류 교수에게 전화를 한 모양이었다. 그렇게 한참을 운전한 그는 어느 산 아래 아파트단지 앞에서 차를 멈추었다. 어두컴컴한 것이 사람들의 눈에는 띄지 않을 곳이었다.

"왜 선을 본 건지 말해줘요."

"왜 그날 날 따라오지 않았는지 말해."

"난 엄마에게 말했어요. 당신을 따라 미국에 갈 거라고."

"뭐?"

그녀의 말을 믿지 않는 눈치였다.

"그날 내가 따라가지 않은 건 단순하게 생각할 시간이 필요했기 때문이에요. 그리고 당신이 날 그래도 며칠은 기다려 줄 것 같았기 때문에 연락을 안 한 거고. 나도 당신을 따라가려면……."

그가 그녀의 입술에 거칠게 키스를 하기 시작했다.

"으읍, 잠깐만요."

그가 다시 숨조차 쉴 수 없게 그녀의 입술을 눌러왔다. 며칠 만에 맛본 그의 입술이었다. 그녀는 그의 목에 팔을 감고 깊은 키스를 되돌렸다.

"진짜 날 따라오려 했나?"

"네, 엄마한테도 어제 말했어요. 처음엔 진짜 좀 머리가 복잡했거든요. 너무나 빠르게 진행된 하루였잖아요."

그가 그녀의 얼굴을 양손으로 잡고 있었다.

"고백을 받자마자 어른들께 퇴짜를 맞으니 내가 어땠겠어요."

"다 내 잘못이야."

"맞아요. 당신 잘못이에요."

그녀가 그의 가슴을 주먹으로 약하게 쳤다.

"윽!"

그가 아픈 시늉을 냈다.

"안 아픈 거 잘 알아요."

"당신 말에 가슴이 아파."

그가 그녀의 얼굴을 손으로 감싸고는 자신을 똑바로 보게 했다.

"사랑해. 그리고 이번엔 내가 경솔했어."

"……."

"내가 사랑을 처음 해봐서 아주 서툴러. 앞으로도 주아와 하는 모든 게 난 처음이라서 서투를 거고 주아가 옆에서 속 터지겠지만 오늘처럼 날 잡아주면 우리는 아주 행복한 사랑을 할 수 있을 것 같아."

"나도 처음이라 서투를 거예요."

그녀도 그의 눈을 마주 보며 이렇게 말했다.

"아니, 주아는 잘할 거야."

그의 목소리가 아주 달콤하게 들렸다. 그가 그녀의 입술에 잔키스를 했다. 하지만 주아는 만족스럽지 않았다. 주아가 그의 목에 팔을 감고는 깊은 키스를 하자 현성이 화답하듯이 그녀의 허리를 꽉 끌어안았다.

한동안 그들의 혀는 서로 감겨 있었다. 그의 손이 그녀의 가슴을 만지자 그녀의 입에서 신음이 터져 나왔다.

"아흐."

며칠 만에 그의 품에 들어오자 그녀의 욕망이 활화산처럼 폭발했다. 주아의 손이 부끄러운 줄도 모르고 그의 페니스를 옷 위로 만지고 있었다.

"으윽."

그리고 바지 지퍼를 내리고는 그의 페니스를 해방시켜 주었다. 얼마나 그리웠던지 주아는 그의 페니스를 그가 어찌할 틈도 없이 입안으로 넣었다. 이번엔 그가 당황했다.

"주아야, 으윽."

그가 환희에 찬 신음을 내뱉었다.

"여기선 이렇게밖에 할 수 없을 것 같아요."

그녀는 어떻게 해야 그가 좋아할지 알 수 없었지만 지금 그의 반응을 보니 그녀가 맞게 하고 있는 것 같았다.

"주아야, 그만."

"안 돼요."

둘의 대화가 약간 바뀐 느낌이었지만 주아는 아주 기분이 좋았다. 그를 만족시킬 수 있어서 행복했다. 그들은 차에서 처음으로 하는 섹스에 더욱 흥분해 있었다.

"주아가 날 죽일 생각이야."

"아뇨, 행복하게 해주고 싶었어요."

그가 주아를 안아서 그의 앞에 앉혔다.

"주아의 존재만으로도 난 행복해."

"아까까지 아니었던 거 아니에요?"

"행복하게 만드는 것도 불행하게 만드는 것도 모두 주아야."

"설마요."

"맞아."

주아가 그의 입술에 쪽 소리를 내며 뽀뽀를 했다.

"이제 우리 어쩌죠?"

"끝까지 해야지."

"뭘요? 섹스? 아니면 도망?"

"둘 다."

그가 거칠게 그녀의 스타킹을 찢고는 팬티마저 찢어버렸다.

"너무 터프한 거 아니에요?"

"못 참겠어."

그가 자신의 페니스를 주아의 젖어 있는 질 안으로 밀어 넣었다. 그녀가 그의 위에 앉았다는 것만으로도 그는 극도의 흥분감을 느끼고 있는 것 같았다. 그녀의 니트를 위로 올리고는 가슴을 입에 물었다.

그녀의 가슴은 언제나 그를 환영했다. 그렇지 않고서는 이렇게 민감하게 반응을 할 리가 없었다.

"미칠 것 같아요."

그녀는 이렇게 말을 하며 허리를 활처럼 휘어 자신의 가슴을 그에게 더 강하게 푸시했다. 그리고 그의 페니스를 잡고 있는 그녀의 질도 움찔거리며 그를 미치게 만들고 있었다.

"으으윽."

그가 빠르게 절정에 도달한 것 같았다. 그의 정액이 처음으로 그녀의 몸 안에 뿌려졌다.

"빠른 시간에 아이를 갖고 싶어."

처음으로 그의 입에서 아이 이야기가 나오자 주아는 너무 기쁜 나머지 그의 목을 꽉 끌어안았다.

"당신 닮은 아들 하나 낳고 싶어요."

"난 주아 닮은 딸. 아니, 아들."

"왜요?"

"주아 닮은 딸은 아빠로서 관리가 힘들 것 같아. 쫓아다니는 사
내 녀석들 때문에 내가 맘고생이 심할 것 같아."

"뭐예요?"

그들은 경비아저씨에게 들켜 빠르게 도망치기 전까지 아파트에
서 몇 번의 사랑을 나누었다.

연희는 씩씩거리며 레스토랑을 나왔다.

"아니, 무슨 영화를 찍냐고? 난 배가 고픈데…….."

주아와 류 회장이 영화를 찍으며 나가고 혼자 남은 연희는 음식
도 먹지 못하고 레스토랑을 나왔다. 오늘은 그녀 인생의 최악의
날이었다.

"아, 배고파."

연희는 고픈 배를 움켜쥐고는 주아의 욕을 하면서 호텔을 빠져
나왔다. 다행히 서울호텔 주변으로 먹자골목이 있어서 연희는 간
단하게 끼니부터 해결할 생각이었다. 한창 저녁시간이라 식당은
손님들로 만원이었다.

갈치조림집과 순대국집에서 갈등을 하고 있는 그때였다.

"아!"

누군가 그녀의 어깨를 강하게 치고 갔다.

"아, 아프다."

그녀는 어깨를 만지며 그녀와 부딪친 사람을 쳐다보았다.

"이 감독님!"

악연도 이런 악연이 없었다. 일본에서도 반반한 얼굴만 믿고 까불더니 여기서도 어디 하나 도움이 되는 구석이 없었다.

"아니, 사람을 치고 갔으면 미안하다고 해야 하는 거 아니에요?"

"……."

그는 미안하다는 말 대신에 그녀에게로 다가와서 그녀의 어깨를 손으로 감싸더니 다친 곳이 있는지 없는지 눈으로 확인을 하고 있었다.

"아니, 내가 넘어진 것도 아니고 어깨만 부딪친 건데 미안하다고 하면 됐지 어디를 만져요?"

"미안하긴 해. 하지만 다친 데는 없어 보이고."

"뭐라고요?"

"여긴 혼자서 무슨 일이지?"

"밥 먹으러 왔어요."

"주아 씨는?"

"감독님, 주아 언니 좋아해요? 뭘 그렇게 찾아요?"

"내가 주아 씨만 찾아서 화났나?"

"뭐요?"

아주 어이가 없는 컨셉의 인간이었다. 그가 갑자기 연희의 손을 잡았다.

"지금, 뭐 하시는 거예요?"

"밥 먹으러 가자고. 나도 밥 먹으러 왔거든."

"일행 없어요?"

"있어."

"그럼 그 사람들한테⋯⋯."

그가 갑자기 자신의 휴대폰을 들더니 어디론가 전화를 걸어서 못 간다고 말을 했다.

"그러실 것까지는 없는데요."

"배고파."

그는 이렇게 간결하게 한마디를 하고는 그녀가 고민하던 집들 중에 갈치집을 선택했다.

"아주머니, 갈치조림 2인이요."

"원래 이렇게 마음대로세요?"

"아니."

"그런데 왜 오늘은 특별히 마음대로 하시는 거예요?"

그가 수저와 젓가락을 그녀 앞에 놓아주었다. 그리고 컵에 물을 따라 그녀 앞에 놓았다.

"아니, 이런 건 감사하긴 하지만 우리는 일본에서 쫑난 거 아니었어요?"

"내가 쫑났다고 했나?"

"아니, 말을 꼭 해야 하나요? 보면 알지."

"난 연희가 마음에 들어."

연희는 기가 막혔다.

"마음에 드는 여자를 그렇게 홀대하는 남자가 어디 있어요?"

그때 갈치조림이 들어왔다.

"다 익은 거니까 그냥 드시면 됩니다."

주인의 친절한 말에 그는 미소로 답을 했다. 웃으니 확실히 잘생기긴 했다. 그가 갈치의 살을 발라서 그녀의 밥 위에 놓아주었다.

"아니오, 제가 먹을게요."

"싫은가?"

"그게 아니라, 드세요."

연희는 더 이상 복잡하게 생각하지 않으려고 밥 먹는 데 열중을 하고 있었다. 그는 자신의 밥을 먹으면서도 연희에게 계속해서 갈치를 발라주었다. 계속해서 그러니 신경이 쓰였다.

"오늘 왜 저한테 이러시는 거죠?"

"기회를 놓치고 싶지 않아서."

"무슨 기회요?"

"세 번의 기회."

"네?"

이 남자가 계속해서 알 수 없는 말만 했다.

"세 번의 기회라뇨?"

연희가 수저를 놓고 말했다. 밥도 어느 정도 먹어 허기도 달래졌고 지금은 이 남자의 꿍꿍이가 더 궁금했기 때문이었다.

"궁금한가?"

"네."

"첫 번째 기회는 작년 크리스마스 때였어. 눈부시게 아름다운 여자 하나가 나에게 초콜릿을 건네며 메리크리스마스라고 말했을 때 커피나 한잔하자고 말을 걸었어야 하는데 놓치고 말았지."

작년 크리스마스에 그녀는 모든 스태프들에게 초콜릿을 돌렸었다. 설마 그걸 말하는 건 아니겠지?

"두 번째는 주아 씨가 갑자기 연희를 소개해 준다고 했을 때였지. 너무 좋은데 어찌할 바를 몰랐어. 내가 한마디 잘못하면 연희가 사라질 것 같아서 아무 말도 하지 못했지. 짝사랑하던 여자 앞에서 완전히 주눅이 든 나였어. 며칠을 땅을 치며 후회했지."

지금 이 남자가 뭐라는 건지 연희는 알 수 없었지만 이 순간 심장이 거칠게 뛰고 있었다. 그녀도 실은 그를 마음에 담고 있었기에 주아가 소개했을 때 망설이지 않고 그 자리에 나갔었다.

"그리고 오늘 진짜 우연히 길가에서 연희를 보았을 때 나는 기회를 놓치면 안 된다고 생각했어."

"……."

말문이 막혔다. 그의 진심 어린 고백이 그녀의 심장을 뛰게 만들고 있었다.

"선수예요? 아니, 선수가 맞아."

"아니, 처음이야."

"더 거짓말 같아요."

연희는 자신의 입술이 떨리고 있음을 느꼈다.

"다 먹었으면 나가자. 키스하고 싶어."

이 남자 너무 솔직하다. 연희는 뭐에 홀린 듯 그를 따라 갈치집을 나섰다. 그는 연희의 손을 잡고 빠르게 걷기 시작했다.

"어딜 가는 거예요?"

"……."

그는 말없이 빠르게 걸음을 재촉하더니 근처의 주차장으로 향했다. 그리고 자신의 BMW에 그녀를 밀어 넣었다.

"저기 감독님……."

잠시 후 그녀의 입술을 그가 거칠게 삼켰다.

"으으읍, 감독……."

그녀는 당황했지만 이상하게 싫지는 않았다. 밥을 먹고 이렇게 남자와 키스를 해보긴 처음이었다. 하지만 이상하게 그와의 키스가 자연스러운 연희였다. 그가 갑자기 그녀를 놓아주더니 안전벨트를 매주었다.

"뭐 하시는 거예요?"

"집에 가는 거야."

"누구 집이요?"

"우리 집."

"감독님 집엘 제가 왜 가요?"

당황한 연희가 그에게 물었다.

"연희 씨, 잘 들어. 내가 싫으면 지금 차에서 내려."

안전벨트까지 묶어놓고는 내리라는 그의 말에 연희는 웃음이 나오려 했다.

"안 그러면 난 오늘 끝까지 갈 거야."

"감독님."

"수철이라고 불러."

그녀가 머뭇거리자 그는 대답을 듣지 않고 그대로 차를 출발시켰다.

"내리라면서요? 내리게 두지도 않았을 거면서."

"맞아."

그는 순순히 대답을 했다.

"날 그렇게 오래 좋아했다면서 일본에서는 왜 그랬어요?"

"너무 좋으니까 어떻게 할지 잘 몰랐고, 여자를 많이 만나지 못해서 여자의 마음도 잘 몰라."

"선순데 거짓말은……."

"아니야."

그는 점점 더 속도를 높이고 있었다.

"천천히 가요. 죽으면 하고 싶은 것도 못하니까."

"그렇군."

어느새 그의 아파트 앞에 도착한 연희는 눈이 동그랗게 변했다.

"여기 살아요?"

"응."

"혼자?"

그가 고개를 끄덕였다. 이 아파트는 부의 상징이었다. 젊은 남자 혼자 여기에 산다면 집안 자체가 부자여야 가능한 일이었다. 이곳에 가장 작은 평수가 60평이었다. 뭐 알고 싶어서 아는 게 아니라 매번 고가의 아파트가 뉴스에 나오면 이곳이 1위를 차지했기 때문에 그 명성은 잘 알고 있었다.

그의 집에 들어가서는 더 놀란 연희였다.

"부자네요?"

"조금."

"조금이 아닌데?"

"마음에 드나?"

"나와는 상관없는 일이에요."

"아니, 앞으로 상관이 있어질 거야."

그는 이렇게 말을 하며 현관 앞에서 그녀의 입술을 차지했다. 집 안을 구경할 사이도 없이 그녀는 그에게 안겨 그의 침실로 들어갔다. 그는 그녀를 침대 앞에 세우고는 빠르게 옷을 벗겨 버렸다.

아니, 찢어버렸다는 표현이 맞았다. 그도 빠르게 옷을 벗고는 그녀 앞에 섰다.

"당황스럽네요. 이렇게 갑자기……."

"난 항상 바라던 일이야. 매일 밤 이렇게 되길 상상했지. 어딜 만지면 연희가 좋아할까? 어떤 자세를 하면 극도의 쾌감을 느낄까?"

"못된 상상을 했네요."

"맞아."

그가 연희의 가는 허리를 끌어당겼다.

"숨이 막힐 것 같아."

"저도요."

그의 페니스가 그녀의 배를 찌르고 있었다. 그는 아까부터 흥분해 있던 게 분명했다. 남자를 이렇게 흥분시킬 수 있다는 게 신기한 연희였다. 그가 연희를 침대에 눕히고 온몸에 입을 맞추기 시작했다.

마치 소중한 물건을 다루는 듯한 그의 조심스런 키스에 연희는 미칠 것 같은 욕망을 느끼고 있었다. 처음이었다. 남자와의 잠자리도 처음이었지만 이런 쾌감을 느낄 수 있으리라는 건 상상도 못한 일이었다.

"으음."

그의 입에서 신음 소리가 터져 나왔다. 그의 혀가 그녀의 아담한 가슴 주위를 맴돌고 있었다.

"꿈만 같아."

그는 갈라진 목소리로 그렇게 중얼거리고 있었다. 그의 고백에 연희는 묘하게 계속 자극을 받고 있었다. 그가 그녀의 유두를 입안에 넣자 당황한 연희가 그의 머리를 잡았다.

"이상해요."

"처음인가?"

"네? 네. 처음인 여자는 싫죠?"

"왜 싫다고 생각해?"

"그냥 매력이 없으니까 여태 남자도 없고……."

그의 입술이 그녀의 입술을 다시 덮었다.

"난 매력이 없는 여자에게 이렇게 흥분하지 않아."

그의 말이 고맙게 느껴지는 연희였다.

"선수 맞는데……."

그를 놀리자 그가 공격의 수위를 높였다.

그가 갑자기 그녀의 여성을 입에 물자 그녀는 더 이상 아무 말도 할 수가 없었다.

"아아아흐."

그는 환상적인 혀 놀림으로 그녀를 환락의 세상으로 인도하고 있었다. 그렇게 그녀가 정신을 잃어갈 무렵 그가 그녀의 다리를 세우고 중심에 자리를 잡았다.

"무서워요."

"괜찮아."

그는 그녀를 달래며 자신의 페니스를 그녀의 젖은 질 안으로 밀어 넣었다.

"아아아악."

비명이 절로 나오는 연희였다.

"아파."

"쉿."

그가 그녀를 달랬지만 그녀의 비명은 그가 움직일 때마다 터져 나오고 있었다.

퍽퍽퍽!

그의 몸짓은 점점 더 격해지고 있었다. 하지만 묘하게 고통은 반대로 사그라지고 이상한 감각들이 그녀의 몸에서 깨어나고 있었다.

"이상해요."

"이제 좋을 거야."

그는 다정하게 말은 했지만 그의 몸짓은 여전히 거칠었다.

"으악!"

그의 마지막 몸짓에 연희는 거의 기절할 것 같았다. 그가 자신의 분신을 그녀 안에 쏟아내고는 그도 그녀의 몸 위로 쓰러졌다.

"연희야, 사랑해."

"네?"

"몇 달 동안 너 때문에 매일 마스터베이션을 해야 했어. 이제 다시는 그러고 싶지 않아."

"전 아직 잘 모르겠어요."

"나만 믿고 따라오면 돼."

"난 감독님에 대해 잘 모르는데요."

"나이 서른셋, 군대는 다녀왔고, 아버지가 부동산 임대업을 하시고 어머닌 작년에 돌아가셨어. 밑으로 남동생이 있고. 키는 181cm에 몸무게 80kg이고 집은 있고 직업도 안정적이고 다 준비되었으니 몸만 들어오면 되고."

"지금 동거하자는 얘기예요?"

"결혼하자는 얘기야."

"전 아직 결혼 준비……."

그가 입술을 덮었다. 아무런 생각을 할 수 없게 만들고 있었다.

"남자의 순정을 저버리면 안 되지."

"그렇다고……."

그가 또 키스로 입을 막았다.

"예스라는 말이 나올 때까지 할 거야."

"하지만……."

또 그의 입술이 그녀의 입술을 먹어 치웠다.

"알았어요."

"하하하, 그게 정답이지."

그가 다시 그녀의 입술에 키스를 하고는 저돌적으로 2차전을 치를 준비를 하고 있었다. 이렇게 연희는 뭐에 홀린 듯 이수철의 여자가 되고 말았다.

연희가 수철에 의해 평생 속박을 당하고 있는 같은 시간에 주아 또한 현성의 여자가 될 준비를 하고 있었다. 아파트에서 애정 행각을 벌이다 쫓겨난 그들은 서울의 도로를 달리고 있었다.

"이제 우리 어떻게 해요?"

"난 이제 주아 없이는 힘들 것 같아. 어른들은 내가 천천히 설득할 테니까 함께 미국으로 가자."

"하지만……."

"짐 따위는 필요 없어."

그는 이렇게 말을 하고는 그날 밤 서울호텔에 방을 잡았다.

"내가 잘할게."

"지금도 충분히 잘하고 있어요."

주아가 행복한 미소를 지었다. 그들은 나신으로 서로를 감싸 안으며 서울의 경치를 바라보았다.

그리고 그다음 날 바로 그의 비행기에 몸을 싣고 미국으로 향했다.

10. 축복받지 못한 결혼

오늘은 모두가 선망하는 비버리힐즈의 부촌에 자리 잡은 그들의 신혼집에 가구가 들어오는 날이었다.

"주아 씨."

이웃주민인 현지가 아침부터 와서 주아를 도와주고 있었다.

"모던한 화이트 디자인을 좋아하나 봐요?"

현지는 들어오는 고가의 가구들을 보며 물었다.

"제가 아니고요. 현성 씨가 좋아해요."

"이거 다 현성이가 고른 거예요?"

"네."

주아가 한숨을 쉬며 말했다. 일도 바쁠 텐데 요즘 현성은 집 안을 꾸미는 데 온갖 정성을 다 쏟고 있었다. 이 집도 그가 고심 끝에 고른 곳이었다. 넓은 정원에 사생활을 보호하기 위해 커다란 나무들이 담장을 대신하고 있었고 수영장과 미니 골프장이 집 안에 있었다.

"취향이 워낙 세련돼서 그냥 그가 고르게 내버려 두고 있어요."

"인정하긴 싫지만 현성이가 이런 감각은 탁월해요. 바빠서 그동안은 안 해서 그렇지."

"애들은요?"

"유모가 봐주고 있어요. 요즘은 나도 개인 시간을 좀 보내려고요."

"잘하셨어요. 그런데 지금은 정신이 없어서 차 대접도 못하겠네요."

"괜찮아요. 뭐 정리가 되면 거의 매일 와서 살 텐데요. 근데 가정부는 구했어요?"

"네, 그것도 현성 씨가 구했어요. 제가 할 일이 없네요."

진짜로 모든 것 하나하나 그가 신경을 써주니 그녀는 할 일이 없었다.

"결혼식 준비는요?"

"제가 결혼식은 안 한다고 했어요. 그래서 혼인신고만 하고 끝내려고요. 아쉬우면 나중에 현지 씨네하고 저녁이나 함께 하면 좋을 것 같아요."

솔직히 요즘 주아의 신경은 온통 결혼 문제에 쏠려 있었다.

"서운하지 않겠어요?"

"네, 조용히 있고 싶어요. 엄마하고 류 교수님에게 미안해서
요."

현지는 주아의 입장을 이해해 주었다. 그래서 요즘 현지가 많이
의지가 되었다.

"여기서 집에만 있으면 심심할 텐데 괜찮겠어요? 연예인들은
화려한 삶을 살잖아요."

"그렇지도 않아요. 그리고 곧 아이도 가져야 하고."

"하긴 아이가 태어나면 정신없이 바빠요. 난 아무것도 못한다
니까요."

가구 배치가 끝이 나고 나서야 주아는 현지에게 커피를 대접했
다.

"많이 도와주세요. 제가 모르는 게 너무 많아서요. 그리고 영어
도 못하고……."

"내가 영어교사 소개해 줄게요. 당분간 영어 공부하면 되겠네."

"그럼 감사하죠."

"UCLA 다니는 친군데 이곳에서 나고 자랐는데도 한국말을 우
리보다 잘해요. 아마 도움이 될 거예요."

"감사해요. 현지 씨 없었으면 큰일 날 뻔했어요."

미국에 온 지 한 달이 넘어가고 있었다. 처음에는 그의 아파트에서 살았는데 지금은 그녀가 한 번도 살아본 적이 없는 대저택에 살게 되었다. 그녀의 인생에서 이 한 달은 정말로 숨 막히는 연속의 시간이었다.

물론 현성과의 밤은 매일 뜨거웠지만 그 외의 모든 건 그녀에게 너무나 힘든 일이었다. 엄마와 몰래 통화를 해서 미안하다는 말을 하긴 했지만 엄마도 류 교수의 눈치를 보는 모양이었다.

현성과 류 교수는 아직도 냉전 중이었다. 언제 터질지 모르는 살얼음판이었다. 하지만 더 큰 문제는 여론이었다. 미국에서는 상관이 없었지만 지금 한창 뜨고 있는 주아는 국내에서 오빠와 도망을 친 근친녀로 유명해 져 있었다.

된장녀, 김치녀 등 수많은 여자들 가운데 그녀는 단연 탑 오브 탑이었다. 근친녀라니, 어이가 없었다. 하지만 한 달이 지난 지금까지 각종 매스컴에서는 그녀와 현성에 관한 얘기가 가득했다.

법률로나 윤리로나 그들은 결혼을 해도 괜찮은 상황이었지만 사람들의 시선은 그리 곱지 않았다. 지금 그녀가 유일하게 믿고 의지하는 건 현성뿐이었다.

"우욱."

"왜 그래요?"

"요즘 신경을 썼더니 며칠 전부터 위장이 안 좋은가 봐요. 위장 약 먹으면 될 것 같아요."

"설마."

현지의 눈이 동그랗게 변했다.

"아니에요. 지난달에 생리도 했고 또……."

그러고 보니 이번 달에는 생리일이 지나고 있었다.

"약 먹지 말고 내일 나랑 병원에, 아니다. 지금 가봐요."

"네?"

"왠지 좋은 소식이 있을 것 같아요."

현지가 오히려 흥분을 했다.

"현성 씨한테는 아직 말하지 마세요. 확실한 것도 아니고 그 사람 아이를 기다리는 눈치라서요."

"알았어요."

현지와 함께 산부인과에 간 주아는 손에 땀이 맺힐 정도로 긴장했다. 한국에서 산부인과를 한 번도 가보지 않은 그녀였다. 게다가 여기는 미국이라서 더 떨리는 것 같았다. 어쨌든 그녀는 아직 미국생활에 적응이 되지 않고 있었다.

하지만 그녀의 걱정과는 다르게 산부인과는 한국의 시설 좋은 병원과 별반 다를 바가 없었고 언어 때문에 걱정을 했는데 담당하시는 분이 한국분이셨다.

"어디 초음파로 볼까요?"

배에 젤을 바르고 이리저리 움직이더니 그녀가 아기집을 발견했다.

"여기 아기집이 하나 있고 그리고 여기 또 하나가 있네요. 쌍둥이네요."

"네?"

"황주아 씨 축하드려요. 요즘 맘고생도 심하실 텐데……."

그녀를 알아본 의사가 그렇게 그녀를 위로했다. 그녀에 관한 악의적인 기사가 미국에도 퍼진 상태였다.

"2주에서 3주 사이고요. 스트레스를 받으면 쌍둥이라 위험할 수 있으니까 스트레스는 최소화하시고 당분간은 격한 부부생활을 금하시는 게 좋을 것 같습니다."

의사의 말이 자신에게 하는 거라고는 도저히 믿어지지가 않았다.

"그러니까 지금 제 뱃속에 아기가 있다고요?"

"정확히 아기들이죠."

믿어지지 않는 순간이었다. 매일 밤 그가 그녀에게 아기를 갖자고 말했는데 이렇게 아기들이 선물처럼 와주어서 주아는 너무나 행복했다.

"오늘 밤에 현성이에게 서프라이즈해 줘요. 완전 미칠 걸요."

"그래야겠어요. 그때까지는 비밀로 해주세요."

주아는 완전히 흥분된 상태로 집으로 향했다. 미국의 생활이 이제 외롭지 않을 것 같았다.

"10, 9, 8, 7, 6, 5, 4, 3, 2, 1."

현성은 6시 정각이 되자 빠르게 책상을 정리하고 가방을 들었다. 회의실의 모든 사람들이 그런 현성을 쳐다보고 있었다.

"오늘 수고했어요."

그는 그를 바라보는 시선들이 부담스러워 이렇게 말을 하고는 사무실 문을 나섰다.

"회장님."

그의 뒤로 마크가 뛰어나왔다.

"왜?"

"이거."

중요한 서류를 놓고 갈 뻔했다. 현성은 서류가방에 얼른 서류를 담고는 발걸음을 서둘렀다. 하지만 이상하게 마크가 그의 곁을 떠나지 않고 계속 쫓아왔다.

"왜?"

"너무 퇴근이 빠른 거 아니야? 일주일 후에 중요한 브리핑이 있는데."

"내가 그래서 안 한 건 없잖아."

"하긴."

"그게 아니란 거 아니까 빨리 말해."

그런 이유로 마크가 주차장까지 이렇게 쫓아올 이유가 없었다.

"뭔데?"

"나, 일주일만 휴가를 받아야 할 것 같아."

"왜?"

"그럴 이유가 있어."

"말해."

마크가 아주 뜸을 들이고 있었다. 차 앞에까지 도착했는데도 마크는 따라오기만 할 뿐 말이 없었다.

"이번 브리핑은 끝내고 다녀와."

그래도 마크가 자리를 뜨지 않고 서 있었다.

"뭔데, 또?"

"까뚱 섬에 다녀올까 해."

"알았어, 얘기해 놓을게."

그제야 마크의 표정이 좋아졌다.

"오늘 현지가 하루 종일 전화해서 미치는 줄 알았거든. 넷째 갖자고 난리야. 까뚱 섬에 가면 아이가 생길 것 같다고, 내가 말하지 않으면 당장 류 회장에게 자기가 전화한다고 난리여서. 현지가 한

번 꽂히면 끝까지 물고 늘어지는 거 알지?"

넷째를 갖는다는 말이 부럽긴 처음이었다. 그도 빨리 아이를 갖고 싶었다. 마크가 차 문을 열어주었다.

"들어가십시오, 회장님."

고맙긴 고마운 모양이었다. 그는 오늘 밤 기필코 아이를 만들겠다는 생각을 하고는 집으로 향했다.

집에 도착하자 오랜만에 맡아보는 삼겹살 굽는 냄새가 가득했다. 배가 고프기도 했지만 참으로 그리운 냄새였다.

"여보."

그가 주아를 여보라고 부른 지 일주일이 되어갔다.

"왔어요?"

그녀를 뒤에서 안았다. 그리고 그녀의 정수리에 입을 맞추었다.

"웬 삼겹살이야?"

"그냥 먹고 싶었어요. 싫어요?"

"아니, 오랜만에 추억의 냄새를 맡은 느낌이야."

"어서 씻고 와요."

그는 그녀를 데리고 바로 침대로 가고 싶었지만 배가 고픈 것도 사실이었다. 요즘 현성은 말 잘 듣는 아이가 된 것 같았다. 샤워를 한 후 가벼운 옷차림으로 갈아입은 현성은 주아를 자신의 옆에 앉혔다.

"내가 그랬지? 난 내 여자와 마주 보고 앉지 않는다고."

"알았어요."

"오늘 어땠어?"

그가 상추에 삼겹살을 올려놓으며 물었다.

"가구 들어오고 집 안 정리하고 현지 씨 와서 수다 좀 떨고 했죠."

"현지가 뭐래?"

"당신이 아주 감각이 있다고요."

"역시 현지가 사람 볼 줄 안다니까. 내일은 뭐 할 거야?"

"현지 씨가 영어 선생님 소개해 준다고 해서 만나보려고요."

"내가 가르쳐 줄게."

주아가 바로 고개를 흔들었다.

"나 진짜 잘 가르쳐."

"알아요. 알지만, 운전하고 영어는 남편한테 배우는 게 아니래요."

"누가 그래?"

"제가요."

그녀가 그의 입에 자신이 싼 상추쌈을 밀어 넣었다.

"오랜만에 먹으니까 맛있죠?"

"응."

둘은 한동안 말없이 저녁 먹는 데만 열중했다. 요 며칠 소화가
안 된다고 음식을 잘 먹지 않았던 주아가 아주 복스럽게 삼겹살을
먹고 있었다.

"내일은 순대볶음이에요."

"벌써 메뉴를 생각해 놓은 거야?"

"네, 복숭아도 있는지 찾아볼 거예요."

"위가 안 좋다더니 괜찮아졌나 보네."

"네."

그가 주아의 머리를 쓰다듬었다.

"아프지 마."

주아가 그를 향해 눈부신 미소를 지었다.

"밥 다 먹었으면 내가 설거지 할게."

"고마워요."

그는 빛의 속도로 설거지를 하고 빠르게 주변 정리를 하며 오늘
은 기필코 아기를 만들 거라고 생각을 했다.

"주아야, 자자."

"호호호, 알았어요."

그가 왜 그러는지 너무나 잘 아는 주아가 웃으며 답했다.

"현성 씨, 오늘은 우리 게스트 룸에서 자요."

"왜?"

게스트 룸은 침대가 분리되어 있었다. 지금 주아가 따로 자자는 말을 아무렇지도 않게 하고 있었다.

"우리 방 침대 다리가 삐걱이거든요."

"아니던데?"

"내일 수리 오기로 했어요. 그러니 어서 게스트 룸으로 가요."

갑자기 다리에 힘이 빠지는 현성이었다. 하루 종일 그녀를 안고 잘 일만 생각한 그였다. 그리고 그들은 눈만 마주쳐도 섹스를 한다는 신혼이었다.

"싫다고."

"어린아이처럼 이러지 말고 어서요."

주아가 그의 등을 밀었다.

"황주아, 싫다고."

"어쩔 수 없어요."

게스트 룸 앞까지 그를 데리고 간 주아는 물을 마시고 온다고 주방으로 다시 돌아갔다. 맥이 풀린 현성은 방문 앞에 한동안 서 있다가 힘없이 문을 열었다.

철컥!

아무 생각 없이 방으로 들어간 그는 그 자리에서 멈춰 섰다. 방 안에는 커다란 글씨로 '이 방은 우리 쌍둥이 방이에요.', '아빠, 예쁘게 꾸며주세요.' 라는 글씨와 함께 흑백사진이 붙어 있었다.

"딸일까요? 아들일까요? 쌍둥이니까 아들, 딸 같이 나올 수도 있어요."

그의 등 뒤에서 그녀가 케이크를 들고 들어왔다.

"쌍둥이 만드느라 고생했어요."

그녀가 작은 생크림 케이크에 초 두 개를 꽂아 들고 서 있었다.

"불어요."

"후!"

주아가 환하게 웃으며 그의 입술에 입을 맞추었다.

"이 방이 우리 쌍둥이 방이었으면 좋겠어요."

"알았어. 내가 멋지게 꾸며줄게."

"고마워요."

그가 케이크를 들고 있는 주아를 번쩍 안아 들었다.

"어머, 케이크 떨어져요."

"사랑해."

"저도요."

현성은 진짜 믿을 수가 없었다. 그리고 이렇게 예쁜 일을 한 주아에게 뭔가를 해주고 싶었다.

"오늘 여기서 자야 해?"

"아뇨, 우리 침대 멀쩡해요."

"하하하, 알았어."

"하지만 임신 초기에는 너무 격렬한 부부관계는 안 된다고 선생님이 그랬어요. 쌍둥이라서 특히 더 조심해야 한다고……."

그는 그녀의 입술에 짙은 키스를 했다. 그의 얼굴에 케이크가 묻었다.

"거봐요."

"괜찮아."

"내가 안 괜찮아요."

주아가 그의 뺨에 묻은 생크림을 혀로 핥았다.

"맛있네요."

"나도 주아를 먹고 싶어."

그는 이렇게 말을 하며 빠르게 게스트 룸에서 나와서 주아를 안은 채 그들의 침실로 빠르게 걸어갔다.

"케이크 좀 내려놓고요."

그는 침실에 들어오자 그녀의 손에 들린 케이크를 내려놓고 그녀 또한 침대에 그대로 내려놓았다. 그리고 그녀의 얼굴에 무수히 많은 베이비키스를 했다.

"기뻐요?"

"미치게 기뻐."

"우리 아이들이 아빠를 닮아야 할 텐데 걱정이에요."

"난 건강하게만 태어났으면 좋겠어."

주아가 그의 얼굴을 자신의 손으로 감쌌다.

"당신이 이렇게 잘생기고 건강한데 당연히 우리 아이들도 잘생기고 건강할 거예요."

"맞아."

그는 이렇게 말하며 그녀의 부드러운 아랫입술을 빨았다. 너무나 부드러운 그 느낌이 오늘은 감동으로 다가오고 있었다.

"배가 약간 나온 것도 같고."

"벌써요? 호호호."

그의 오버에 주아가 사랑스럽게 웃었다. 현성은 침대와 그 사이에 주아를 가두고는 한없이 다정한 눈빛으로 그녀를 보았다.

"날 행복하게 해주기 위해서 당신이 하늘에서 내려온 것 같아."

"호호호, 난 천사인 거예요?"

"응."

그는 짧게 대답하고는 그를 위해 내려온 천사의 옷을 모두 벗겨버렸다.

"뭔가 달라진 것 같아."

한참을 아름다운 주아의 나신을 내려다보며 그가 말했다. 그리고 그녀의 탄탄한 배를 소중하게 어루만졌다.

"이 안에 내 아이가 있단 말이지?"

"그렇게 좋아요?"

"어, 오늘 마크가 넷째를 갖겠다고 휴가를 내달라고 부탁했을 때 너무 부러웠거든."

"사실 오늘 현지 씨랑 산부인과 같이 갔었거든요. 현지 씨가 많이 부러워했어요."

"그래서 그렇게 마크를 하루 종일 달달 볶았구만."

주아가 큰소리로 웃었다.

"정말 재미있는 부부예요. 사랑스럽기도 하고. 우리도 현지 씨 부부처럼 사랑스럽게 살았으면 좋겠어요."

"내가 노력할게."

그의 입술이 현지의 탄탄한 배를 따라 움직였다. 그의 입술에 닿는 생명의 느낌이 너무나 경건하게 다가왔다. 하지만 지금은 그 경건함보다는 주아를 향해 타오르는 정열의 불을 끄는 게 더 다급했다.

그는 자신의 옷도 빛의 속도로 벗었다. 하지만 평소처럼 짐승같이 주아에게 달려들 수가 없었다. 뱃속의 아이들을 생각하지 않을 수가 없었다.

"너무 자극받으면 자궁이 수축해서 아이에게 좋지 않으니까 오늘은 부드럽게 해야 해요."

"알았어."

그는 온몸에 키스를 하고 어루만지기만 할 뿐 손가락을 그녀의 질 안으로 삽입하지 않았다. 현성은 자신의 만족은 뒤로하고 그녀를 위해 섹스를 하기 시작했다.

"더 이상은 못 참겠어."

그는 이렇게 말을 하고는 그녀의 질에 자신의 페니스를 단번에 밀어 넣었다. 너무 깊게 삽입하는 자세는 하지 않고 조심했다. 하지만 주아와의 섹스는 그 어느 때보다도 환상적이었다.

현성은 섹스 후에 지쳐 잠든 주아를 끌어안고는 기쁨의 눈물을 아무도 모르게 흘렸다.

결혼식을 하지 않겠다는 그녀의 뜻은 무참히 무시당했다. 현지가 적극적으로 그건 안 된다고 했고, 현성이 적극적으로 추진하면서 조용할 것 같던 그녀의 결혼식은 졸지에 파티가 되어버렸다.

성대하게 치르려는 현지와 현성을 말리고 현성의 직장 임원들을 포함해서 100명으로 집에서 하우스파티를 하려고 추진 중이었다. 주아는 따로 초대할 사람이 없어서 그냥 현성이 아는 사람들만 불러서 간단하게 파티를 계획했다.

하지만 아무리 그녀가 신경을 안 쓴다고 해도 안주인의 손길은 필요한 법이었다. 청첩장은 핸드폰 메시지로 돌렸고 그녀는 답례품을 준비했다.

현지가 모든 걸 도와주긴 했지만 홀몸도 아닌 그녀에겐 힘든 일이었다. 그것도 성격이 급한 현성이 이 주일 후로 잡아서 더 정신이 없었다.

"현성이는 너무 빨리빨리야."

"힘들어요."

"당연히 주아 씨는 홀몸도 아닌데 힘들지. 지금 나도 힘든데."

"2주 뒤엔 다 준비가 되겠죠?"

"물론이에요 나만 믿어요. 그리고 요즘 힘드니까 밥은 우리 집에서 먹어요."

"아니에요."

"괜찮아요. 어차피 우리는 우리 먹는 밥에 숟가락만 놓으면 되니까 와요. 현성이도 같이 오고요. 이웃 좋다는 게 뭐겠어요."

주아는 현지의 말에 감동을 했지만 그녀의 집에서 밥을 먹는 신세는 지지 않았다. 직접 현성의 밥을 챙겨주고 싶었기 때문이었다.

주아는 어머니의 병 때문에 어려서부터 스스로 밥을 해먹어야 했기에 음식 솜씨가 좋았다. 김치도 다 담글 줄 알았고 한식 요리는 어머니의 손맛을 낼 줄 알았다. 그래서 현지가 주아의 김치를 얻어먹을 정도였다.

쌍둥이라서 매주 병원에 가서 체크를 받았고 결혼식 준비도 차근차근 해나가다 보니 2주란 시간이 금방 지나갔다.

결혼식 당일 아침이었다. 주아는 결혼식을 준비하기 위해 일찍 일어났다. 현성은 아직 단꿈에 빠져 있었다. 일은 저질러 놓고 그는 별로 신경을 쓰는 것 같지 않아서 조금 서운한 마음이 드는 주아였다.

"벌써 일어났어?"

여전히 눈을 감고 있는 현성이 그녀를 쳐다보지도 않고 베개에 얼굴을 묻었다.

"당신도 일어나서 준비해요."

"난 화장도 안 하는데 뭐."

"조금 있다가 요리사들도 올 거란 말이에요."

"알았어."

주아는 너무 태연한 그를 보고는 약간 화가 났지만 준비를 위해 욕실로 들어갔다. 아직 예식이 시작되려면 멀었지만 그래도 손님들을 초대했으면 완벽하게 준비를 하는 게 예의라고 생각했다.

빠르게 샤워를 마친 그녀는 욕실 밖으로 나와 하마터면 비명을 지를 뻔했다.

"연희야."

"언니."

마치 꿈을 꾸는 것 같은 기분이었다.

"어떻게 왔어?"

"언니가 결혼하는데 안 올 수가 없지. 형부가 비행기까지 보내 줬어. 언니 메이크업 좀 예쁘게 해달라고."

그녀는 반가움에 연희를 꼭 안아주었다.

"진짜 보고 싶었어, 언니."

"나도."

아무리 현지가 잘해줘도 그간 깊은 정이 든 연희가 그리울 때가 많았다.

"신부가 울면 어떡해. 화장 안 먹으니까 울지 마."

연희는 그녀의 얼굴에 정성껏 화장을 해주었고 직접 부케까지 만들어오는 정성을 보였다.

"이게 언니가 입을 드레스야?"

"어."

연희의 눈이 번뜩였다.

"이거 형부가 사준 거지? 이게 얼마짜린 줄 알아?"

"아니."

"알렉산더 맥퀸의 디자이너 새러 버튼의 작품이야."

"그게 누군데?"

"영국 왕실의 웨딩드레스로 유명한 디자이너라고."

"그래?"

"이 드레스 억대가 넘어."

그녀의 눈이 커졌다. 그에게 결혼 선물로 받은 모든 것들의 가격이 상상을 초월한다는 건 알고 있었지만 웨딩드레스까지 억대일 줄은 상상도 하지 못했다.

"반지도 받았어?"

지금 그녀의 결혼 선물을 보고는 오히려 연희가 더 들뜬 것 같았다.

"응, 이따가 보여줄게. 지금은 그 사람이 결혼식 때 끼워준다고 가지고 있어."

"다이아야? 몇 캐럿이야?"

"12캐럿이래. 너무 커."

그건 솔직한 그녀의 마음이었다. 35억짜리 반지는 좀 심하다 싶었다.

"진짜 부럽다."

"부럽긴."

"그런데 언니, 내가 제일 부러운 게 뭔 줄 알아?"

연희가 진지한 표정으로 말했다.

"형부의 재력도 아니고 형부의 그 멋짐도 아니야. 언니를 생각하는 그 마음이 너무 깊어서 그게 부러워. 가난해도 좋고 못생겨도 좋은데 날 그렇게 위하는 남자가 있다면 당장 시집갈 것 같아."

자신이 한 역대 메이크업 중에 top3 안에 든다고 평한 연희의 메이크업이 끝이 났다.

"언니, 진짜 눈부시게 예쁘다."

연희가 그녀의 모습을 보고 감탄을 하고 있었다.

"고마워."

"오늘 내가 장담하는데 민폐하객은 아무도 없을 거야. 이 미모를 누가 이기겠어."

"그만해."

"진심입니다."

그녀는 이렇게 말을 하고 마지막으로 웨딩드레스를 입었다. 진짜 거울에 비친 모습이 자신이 봐도 너무나 아름다웠다.

"황주아."

그가 잠긴 목소리로 주아를 불렀다.

"너무 아름다워."

그는 더 이상 말을 잇지 못하고 넋을 놓고 서 있었다.

짝!

"정신 차려, 친구."

현지가 신부대기실로 들어오다가 현성의 등을 쳤다.

"그리고 신랑은 들어오면 안 돼."

마크도 현지의 뒤를 따라 들어와서는 엄지를 척하고 올려주었다.

"진짜 예쁘십니다."

모두가 그녀를 축하해 주었지만 주아는 그렇게 기쁘지 않았다. 임신을 하고 나니 엄마가 더 생각이 났기 때문이었다. 전화를 하면 됐지만 그렇게 엄마의 목소리를 들으면 더 보고 싶을 것 같았다.

연희에게도 엄마의 소식을 묻지 않았다. 엄마 소리만 나와도 지금은 울음이 터질 것 같았다.

"신부님 준비하세요."

하우스 웨딩을 도와주는 업체의 직원이 그녀를 불렀다.

"네."

연희가 그녀 대신 대답을 하고는 드레스를 잡아주었다.

"언니, 파이팅! 울면 안 된다."

"안 울어."

"이 메이크업은 내 인생의 역작이야."

"알았다고."

주아는 연희의 오버에 미소를 지으면서 천천히 밖으로 나갔다. 밖으로 나가자 정원에 많은 사람들이 앉아 있었다. 그리고 주아의 모습을 보고는 모두들 감탄 어린 시선을 보냈다.

그때였다. 주아의 눈에 환영이 보이기 시작했다. 한복을 곱게 입은 엄마의 모습이었다. 잘못 본 게 분명했다. 엄마가 그립긴 그리운 모양이었다. 하지만 여전히 엄마가 그 자리에 있었다. 그리고 그 옆에는 류 교수도 함께 있었다.

"엄마?"

"주아야."

"언니, 내가 울지 말라고 했지."

연희가 조용히 주의를 주었다.

"엄마!"

주아의 눈에서 폭포수처럼 눈물이 흘러내리고 있었다. 엄마가 주아에게 달려왔다. 그리고 둘은 서로를 얼싸 안고 울었다.

"엄마, 어떻게 된 거야?"

"류 회장이 아버지를 설득해서 우리는 어제 연희하고 한국 손님들하고 류 회장 비행기로 왔어."

하객석에 그녀와 친한 감독님들과 배우들이 와서 손을 흔들고 있었다. 그때 현성이 그녀의 옆으로 왔다.

"현성 씨, 진짜 고마워요."

눈물로 인해 말끝이 흐려졌다. 현성은 대답 대신에 그녀를 꼭 안아주었다.

"저기 그렇게 울지 말라고 했더니."

연희가 잔소리를 하며 둘 사이를 파고들어 메이크업을 빠르게 수정을 해주었다. 주아는 현성의 손을 잡고 식장으로 향했다. 모두의 축복을 받으며 그녀는 행복한 결혼의 첫발을 내딛고 있었다.

주례사의 지나치게 긴 주례도 주아에겐 아름다운 노랫소리로 들리고 있었다. 그녀는 지금 자신의 옆에 서 있는 멋있는 남자에게 온 마음이 다 가 있었다. 자신의 심장을 가진 남자였다.

"사랑해."

주례를 하신 목사님이 키스를 하라고 하자 그가 키스하기에 앞서서 그녀에게 살짝 속삭였다.

"나도요."

그녀도 그에게 같은 마음임을 말했다. 그의 입술이 다가오고 있었다.

"내가 더 많이 사랑해요."

그녀의 고백에 그가 행복한 미소를 지으며 입을 맞추었다. 햇살이 그 어떤 때보다 따뜻하게 비춰지는 오후에 주아는 평생 영혼의 동반자와 미래를 함께할 것임을 수많은 사람들에게 맹세했다.

어떤 배우가 아름다운 밤이라고 말했는데 주아는 지금 속으로 이렇게 외치고 있었다.

'아름다운 오후예요.'

주아의 얼굴에 미소가 끊이지 않았다.

주아의 행복해하는 모습에 현성의 얼굴에서도 미소가 떠나지 않고 있었다. 아름답다는 표현만으로는 부족한 주아의 모습이었다. 그녀가 어머니를 안고 있는 모습을 보니 그의 눈에도 이슬이 맺히고 있었다.

"고마워요."

주아가 피로연에 들어가기에 앞서서 그의 입술에 자극적인 키스를 하며 말했다. 어찌나 사랑스러운지 그는 그 자리에서 주아를 갖고 싶은 마음을 억누르느라 고생을 했다. 주아가 어른들과 있는 동안 그는 잠시 담배 한 대를 피우기 위해 건물의 뒤편으로 갔다.

툭!

마크였다.

"담배 끊었다며?"

쌍둥이 때문에 요즘 집에선 담배를 피우지 않는 현성이었다.

"마크 너도 끊은 거 아냐?"

"아니, 난 집에서만."

"우리 둘의 신세가 너무 처량하다."

그들은 서로를 위로하며 담배를 피우기 시작했다.

"고마웠다."

"뭐가?"

"네가 우리 부모님을 설득하는 데 도움을 많이 줬잖아."

"그건 우리 현지한테 고마워해야지."

"현지한테 고맙다고 전해줘."

현성은 어른들이 결혼식에 참석하게 도와준 마크 부부에게 감사의 인사를 전했다.

"그래도 난 현성이 네가 너무 대단하단 생각이 들어. 자존심이 강한 네가 어떻게 그렇게 어른들께 굽히고 들어갈 수 있는지 정말 놀랐다."

"뭘……."

그는 담배 연기를 내뿜으며 몇 주간 결혼식 준비로 부산했던 일을 떠 올렸다. 집에서 하는 하우스웨딩이라는 핑계를 대고 주아와 현지에게 사소한 준비를 맡기고 그는 웨딩업체 섭외와 사람들을 초대하기에 바빴었다.

특히 그는 이번 기회에 어른들의 허락을 받고 싶어서 매일같이 서울에 전화를 걸었다. 처음에는 전화를 안 받으시던 아버지가 아이들 소식을 전하자 조금씩 마음이 풀리신 것 같았다. 그 틈을 비집고 들어간 그는 간신히 아버지의 허락을 받을 수 있었다.

중간에 새어머니의 힘을 빌리기도 했고, 거기에 현지가 매일 전화를 드렸고 마크도 지원 사격을 아낌없이 했다.

미국에서 외로워하는 주아를 위해 그는 주아와 잘 아는 지인들을 따로 초대했다. 개인 전용기까지 띄운다고 하니 모두가 놀란 눈치들이었다. 며칠 전 그는 아버지로부터 걸려온 전화에 깜짝 놀랐었다.

"여보세요?"

[나다.]

그 짧은 한마디에 현성은 긴장을 했었다. 결혼식이 며칠 남지
않았는데 못 온다고 하시면 어쩌나 하는 마음에서였다.

"네, 어쩐 일로……."

[네 새엄마가 아이들 배냇저고리를 만든다는구나. 혹시 여잔지
남잔지 알고 싶다고 해서.]

아버지의 조금 어색한 말에 현성의 얼굴에 미소가 번졌다.

"아직 너무 작아서 몰라요."

[그런, 어쩐다?]

"그냥 흰색이면 되지 않을까요? 여자 남자 상관없이."

[침대는 샀어?]

"아직요."

[그럼 그건 내가 만들어서 가마. 우리 친구 중에 아이들 가구를
만드는 녀석이 있는데 요즘 그게 아주 인기인 브랜드라고 하더구
나.]

"감사하죠."

현성의 입가에 미소가 걸렸다.

[아이들 방은?]

"그건 지금 게스트 룸을 개조하려고요."

[그럼 그 안의 가구는 이쪽에서 만들어 보내마. 어? 뭐라고?]

옆에서 새어머니가 뭐라고 말씀하시는 것 같았다.

[아이들 옷하고 용품도 다 사서 보낸다고 하는구나.]

두 분이 더 신나하시는 것 같았다.

"감사합니다."

[감사는 무슨. 주아가 순산하는 게 제일 감사하지.]

아버지의 마음이 어느 정도 녹아내린 것 같았다. 그들에게 기쁨
으로 찾아온 쌍둥이들이 집안을 화목하게 만들고 있었다. 태어나
기 전에도 이런데 태어나면 오죽하겠는가? 현성의 얼굴에 미소가
번졌다.

[며칠 있다 결혼식 때 보자.]

"아참, 아버지. 주아를 놀라게 해주고 싶어요. 그러니 오셔서
전화하지 말아주세요."

[알았다.]

그렇게 아버지와의 갈등을 푼 그는 지금 세상 누구보다 행복했
다.

툭!

"뭘 그렇게 생각해?"

"아버지."

"그래도 와주시니까 너무 좋아 보인다. 현성이 네가 노력한 덕분이야."

마크와 담배 한 대를 피우고 가자 주아가 그를 보고는 눈을 살짝 흘겼다.

"아이들한테 안 좋아요."

"집 안에서는 안 피울게."

"당신 몸에서 나는 건 어쩌고요."

"알았어. 노력할게."

"아이들이 태어나면 집에서는 안이든 밖이든 금지예요."

"알았어."

사랑스럽게 그를 노려보고 있는 주아의 정수리에 입을 맞추었다. 사랑을 담은 그의 입술이 그녀의 정수리 위에서 떠날 줄을 몰랐다. 남녀 간의 관계는 어머니와 아버지 때문에 환상이 사라졌던 그였지만 지금 그는 자신의 이상형을 만나 이렇게 아름다운 사랑을 하고 있었다.

이처럼 그에게 행운을 준 신께 감사하는 날들이 계속되길 바라며 그는 주아의 손을 잡고 피로연장으로 향했다.

결혼식이 끝날 때까지 주아와 현성은 잡은 손을 놓지 않았다.

주아는 현성을 바라보며 죽을 때까지 그와 행복할 것 같은 마음이 들었다. 그리고 예쁜 아이들과 함께 옛날 동화 속 이야기의 끝 소절처럼 오래오래 행복하게 살았답니다, 로 끝을 맺기 위해 그녀는 노력할 거라고 의자에 앉아서 행복한 눈물을 흘리고 있는 엄마를 보며 다시 한 번 맹세했다.

피로연을 시작하는 음악이 울리고 있었고 주아는 그렇게 행복의 첫걸음을 시작했다.

"예쁜 부인, 저와 함께 춤을 추실까요?"

"네."

그녀는 현성의 손을 잡고 무대의 중앙에 서서 춤을 추기 시작했다. 왈츠나 블루스를 출 줄 모르는 그녀였지만 그의 품 안에 있는 것만으로도 행복했다. 그의 손이 그녀의 엉덩이를 감싸고 그녀의 팔이 그의 목을 감싸며 그들은 한 치의 오차도 없이 붙어 있었다.

"오늘 밤은 기대해도 좋아."

"아이들 때문에 너무 격하면 안 돼요."

"그럼 난 어쩌라고?"

그가 투정을 부리자 주아는 발을 들어 그의 입술에 입을 맞추었다.

"오늘은 조금 약하게 해줘요. 그리고 아이들이 나오면 아침저녁으로 하면 되죠."

"으음."

그의 불만 어린 탄식에 주아는 웃음이 나왔다.

"그렇게 서운해요?"

"응."

"조금만 참아요."

"못 참겠어."

그가 춤을 추다 말고는 주아의 손을 잡고 자신의 집 안으로 들어갔다.

"지금 손님들 있어요."

"알아."

"그런데요?"

"그럼 무대 중앙에서 할까?"

"현성 씨!"

그는 주아의 가는 손목을 잡고는 자신들의 침실로 들어갔다.

"현성 씨, 우리 다시 나가야 해요."

"알아."

그들은 서로를 바라보며 대치 중이었다.

"사람들 앞에서 망신당하는 거 싫어요."

"안 그렇게 할게."

"워워, 그건 아니라고 봐요."

그가 의미심장한 미소를 지으며 그녀에게 돌진했다.

"꺄악!"

그녀가 소리를 지르며 발버둥을 쳐보았지만 그의 힘에는 당할 수가 없었다. 현성이 주아를 침대에 눕히는 대신에 벽에 세웠다.

"이렇게 섹시한 게 잘못이야."

그의 입술이 주아의 부드러운 입술을 거칠게 눌렀다.

"예식 내내 이러지 않으려고 얼마나 참은 줄 알아?"

"끝까지 참았어야죠."

"황주아."

그가 이를 악물며 그녀를 노려보더니 참을 수 없다는 듯 신음을 내뱉으며 그녀의 입술을 다시금 머금었다. 그의 축축한 혀가 그녀의 혀를 감쌌고 그의 단단한 손이 그녀의 가슴을 쥐고 있었다.

"으으음."

그녀의 입에서도 뜨거운 신음이 흘러나왔다. 주아도 그의 거친 열정에 자신의 몸을 내맡기기 시작했다. 그의 손이 그녀의 드레스 자락을 올리며 점점 위로 올라왔다.

쫙!

그녀가 말릴 틈도 없이 그녀의 레이스 팬티는 그의 손에 의해 간단히 찢어지고 말았다.

"현성 씨."

그녀의 작은 항의에도 그는 멈출 생각이 없는 것 같았다. 그의 손이 그녀의 여성을 탐욕스럽게 감싸고 있었다. 이런 그의 행동만으로도 그녀의 몸은 반응했다.

질척이는 소리가 그녀의 아래에서 들리고 있었다. 그의 손가락과 그녀의 애액이 뒤엉킨 소리였다.

"싫다면서?"

"내가 언제요? 사람들이 아는 게 싫은 거지."

"사람들은 우리를 부러워할 거야."

그의 손가락이 더 깊이 그녀의 안으로 들어왔다.

"아아앙."

그는 손가락을 빼더니 자신의 페니스를 그녀의 여성에 가져다 댔다.

"잠깐만요."

"……."

그녀가 그를 제지한 후에 무릎을 꿇고는 그의 페니스를 바라보았다.

"지금 날 죽일 셈이야?"

"물론 아니죠. 우리 쌍둥이 아빤데……."

이렇게 말을 하며 단번에 보기만 해도 무시무시한 크기의 페니스를 자신의 입안에 넣었다.

"으윽, 주아."

그녀는 자신의 혀를 이용해서 그의 페니스를 쓸어내리며 빨았다. 단순한 그녀의 이런 행위에 현성은 거의 이성을 잃은 듯 낮게 포효를 하고 있었다.

"미칠 것 같아."

주아는 입술에 힘을 주고는 그의 페니스를 강하게 빨았다. 그녀의 목젖에 닿을 듯 그의 페니스가 깊이 들어왔다.

"으으윽."

그가 도저히 참을 수가 없는지 그녀의 머리를 들어 올렸다.

"하마터면 입안에 쌀 뻔했어."

그는 이렇게 말을 하고는 그녀의 한쪽 다리를 들어 올리며 자신의 페니스를 그녀의 질 안으로 밀어 넣었다.

"아흐."

이번엔 그녀의 입에서 신음 소리가 터져 나왔다.

"잠자는 사자를 특히 굶주려 있는 사자를 건드린 벌을 받아야 겠어."

퍽퍽퍽!

그는 강하지만 힘 조절을 하며 그녀 안으로 들어왔다. 아마도 아기들 때문에 많이 자제를 하고 있는 것 같았다.

"미칠 것 같아요."

"나도."

그는 계속해서 그녀의 안으로 들어왔다.

"사랑해요."

"나도 사랑해."

그들의 다급한 섹스는 한동안 계속되었다.

똑똑똑!

"손님들 기다리셔."

마크가 그들을 부르는 소리가 들렸다.

"신혼은 나중에 즐기라고."

마크는 이렇게 말을 하고는 자리를 떴다. 하지만 아직 하나로
연결이 되어 있는 신혼부부는 나갈 마음이 없었다.

"나가봐야 해요."

"잠깐만."

그는 이렇게 말을 하면서도 여전히 그녀의 몸을 탐하고 있었다.

"현성 씨!"

"알았어."

그는 마지막을 향해 속도를 높였다.

"으으윽!"

그는 포효 소리와 함께 자신의 분신들을 그녀의 안에 쏟아부었
다. 그리고는 물티슈로 그녀의 아래를 정성껏 닦아주었다.

"당신의 지금 모습은 완벽해. 흐트러짐이 없어."

"거짓말."

그가 그녀를 거울 앞으로 데리고 갔다. 거울 안에는 섹스에 취해 얼굴이 상기된 아름다운 여인이 서 있었다.

"눈부시게 아름다워."

"당신 눈에만요."

"아니야."

그가 그녀의 정수리에 입술을 눌렀다. 그녀가 사랑스럽다고 느낄 때마다 그는 이렇게 행동을 하는 것 같았다.

"우리 나갈까?"

그는 자신의 옷을 정돈하고는 아무 일 없었다는 표정으로 밖으로 향했다.

"우리 안 들킬까요?"

"아니."

"왜요? 그럼 빨리 가서 정돈하고 나가요."

그녀가 그의 손을 잡자 그가 그녀를 말렸다.

"그건 지운다고 지워지지 않아. 당신의 모습이 나에게 아주 사랑을 받은 모습이거든."

"뭐예요?"

"그리고 오늘은 모두가 이렇게 아름다운 신부를 차지한 날 이해해 줄 거야. 부러움이 가득한 마음으로 말이야."

그의 말에 주아는 얼굴을 붉혔다.

"그럼 나 못 나가요."

"그렇다면……."

"어머."

그가 그녀를 안아 들었다. 그리고 밖으로 나갔다, 모두가 그들을 보며 박수를 치고 웃었다. 그리고 행복해 보인다는 말을 했다. 주아는 쑥스러움에 그의 품에 얼굴을 묻었다. 하지만 얼굴엔 웃음이 가득했다.

그녀의 인생에서 세 번째로 행복한 날이었다. 첫 번째는 그를 만난 날이었고 두 번째는 쌍둥이가 찾아온 날이었다.

"내려줘요."

"싫어."

그는 그녀를 안고는 다시 무대에 섰다. 그리고 아무 일도 없었다는 듯이 그녀와 다시 춤을 추었다. 그리고 사람들을 향해 윙크를 날렸고 그들은 모두 웃으며 축복의 박수를 쳐주었다.

"사랑해."

그가 얼굴이 홍당무가 되어 있는 그녀의 귀에 사랑한다는 말을 속삭였다. 주아는 대답 대신에 세상에서 가장 행복한 사람만이 웃을 수 있는 미소를 지어 보였다. 그리고 그의 품 안에 꼭 안

겼다.

　이렇게 행복한 날들이 계속되길 그녀는 기도했다. 따뜻한 바람
이 그들의 행복을 다른 사람에게 계속해서 전하고 있었다.

그 섬, 까똥

요트를 타고 까똥 섬으로 들어가는 길은 생각보다 험난했다. 작년까지만 해도 편안하게 휴가를 즐겼는데 올해는 상황이 달랐다.

"거기 안 서?"

작은 악동이 요트 위를 뛰어다니고 있었다.

"잡히면 죽는다."

엄마의 말치고는 험악한 말이 입에서 흘러나오고 있었다. 하지만 하나도 아닌 셋이 정신을 쏙 빼놓자 주아는 교양은 집어던지고 아이를 잡느라 정신이 없었다.

"류준, 엄마가 구명조끼 입어야 한다고 했지?"

"……"

아이는 대꾸 없이 마치 잡기놀이를 하는 것처럼 도망 다니고 있었다.

"류혁, 너도 빨리 안 입어?"

아이들은 그녀의 말을 무시한 채 요트 안을 신나게 뛰고 있었다.

"데이빗!"

이번에는 현지의 소리였다. 이번에 요트를 큰 걸로 바꿨더니 녀석들이 더 신나서 뛰어다니고 있었다. 현지의 다른 아이들은 모두 학교를 다녀서 유모와 함께 있었고 준이와 혁이보다 몇 달 늦게 태어난 데이빗만 이번 여행에 올 수가 있었다.

"세 쌍둥이!"

마크는 이 녀석들을 세 쌍둥이라 불렀다.

마크가 소리를 지르자 그때 잠깐 동작을 멈추는 듯하던 아이들이 다시 각 방향으로 흩어졌다.

그때였다. 현성이 구명조끼를 한 팔에 끼우고는 사냥을 하듯이 녀석들을 낚아채서 재빠르게 조끼를 입혔다.

"역시 현성이가 최고네."

현지가 기진맥진해서 말했다. 현성은 현지가 보기에도 굉장히 자상한 아빠였다. 마크도 잘했지만 현성의 테크닉을 따를 수가 없었다. 역시 쌍둥이 아빠였다.

"섬에 다 왔어."

현성은 이렇게 무심하게 말하고는 준과 혁을 양팔에 끼고 데이빗은 다리 사이에 끼운 채 소파에 앉았다.

"데이빗, 이리 와."

마크가 데이빗을 불렀지만 데이빗은 현성에게서 떨어지지 않았다.

"네 아빠는 나거든."

마크가 뭐라고 해도 데이빗은 현성 옆에서 떨어지지 않았다.

"아빠."

하지만 고집스럽게 데이빗은 현성을 아빠라고 불렀다. 준과 혁과 놀면서 현성이 데이빗도 아들처럼 챙겼기 때문이었다. 미운 세 살인 아이들이었다.

"준이 혁이 할아버지한테 와야지."

"응."

아이들이 아빠 다음으로 좋아하는 할아버지의 품으로 달려갔다. 여전히 데이빗은 현성의 품에 있었다.

"저러다가 마크 진짜 삐져요."

"그러니까 평상시에 잘 놀아줘야지."

현성이 얄밉게 한마디 했다. 그런 현성을 마크가 째려보고 있었다.

"마크는 데이빗 말고도 셋이나 더 있거든요?"

"알았어."

"데이빗, 파파한테 가."

"싫어."

거부하는 데이빗에게 현성이 귓속말로 뭐라고 하자 데이빗이 마크에게 달려갔다.

"뭐라고 한 거예요?"

"이따가 준이 혁이랑 축구하자고."

"아, 이따가 그럼 나하고는 뭘 할 건데요?"

그가 대답 대신 아주 음흉한 눈빛을 주아에게 보내고 있었다.

"많이 느끼해진 거 알아요?"

그가 주아의 입술에 입을 맞추었다.

"이런 건 느끼하다고 말하는 게 아니라 지나치게 섹시하다고 말하는 거야."

"뭐 인정하죠."

둘은 서로를 보며 미소를 짓고 있었다. 까똥 섬이 눈에 보이기 시작하자 현성과 주아는 서로를 끌어안은 채 섬을 바라보고 있었다.

"로키가 나와 있네요."

주아가 로키를 향해 손을 흔들었다.

"이곳은 정말 낙원 같은 곳이에요."

주아의 머릿속에 현성과 처음으로 이 섬에서 보냈던 일들이 주마등처럼 스쳐 지나가고 있었다.

"무슨 생각 해?"

"당신 생각요."

"그럼 아주 야한 생각이겠군."

"빙고!"

현성이 주아의 정수리에 입을 맞추었다.

"너무 노골적이야."

현지가 뒤에서 그들을 놀려대기 시작했다.

"그 커플보다는 덜하거든. 그리고 우리는 신혼이야."

"신혼은 저기 있는데? 무슨 신혼."

현지가 손으로 연희 커플을 가리켰다.

"괜찮아?"

"아뇨, 욱!"

이번 여행은 연희의 신혼여행 겸 검사검사 계획한 일인데, 새신랑 새신부는 배 멀미의 극치를 보여주고 있었다. 연희의 신랑은 당연히 이수철 감독이었다.

"이 감독님은 배 타는 씬은 못 찍겠다."

주아가 놀리는데도 연희와 이 감독은 정신을 못 차리고 있었다.

"이제 다 왔어. 배 멀미는 배에서 내리는 순간 사라지니까."

현성이 연희 부부를 보며 말했다. 연희와 수철은 주아가 다리를 놔준 덕에 연인이 되었다. 처음에는 서로 별로라고 하더니 어느 날 갑자기 결혼한다고 그녀에게 왔다. 아무리 봐도 귀여운 커플이었다.

그들이 도착해서 배에서 내리자 로키와 일꾼들이 그들의 짐을 받아 안으로 옮겼다. 모두들 집으로 향하는데 주아가 그의 손을 잡아 바닷가로 나갔다.

"왜?"

"우리 거북이 보고 들어가요."

"거북이?"

"네, 여기 올 때마다 거북이에게 소원을 빌었거든요."

"그래서?"

"다 이루어졌어요."

그가 대답 대신 그녀의 황당한 말에 웃음을 터트렸다.

"진짜예요. 처음에 왔을 땐 사랑하는 사람을 만나게 해달라고 했고 두 번째 왔을 땐 쌍둥이 잘 크게 해달라고 했고 지난번에 왔을 땐 당신이 나만 보게 해달라고 했고 또 오늘은……."

그녀가 말에 뜸을 들였다.

"오늘은 셋째, 넷째를 갖고 싶다고 말하려고요."

"쌍둥이?"

주아가 고개를 끄덕였다.

"잘 돌볼 수 있겠어? 물론 하늘에서 주셔야 가능한 일이지만."

"있어요."

그녀는 두 주먹을 불끈 쥐고 말했다.

"아서라."

그때 그녀의 뒤에서 엄마의 목소리가 들렸다.

"엄마, 안 갔어?"

"뭐 놓고 내린 게 없나 한 바퀴 돌고 내렸지. 이거."

이건 그녀의 선글라스였다.

"어쩐지 눈이 부시더라."

주아가 선글라스를 끼며 말했다.

"준이하고 혁이만 키워."

"왜?"

"둘도 감당 못하면서 애 욕심만 많으면 뭐 해?"

"그래도 현지 씨네는 넷이야."

"그러니 류 회장한테 애가 아빠라고 하지."

엄마는 핵심을 찌르는 말을 남기고 리조트로 향했다. 주아의 입이 나와 있자 갑자기 현성이 그녀를 안아 올렸다.

"거북에게 소원을 빌어봐. 딸 쌍둥이가 찾아올지도 모르잖아."

그의 말에 힘을 얻은 그녀가 그의 볼에 입을 맞추었다.

"역시 내 편은 당신밖에 없어요."

둘은 손을 잡고 오랜만에 모래사장을 거닐었다.

아이들과 스노클링을 즐긴 후에 저녁에 바비큐 파티가 벌어졌다. 이번 여행은 한 가족이 더 늘어서 더욱 파티 분위기가 나는 것 같았다. 스노클링에 지친 아이들이 저녁을 조금 먹은 후에 바로 잠이 들어서 어른들은 따로 시간을 보낼 수가 있었다.

네 쌍의 부부들은 각자 맥주와 음료수를 들고는 바닷가로 가서 바다를 보며 앉았다.

"여기의 별들은 그대로 쏟아져 내릴 것 같아요."

연희가 처음 보는 까뚱의 하늘을 보며 감탄했다. 그와 동시에 별똥별이 그들의 머리 위로 쏟아져 내렸다.

"소원을 빌었나요?"

이번에는 현지가 말을 꺼냈다. 서로 이런저런 이야기를 나누는 동안 엄마와 류 교수님이 먼저 자리를 떴고 그다음은 신혼부부가 온데간데없이 사라지고 현지네 부부도 서로 음흉한 시선을 교환하더니 자리를 떴다.

이제 남은 건 그녀와 현성뿐이었다.

"아까 스노클링 할 때 거북이 봤어."

"진짜요?"

"내 옆을 지나가기에 붙들고 심각하게 대화를 나눴지."

"하하하, 뭐라고요?"

"딸 쌍둥이를 갖게 해달라고. 그러니 거북이가 또 쌍둥이를 가지면 힘들 텐데라고 말하더군."

"그래서 뭐라고 했어요?"

그가 주아의 얼굴에 내려온 한 가닥의 머리카락을 쓸어 올려주었다.

"난 뭐든지 다 해주고 싶다고 했어."

"고마워요."

그의 눈에 사랑이 가득 담겨 있었다. 그녀는 현성의 넓은 어깨에 기대 들려오는 파도 소리를 음악 삼아 두 눈을 꼭 감았다.

"난 전생에 좋은 일을 많이 한 것 같아요. 이렇게 멋진 신랑을 만난 걸 보면……."

"나도 나라를 구한 것 같아."

그들은 이렇게 서로의 마음을 확인하며 오랫동안 그렇게 하늘의 별을 세고 있었다. 언젠가 만날 그녀와 그의 또 다른 아이들을 생각하며…….

"우리 들어갈까?"

"왜요?"

"거북이가 소원을 들어줄지 확인해 봐야지."

"뭐예요?"

그녀가 호탕하게 웃었다.

"어때?"

그는 그녀의 대답도 듣지 않고 리조트 안의 그들의 룸으로 향했다. 예전과 다른 게 있다면 그들이 한 룸을 그리고 옆은 그들의 쌍둥이가 쓴다는 차이였다.

"더워요. 수영할까요?"

"좋지."

그녀가 그의 앞에서 옷을 모두 벗었다. 그녀의 멋진 라인은 아이를 낳았다고 하기엔 믿기 힘든 몸매였다. 달빛이 그녀의 몸을 환상적으로 비추고 있었다.

"당신은 안 벗어요?"

그녀의 말에 그는 서둘러 자신의 옷을 모두 벗어 던졌다. 그녀가 그의 곁에 바짝 다가와 붙었다.

"내가 말했어요? 당신의 근육을 볼 때마다 설렌다고요."

그녀의 손가락이 그의 근육 하나하나를 만지고 있었다. 그녀의 손이 움직일 때마다 그의 가슴근육이 들썩이고 있었다.

"수영을 먼저 할까요? 아이부터 만들까요?"

그녀의 말에 갑자기 그가 주아를 안아 들고는 침대로 향했다.

"당신은 너무 터프해요."

"주아 때문이야."

"내가 뭘요?"

"너무 자극적이거든."

"왠지 칭찬 같아요."

그녀의 입술에 그가 자신의 입술을 급하게 덮어왔다. 결혼한 지 몇 년이 지났는데도 그는 여전히 그녀를 격하게 원하고 있었다. 그와 침대 사이에 샌드위치가 된 그녀가 낮은 신음 소리를 내뱉었다.

"무거워요."

"진짜?"

그의 목소리가 욕망으로 인해 갈라지고 있었다.

"당신은 너무 매력적이야."

"남들이 들으면 웃어요."

"안 그럴걸? 당신은 우리 또래 남자들의 선망의 대상이었으니까. 아니, 잠자리의 단골손님이라고 해야 하나?"

"블루러브가 뜨긴 했었나 봐요."

"물론 떴지."

"내가 그렇게 야했어요?"

"응, 아주 자극적이었지. 석양에 비치던 당신의 실루엣은 정말 대단했어."

"지금은요?"

"지금은 더 사악한 요물이 되어 매일같이 날 괴롭히고 있지."

"내가 언제요?"

"수시로 내 머릿속에 들어와서 일이고 뭐고 다 방해를 하고 있으니까."

그는 이렇게 말을 하며 그녀의 입술을 다시 한 번 훔쳤다. 그와의 뜨거운 밤은 이렇게 매일 밤 이어지고 있었고 까똥의 거북이들은 그들의 소원을 들어주었다. 섬에서의 마지막 날 그들은 소원하던 아이를 선물로 받았다. 마치 마법처럼.

- THE END -